Thomas Lang

Goldbergs Liste

Minkins erster Zufall

Oertel+Spörer

Dieser Kriminalroman spielt an realen Schauplätzen. Alle Personen und Handlungen sind frei erfunden. Sollten sich dennoch Ähnlichkeiten mit lebenden oder verstorbenen Personen ergeben, so sind diese rein zufällig und nicht beabsichtigt.

Postfach 16 42 · 72706 Reutlingen

Titelbild: © Hoda Bogdan, Fotolia
Umschlaggestaltung + Satz: Oertel + Spörer Verlag, Bettina Mehmedbegović
Druck und Bindung: Longo AG, Bozen
Printed in Italy
ISBN 978-3-88627-334-8

»So wagts! Was ihr geerbt habt, was ihr erworben /
Was euch der Väter Mund erzählt, gelehrt, /
Gesetz und Brauch, der alten Götter Namen /
Vergesst es kühn, und hebt, wie Neugeborene /
Die Augen auf zu göttlicher Natur...«

Hölderlin

»Okay, klar. Reichts noch für ein Schnelles?«

Minkin

Prolog

Minkin hätte gerne etwas von der düsteren Klarheit eines Jack Taylor abbekommen.

Von der Entschlossenheit, der Unbeirrbarkeit, ganz gleich ob sie geradewegs ins Verderben führt. Oder von der kalten Präzision eines Jason Bourne. Stattdessen war er ein spätpubertäres, verweichlichtes Kind der Neunziger Jahre. Eines Jahrzehntes, in der Pose mit Haltung verwechselt wurde. Nirvana wurde gleichgesetzt mit Widerstand und die Revolution wurde am CD-Regal ausgetragen. Dann kamen die Nuller Jahre. Die waren, wie der Name schon sagt, gar nichts. Ein verlorenes Halbfinale gegen Italien. Klimaerwärmung. Das war's. Dann kam Minkin und seine Zufälle. Die waren nichts von alledem.

Vom Feeling her ein gutes Gefühl

»Wenn Sie mehr über die Liste erfahren wollen, müssen Sie nach Sevilla. In die Bar *Antigua Casa de la Guardia*«, sagte der Kerl, der seit wenigen Augenblicken in Minkins Zimmer stand. Der Mann nannte sich Goldberg.

»Ziemlich langer Name für eine Bar«, war das Einzige, was Minkin dazu einfiel.

»Mann, ich hab Mühe mir meinen zweiten Vornamen zu merken. Wie soll ich mir den Namen einer Bar merken, der mehr als drei Silben hat?«

Goldberg erkannte das Problem.

»Aufschreiben«, entgegnete Goldberg. Er gab Minkin Papier und Bleistift.

Guter Mann, dieser Goldberg. Minkin wurde nicht klug aus dem Kerl, aber er ist schlau. Verdammt schlau! Er weiß, was zu tun ist. Minkin ahnte, dass er auf der Hut würde sein müssen, wenn er die Sache heil überstehen wollte. Das wollte er.

Der Mann, der sich Goldberg nannte, gab vor, er sei Juwelier. Das war lächerlich. An der Grenze zum Antisemitismus. Das klang so offensichtlich unwahr, dass es der Wahrheit schon wieder ziemlich nahe kommen konnte. War natürlich eine Finte. Minkin war zu lange im Geschäft. War fast sechs Monate her, seit er nach seiner Leseart den Staatsdienst quittiert hatte. Goldberg war aber vorerst nicht sein größtes Problem. Das Problem war Sevilla. Auslandstätigkeiten hatte er nicht auf dem Schirm. Nicht im Portfolio. Flugangst. Panikattacken. Übelkeit. Schweißausbrüche. All das eben. Nur in Ausnahmefällen würde er das machen. Bei freien Kapazitäten. Bei angespannter wirtschaftlicher Lage. Seit der Staat die Zahlungen eingestellt hatte, kumulierten beide Ereignisse.

Sevilla? Spanien. Der Süden. Müsste mit der Bahn gehen. Den TGV nach Paris. Dann weiter nach Madrid. Den Rest mit dem Kamel. Oder was der Andalusier als Transportmittel noch zur Verfügung hatte. Minkin hatte gelesen, dass die Polizei in Jerez kein Geld mehr hatte, um ihre Rostlauben zu betanken. So weit war es mit der Krise auf der iberischen Halbinsel. Mann oh Mann. Stolzes Spanien. Ging den Bach runter.

»Hören Sie Goldberg, ich muss mir die Sache überlegen«.

»Verzeihen Sie, Minkin. Dazu fehlt die Zeit. Die Sache duldet keinen Aufschub. Entweder Sie wollen den Auftrag, oder...«

»Oder was?« Klang harscher als es gemeint war.

Goldberg schien es nicht zu irritieren.

»Überall, wo ich gefragt habe, die gleiche Auskunft, ein Name. Ihr Name, Minkin. Es wäre Ihr Thema. Das ist es, was die Leute erzählen.«

Goldberg war gerissener als Minkin dachte. Er wusste verdammt noch mal, wie er es angehen musste. Minkin war kurz davor ja zu sagen.

»Wenn die Sache so ist...«

»Abgemacht. Hier sind die ersten Tausend. Den Rest bei Übergabe der Liste. Plus Reisekosten.«

Goldberg verschwand wie er gekommen war. Unbemerkt. Ein knapper Auftritt.

Schwierigkeiten würde der Kerl bringen. Das war amtlich. Eine Menge Schwierigkeiten. Es waren die guten Schwierigkeiten, die er im Gepäck hatte. Solche, die nicht nur wehtaten.

Goldberg war der Erste, der in seine Dienste investierte seit der Supermarktsache. Eine krankgeschriebene Arbeitnehmerin. Ging während ihrer Arbeitsunfähigkeit einer Nebentätigkeit als Putzfrau in Stuttgart-Rohr nach. Minkin war die Existenz eines Stadtteils mit der Beschreibung

Rohr bis dato verborgen gewesen. Nun, da er den Stadtteil kannte, war klar, dass Unkenntnis nicht immer ein Nachteil war. In Rohr betrog das Putzluder ihren Arbeitgeber mit einer Nebenbeschäftigung während ihrer Krankheit. Kannten überhaupt keine Scham mehr diese Leute! Konnten den Hals nicht voll kriegen. Minkin hatte sie dabei erwischt. In flagranti. Beim Geschirr spülen. Durch das Küchenfenster abgelichtet. Anfängerin. Früh müsste man aufstehen, wenn man ihm entkommen wollte. Dem Jäger aller Nebenerwerbsreinigungskräfte. Den dunklen Engel der betrogenen Kleinunternehmer.

Genau genommen war Goldberg überhaupt der Erste, der investierte. Ein anständiges Honorar hatte er bis heute nicht gesehen vom Arbeitgeber der Nebenerwerbsreinigungskraft. Hatte sich einen Gutschein andrehen lassen. Minkin war einverstanden, fand das originell damals. Der Typ zahlte mit einem Hotelgutschein. Gibt Fehler, die macht man einmal im Laufe seiner Karriere. Ganz anders dieser Goldberg. Wollte nicht mal eine Quittung haben. Legte die Scheine einfach auf den Tisch. Definitiv ein gutes Zeichen war das.

»Vom Feeling her habe ich ein gutes Gefühl. Ich fühle, dass ich spiele. Das wird meine WM.«

Das war es, was der alte Metaphysiker Andi Möller 1994 vor Beginn der Fußballweltmeisterschaft in den Vereinigten Staaten an Gefühlen preisgab. Das war es auch, was Minkin in diesem Moment empfand. Man sucht immer nach einem stimmigen Bild. Häufig findet man nur undeutliches Geschmiere. Heute war es nicht so. Heute war es gut. Vom Feeling her hatte Minkin ein verdammt gutes Gefühl.

Wem so viel Gutes widerfährt

Was ist das wert? Richtig, einen Asbach Uralt. Nicht, dass dieser Weinbrand feierliche Gefühle auslöste. So ist es gar nicht. Pur untrinkbar. Mehr Brand als Wein. Mit Cola konnte man das Zeug kippen. Cola-Asbach. Asbach-Cola. Je nach Mischungsverhältnis. Das Heldengetränk der 80er Jahre im Kraichgau. Neben dem Bananenweizen die Nummer Eins in der Hühnerlausbar. Schön, dass jemand diese beiden Preziosen in die Gegenwart herübergerettet hatte. Minkin hatte neuerdings die Wahl. Christas Pub, Schillerhaus, überall gab es das. Minkin entschied sich für Christas Pub. Er nahm Platz am Tresen.

Seine Order war außer der Reihe, selbst für Minkin.

»Ein Bananenweizen.«

Nicht sein Standardgetränk.

»Ah, der Herr Gourmet,« raunzte es neben ihm.

Adi war auch wieder am Start.

»So was Feines kriegt man kaum mehr.«

Das war in der Tat das Motiv für seine Bestellung.

»Und so gesund. Die ganzen Vitamine, Isotope.«

Bei Adi konnte man nie sicher nein. Dummheit? Ironie? Beides?

»Die Isotope, sicher, Adi, die bringen es.«

Adi war die Sorte Thekenhocker, die zu allem ihren Senf gaben.

Zweimal war Minkin in Christas Pub, zweimal saß Adi am Tresen. War ungefähr in Minkins Alter. Eigentlich Adolf, aber er mochte den Namen nicht sonderlich. Kann man ihm kaum verdenken. Quatschte ungefragt drauf los. Im Regelfall ging einem das ziemlich schnell auf den Sack. Heute tat es das nicht. Heute würde es sogar für Adi schwer werden Minkins Laune zu ruinieren.

»Kommt er jetzt öfters?«, wollte Adi wissen.

Adi klang satzbaumäßig wie Gollum aus dem Herr der Ringe.

»Möglich.«

»Wäre gut.«

»Für wen auch immer.«

Minkin hatte nach Feuerbach rüber gemacht. Direkt an den Wilhelm-Geiger-Platz. Platz war ein Witz. Wer den Wilhelm-Geiger-Platz vormals mit dem Zusatz Platz versehen hatte, der hatte ordentlich Asbach-Cola intus. Die Beschreibung Platz tat anderen Plätzen krass Unrecht. Der Wilhelm-Geiger-Platz ist es ein riesiges Loch in der Erde in dem U-Bahnen ein- und ausfahren. Schöner ist es für den Reisenden in einer U-Bahn zu sitzen, die wegfährt. Der Wilhelm-Geiger-Platz ist im Grunde die Essenz Feuerbachs. Einige Stadtteilmanager werden noch bei den Versuchen scheitern, dort den Cappuccino-Faktor zu erhöhen. Stuttgart ist viel schöner als Berlin? Nicht in Feuerbach.

»Wohnt er hier?«

»Seit Kurzem.«

»Gute Wahl.«

»Schön hier.«

»Worauf er einen lassen kann.« Wie erwähnt, Adis Sprache war gewöhnungsbedürftig. Dazu vulgär. Die Wirtin brachte das Bananenweizen. Nutzte die Gelegenheit Adi eine mitzugeben.

»Glauben Sie ihm kein Wort.«

»Warum?«

»Er kommt aus Feuerbach.«

Sie machte eine kurze rhetorische Pause.

»Wer in Feuerbach geboren wurde, findet es überall schön.«

Die Pointe hatte sie schön gesetzt. Alle Achtung. Auch wenn Sie den Klassiker nicht zum ersten Mal raushaute.

Kann man so sehen, dachte Minkin. Schön ist anders. Allerdings musste man weit gehen, bis man eine solche

Dichte an Geschmacksarmut und hervorragenden Eisdielen fand. Das auf engstem Raum. An einer staubigen und gern befahrenen Straße. Feuerbach ist nicht gerade die grüne Lunge Stuttgarts, eher der Schornstein Zuffenhausens. Störte es Minkin? Im Gegenteil.

Burning down the house

Minkin hatte den Auftrag, aber keine Idee was es bedeutete. Keinen Schimmer, welche Ausmaße das hier annehmen konnte. Hätte er gewarnt sein können? Möglicherweise.

Minkin hatte keinen Partner. Trotzdem hatte er das Bedürfnis mit jemanden über die Sache zu sprechen. Caesar war immer eine gute Wahl. Er war selbständig. Hatte meistens Zeit für ein Getränk. Minkin trat vor Christas Pub und wählte auf seinem antiquarischen Siemens ME45 Caesars Nummer.

»Ja.«

»Hallo Caesar, ich bin es, Minkin.«

»Ah, gut. Wollte dich eh anrufen.«

»Wie sieht es aus, Zeit für einen spontanen Umtrunk?«

»Heute?«

»Jetzt.«

»Minkin, ich arbeite.«

»Seit wann?«

»Minkin, deine Witze werden nicht besser. Heute Abend würde es gehen?«

»Bin ich auf dem Weg nach Sevilla?«

»Sevilla, ist das dein Ernst?«

Caesar war erstaunt.

»Sicher.«

»Was machst du dort?«

»Eine Liste finden.

Caesar wollte es genau wissen.

»Eine Liste, was für eine Liste?«

»Keine Ahnung, Caesar. Da war so ein Typ bei mir, nannte sich Goldberg. Hat mir eine Menge Geld auf den Tisch gelegt und mir den Namen einer Bar in Sevilla genannt. Mehr weiß ich nicht.«

»Das kann kein Zufall sein.«

»Was meinst du?«

»Das kann kein Zufall sein, mit Sevilla. Minkin, wir sollten reden.«

Caesars Tonfall veränderte sich. Ging in Richtung Besorgnis. Ungut klang das auf einmal. Schwarzseherisch.

»Caesar, was ist los? Du sagst doch immer, ich soll mal raus. Und jetzt gibst du hier die Sphinx.«

»Fahr nur, Minkin. Wir reden, wenn du wieder hier bist.«

»Über was?«

»Ich bin da in so eine Sache involviert, ich weiß nicht recht, wird mir langsam unheimlich. Möglicherweise läuft da was aus dem Ruder. Du warst doch mal bei der Staatsanwaltschaft. Ich meine, du hast eventuell eine Idee. Und jetzt fährst du nach Sevilla, das ist schon außerordentlich seltsam. Umso eher sollten wir uns sehen.«

In Caesars Worten schwang Furcht mit. Eine Regung, für die Caesar nicht eben bekannt war. Caesar hatte die 50 passiert. Sah keinen Deut jünger aus. War 12 Jahre beim Bund. Fallschirmjäger, so seine Legende. Seit einigen Jahren selbständig. Lebensmittelbranche, Vertrieb. War nie klar, was er machte. Wenn er Fallschirmjäger gewesen sein sollte, sah man es ihm nicht mehr an. Hatte inzwischen eine ordentliche Wampe. Hektik war ihm fremd. Er rauchte, er soff. Sprach nicht übermäßig viel. Reduzierte sich auf das Nötigste. Gab wenig Gründe ihn nicht zu mögen.

»Wann können wir reden?«

»Sobald ich wieder da bin.«

»Wann wird das sein?«

»Anfang nächster Woche.«

»Gut, melde dich sobald du wieder hier bist, hörst du.«

Caesar wurde immer unheimlicher. Er hatte Schiss. Minkin zog in Erwägung ihn zu fragen. Andererseits, wenn er hätte am Telefon was loswerden wollen, hätte er es tun können. Minkin war keiner der insistierte.

»Mach ich. Wollte ohnehin mal wieder in den Kurort.«

»Gut, alles Weitere vor Ort.«

»Bis dann.«

Das Gespräch war zu Ende.

Minkin marschierte los. Er wollte die Strecke von Feuerbach in die Stadt zu Fuß machen. Dann den Saarländer am Olgaeck treffen. Minkin hatte den Saarländer im Anschluss an das Gespräch mit Caesar angerufen. Der Saarländer hatte Zeit. Danach würde er weiter zum Hauptbahnhof machen und dann Viva Espania.

Es war ein strammer Fußmarsch von Feuerbach in die Stadt. Man musste erst die dunkle, moosbewachsene, lebensfeindliche Nordseite des Killesbergs erklimmen, bis man sich wieder auf bewohnbarem Terrain befand.

Minkin war direkt aus Christas Pub aufgebrochen, den kleinen Rucksack geschultert. Mehr brauchte er nicht. Minkin hatte Hunger. Seine Kalorienzufuhr bestand aus einem Bananenweizen und Adis Geschwätz. Viel dran war da nicht.

Minkin suchte den Biergarten am großen Park auf. Er war der einzige Gast. Der Biergarten war nicht eben top, aber der Blick war außerordentlich. Man hört allerlei Niederträchtiges, Verächtliches über Stuttgart. Neckar-Hannover, Bielefeld des Südens waren noch die schmeichelhafteren Bezeichnungen. Wenn es etwas gab, das diese Stadt von ihren Artgenossinnen unterschied, dann war es der Blick. Hatte der Münchner Blick, der Frankfurter, der Kölner? Keiner hatte den Blick. Weil Sie sich keine Hügel leisten konnten. Flache Städte waren das. Allesamt.

Die Aussicht war das Einzige, was man bei dem Biergarten auf dem Haben-Konto verbuchen konnte. Plus die strategisch günstige Lage, wenn man von Feuerbach in die Stadt wandern wollte. Der große Park der Reichsgartenschau erinnerte daran, dass es eine Zeit gab, in der Flächen nicht dem Diktat der Investoren unterworfen waren. Es war ein anderes Diktat. Immerhin eines mit Sinn für eine eigene Ästhetik.

Die Speisekarte war biergartentypisch. Will sagen erbärmlich. Chicken Wings, Country Potatoes. Warum?

Das einzig Akzeptable auf der Speisekarte war Käsekuchen. Minkin entschied sich für den Kuchen. Er würde furchtbar schmecken. Minkin stocherte lustlos darin herum, als er den ohrenbetäubenden Knall hörte. Er spürte die Druckwelle. Gläser, Tassen, Bestecke flogen in alle Richtungen. Ein scharfer Gegenstand streifte seine Schulter. Minkin duckte sich instinktiv weg. Das Ganze dauerte nur wenige Sekunden, wenn überhaupt.

Als das Gewitter vorbei war, sah Minkin, dass der Biergartenanbau lichterloh in Flammen stand. Das ging schnell.

»Raus hier!«

Irgendeine der Angestellten schrie, »Raus hier, alle raus.«

Gut gemeint, aber unnütz. Wo anders als draußen sollte man denn sein im Biergarten?

Minkin griff seinen Rucksack und rannte den Hang hinunter. Er stand fünfzig Meter vom Feuer entfernt, starrte fasziniert wie alles in Flammen aufging. Der ganze Mist. Im Hintergrund war das Sirenengeheul der Feuerwehr zu hören. Die Cops waren bereits da. Erstaunlich! Als ob sie es gerochen hätten. Ein großer Typ ohne Haare sicherte das Gelände ab. Schnell war die Truppe. Gefühlt waren nur wenige Sekunden vergangen seit dem Knall. Der Eindruck der Zeugen täuschte meistens. Vielleicht starrte Minkin schon minutenlang auf das Feuer.

Minkin merkte erst jetzt, dass er zitterte. Er hatte nichts abbekommen. Nur seine Jacke. Traurig genug. Der Gegenstand, vermutlich ein Messer, hatte in Höhe der Schulter ein fünf Zentimeter langes Loch in die Cortina d'Ampezzo Jacke gerissen. Hatte er sich vor kaum mehr als zehn Jahren in Ravensburg gekauft. Immer noch einwandfrei. Bis auf die Bündchen. Seine Mutter hatte das Stück in den Trockner gesteckt. Eine Sünde. Die Jacke konnte man zu jeder Jahreszeit tragen. Auch modisch zeitlos in rot, blau und weiß gehalten. Mit dieser Farbkombination lag man nie daneben. Minkin sah sich den Riss genauer an. Schien nicht ganz so schlimm. Die Jacke würde man wieder hinbekommen. Gab da Spezialisten. Sogenannte Schneider, falls es den Beruf noch gab.

Minkin dachte nach, was er tun sollte? Hierbleiben? Wenn er auf etwas keine Lust hatte, dann waren es stundenlange Befragungen, Aufnahme der Personalien und was die Cops sonst noch für ein Programm runterspulten. Könnte er irgendetwas zur Aufklärung beitragen? Kaum. Er hatte eine Reise vor sich. Reisende soll man nicht aufhalten.

Minkin drehte sich um und nahm zittrig den Fußweg Richtung Innenstadt.

Olga-Eck

Minkin traf vor der Fahrt nach Sevilla den Saarländer am Olga-Eck. Ein Wirtschaftsimmigrant. Hatte wie alle Saarländer etwas Undurchschaubares. Ging wie alle Saarländer keinem Schoppen aus dem Weg. War noch dazu Lehrer. Hatte also auch Zeit.

Er war einer der wenigen Menschen, dem er vertrauen konnte. Gab noch Caesar und den Pfarrer. Minkins sozialer Kosmos war nicht eben riesig. Kamen die Tresenkicker hinzu. Der Redakteur. Der Italiener. Der Pianist. Zwei, drei Anwälte. Das war es dann. Nicht üppig für einen der ein halbes Leben lang Zeit hatte Kontakte zu knüpfen. Minkin war nicht so. Kein Netzwerker. Mit Visitenkarte. Oder Account in sozialen Netzwerken.

Ein paar Kontakte gingen unterwegs verloren. Man hatte sich nichts mehr zu sagen oder das, was man sich zu sagen hatte, war unschön. Mit zunehmendem Alter wurde das Schließen von Bekanntschaften, Freundschaften nicht eben einfacher. Außer beim Trinken.

Da ging das. Kurzzeitig. Gibt da diese Statistik, die sich Minkin nur im Ungefähren merken konnte. Jährlich sterben circa 70.000 Menschen an den Folgen des Alkohols. Ne gute Million ist alkoholabhängig. Weitere 10 Millionen haben einen problematischen Konsum. Die restlichen 70 Millionen schienen normal zu sein. Minkin kannte nur niemanden aus der Gruppe. Abgesehen von seiner Mutter.

Er traf sich mit dem Saarländer am Olga-Eck. Der Saarländer residierte im Kurort Bad Cannstatt. Für Cannstatt war die Zeit zu knapp. Musste man über den Fluss rüber machen. Minkin hatte kindheitsbedingte Ängste vor Tunneln. Noch mehr Angst hatte er vor Brücken. Immer wenn er als Kind mit dem Bus über ein Brücke fuhr, hatte er Panik, das Ding könne einstürzen und er würde im Bus ertrinken. Cannstatt war ein zu großes Risiko für einen Nichtschwimmer. Nicht vor einer solchen Reise die Gefahr erhöhen. Nicht ohne Not.

Es war nicht so, dass Minkin was gegen Cannstatt an sich hatte. Sollte dort schöne Ecken geben. Am Kurpark hatte angeblich der erste Augustiner-Biergarten in Württemberg aufgemacht. Allein schon deshalb musste man da mal eine Tagesfahrt einplanen. Der Park an sich sollte hübsch sein. Mit Bänken. Viel Grün, Frischluft, war okay. Wobei das mit der frischen Luft überschätzt wird. Von wegen Gesundheit. Sterben mehr Menschen draußen an der frischen Luft als drinnen. Gibt wenig Indoor-Tsunamis. Eher fliegen in der Stadt Biergärten in die Luft.

Draußen war inzwischen überall der Feinstaub unterwegs. In meiner Kindheit war es der Saure Regen, dachte Minkin, jetzt ist es der Feinstaub. Gerade Stuttgart. Feinstaubweltmeister innerhalb Deutschlands. Die Stadt mit der schlechtesten Luft Deutschlands. Musste erst mal hinbringen. Haben die lange für geackert mit den achtspurigen Stadtautobahnen, dem Flottenverbrauch. Steht neuerdings ganz oben auf der Agenda. Feinstaub, Windkrafträder und Kitaplätze. Der schnell verblasste Schuster hatte darauf geachtet, dass die Feinstaubwerte oben bleiben. Wollte immer hoch hinaus, der Mann. Und? Weinte ihm einer nach? So was von niemand. Den Flughafen haben sie nach seinem charismatischen Vorgänger benannt. Wenn es gut läuft, wird nach ihm eine Mehrzweckhalle in Möhringen benannt werden. Oder er wird Namenspatron für das Parkhaus am Milaneo.

In Stuttgart war das eine einfache Formel in den Nuller Jahren. Viel Feinstaub war gleichbedeutend mit wenig Kitaplätzen, wegen erhöhter Säuglingssterblichkeit war das. Jetzt machen die den Feinstaub weg, schalten das Atom ab und schon brauchen die mehr Kitaplätze. Hatten die nicht auf dem Schirm. Plötzlich bauen sie Kitas wie die Irren. Eh du dich umdrehst, haben sie dir eine Kita in den Hof gestellt. Im Garten schnurrt ein Windrad mit 100 Dezibel. Planen die, da war sich der Minkin sicher. In Botnang. Weshalb der Minkin schlussendlich nach Feuerbach verzogen war. An den Wilhelm-Geiger-Platz. Sollte jemals einer auf die Idee kommen dort ein Kita zu bauen, dann hätte der Wahnsinn eine Stufe erreicht, bei der Flucht zwecklos war.

Sicher, das neue Regime wird irgendwann versuchen den Stadtteil zu verschönern. Wasserlauf, Bäumchen pflanzen. Gewerbeflächen umwandeln. Für die Kreativwirtschaft. Immer wollen sie alles hübscher machen. Hinterher ist das Geld verpulvert, die Parasiten haben sich die Taschen vollgestopft und es sieht genauso scheiße aus wie vorher.

Der einzige Trost dabei war, dass man bei der ganzen Politik nie wirklich erfuhr, wie sehr wir verarscht wurden.

Die konnten die Sachen einfach nicht in Ruhe lassen, dachte Minkin. Wenn etwas anfing sich zu entwickeln, ganz ohne öffentliche Hilfe, dann kam irgendein zwanghafter Kommunalpolitiker. Witterte seine Chance sich wichtig zu machen. Wird mit dem Neckar der gleiche Mist werden. Mal eben wieder schnell was aufhübschen. Paar Sträucher pflanzen. Paar Kieselsteine an den Rand werfen. Wollen die Stadt näher an den Fluss bringen. Was der Fluss wohl dazu sagt? Fuck off!

Da hat man Jahrhunderte den ganzen Schrott, die Fäkalien rein gekippt und jetzt entdeckt man plötzlich wieder den Fluss als urbanen Lebensraum.

Ging Jahrtausende ohne idyllische Strandbars am Fluss. Hatten die Römer das, als sie hier waren? Gut - die ja, der Italiener, okay, Dolce Vita. Saß vor der Gelateria, trank Espresso. Der Germane, der Schwabe, der Nazi - hatte der Strandbars am Fluss? Eben. Hübsch wollen die das aussehen lassen. In Cannstatt. Am Wasser. Mit den Schirmen, Liegen, Bänken und Tischen. Der Fluss bleibt dieselbe rotzbraune Brühe. Wer um alles in der Welt will da drauf glotzen, wenn er ein Getränk nimmt? Man kann sich Frauen schön trinken, Männer. Flüsse? Eher mal nicht. Wer unbedingt aufs Wasser glotzen will wenn er Prosecco säuft, soll nach Sylt fahren. Nach Konstanz. Zu den Bärenseen. Nicht nach Cannstatt. Minkin war sich der kompletten Irrelevanz seiner Überlegungen bewusst. Kein Grund sie zu unterlassen.

Minkin traf den Saarländer im Bier-Eck am Olga-Eck.

Das Olga-Eck war altes Stuttgart. Aus der Zeit, als man Tipp noch mit einem »p« schrieb. Die Betonschachtel am Anfang der Blumenstraße beherbergte keine Büroflächen mit angeschlossenem Fitnessstudio, veganem Edelitaliener und Starbucks-Filiale. Dort gibt es Sexshop, Spielhalle und dazwischen das Bier-Eck. Work-Life-Balance nach alter Schule.

Das Bier-Eck steckt spartanisch in einer schlauchartigen Höhle fest. Die Kommandos werden gleich am Eingang verteilt. »Legt Euer Geld in Alkohol an. Wo sonst gibt es 40 Prozent?« Sag was dagegen, dachte Minkin beim Betreten. Die Losung wird am Olga-Eck ernst genommen.

»Wollen wir mal nicht nachstehen.«

Kam vom Saarländer.

Minkin musste nicht lange nachdenken.

»Nein, wollen wir nicht. Hast du schon mal einen Biergarten abbrennen sehen?«

Minkin war immer noch beeindruckt von dem Spektakel. Auch davon, dass er ungeschoren davongekommen war.

»Nicht, dass ich wüsste.«

»Mach das mal bei Gelegenheit.«

»Versuche dran zu denken.«

»Hör mal, ich hab da was vor?«

»Du?«

Minkin schaffte es immer wieder seine Mitmenschen zu überraschen.

»Ich werde nach Sevilla fahren.«

»Schön.«

»Denke ich auch. Ich soll eine Liste finden.«

»Aha.«

Das Interesse bei dem Saarländer hielt sich in Grenzen. Minkin versuchte sich kurz zu fassen. Wollte sein Gegenüber nicht mehr langweilen als nötig. Erzählte ihm von

Goldberg, immerhin hatte er dann einen Namen. Für alle Fälle. Dann konzentrierten sich Minkin und der Saarländer auf das Wesentliche. Im Olga-Eck kam neben Bier auch Kölsch zum Ausschank. Bei Nummer fünf und sechs plauderte der Pächter sein Marketinggeheimnis aus. Der Kölschtarif fällt bei zehn Gläsern um 20 Prozent.

»Kann er das nicht gleich sagen!«

Der Saarländer reagierte mürrisch. Landesart.

»Wenn man beim Saufen noch Geld verdienen kann, weiß ich das gern vorher.«

Waren am Ende dann zehn Kölsch. Rabatt? Der Wirt nahm 17,00 statt 20,00 Euro. Riesen Deal. Zu spät hatte Minkin entdeckt, dass die knappe Weinkarte Korea auswies. Cola-Rotwein. Noch so ein 80er Ding aus dem Kraichgau. Ab zehn Korea gab es die Nummer elf aufs Haus.

»Sollen wir Korea angreifen?«

Das war es, was Minkin am Saarländer schätzte. Hatte immer einen Plan. Minkin hatte Sevilla erwähnt, gesagt, was er sagen wollte. Der Saarländer hatte zugehört. Mit etwas Glück hatte er sich davon etwas gemerkt. Minkin hoffte zumindest, dass er nicht alles vergessen würde.

»Lass mal, ich muss dann. Der TGV wird nicht warten wollen. Man muss mehr Zeit einplanen, seit die angefangen haben den Bahnhof tieferzulegen.«

Falsches Stichwort für den saarländischen Wutbürger.

»Tieferlegen, wenn ich das schon höre.«

Jetzt war der Saarländer wach.

»Haben wir damals schon gemacht. In den 80er Jahren. Mit dem Manta, dem GTI, dem Scirocco. War Unsinn.«

Konnte man pauschal nicht sagen, dachte Minkin. Gab damals schöne Boliden.

»Das war der Style. Westdeutsch, posermäßig.«

»Macht den Bahnhof auch nicht besser. Wo ist der Unterschied zum tiefergelegten GTI?«

Der Saarländer hatte sich an dem Thema verhakt.

»Mann, keine Ahnung. Immerhin hat eine Mehrheit für das Ding votiert.«

Minkin hatte keine Lust mit dem Saarländer zu diskutieren.

»Wenn ich die Zahl schon höre, Minkin, die 21.Was glauben die denn? Die denken sie packen die 21 dahinter und schon sind sie Captain Future.«

Zukunftschiffren konnten Minkin kaum mehr beeindrucken seit die Vision »KSC 2000« abgeschmiert war. Was waren die groß damals in den Neunzigern. Euro Eddy Schmitt. 7:0 gegen Valencia. Icke Häßler, Fußballgott. Dann wollten sie beim KSC hoch hinaus. Hatten eine Vision. »KSC 2000«. Seither ist der Verein ein Fahrstuhlverein. Kämpft mehr oder weniger permanent gegen den Abstieg in die 2. oder 3. Liga. Verkackte sogar die Relegation gegen den HSV. Wie bitter war das denn?

»War mit dem KSC 2000 die gleiche Scheiße.«

Das Einzige was Minkin dazu einfiel.

»Hä?«

»Vergiss es. Ich muss los.«

»Du musst es wissen.«

Der Saarländer machte eine Pause.

»Noch was, Minkin!«

»Was?«

»Kauf dir bei Gelegenheit eine neue Jacke.«

Hörte Minkin nicht das erste Mal. Ändern würde es kaum was.

Weihnachtsbäume im Januar

Sicherheitsschleusen gab es immer noch im Bahnhof. Jeden Montagabend. Ein paar Einwohner demonstrierten unablässig gegen den Tiefbahnhof. Seltsamer Anblick. Das Loch wurde mit jedem Tag tiefer. Die verbliebenen Gegner wollten sich nicht damit abfinden. Man mochte sich darüber wundern, Respekt hatte Minkin vor den Leuten allemal. Das war der Preis der Demokratie. Jeder konnte loswerden, was er wollte. Die Bewegung hatte ordentlich Dampf reingelassen in den Kessel. Als Fanatiker wurden die Teilnehmer vom Ministerpräsidenten zwischenzeitlich diffamiert. Unschön. Sie hatten ihn ins Amt gehievt. Hatte er seinen Deckel bezahlt? Wohl kaum. Die Bahnhofssache war gelaufen, sicher. Bauen die, soviel war klar. Die Menschen mit den K21-Taschen und den laubfroschgrünen Schals erinnerten ein wenig an die Weihnachtsbäume im Januar die an den Sammelplätzen warteten. Überlebende einer verblassenden Schlacht.

Heute war wieder Montag. Demo am Hauptbahnhof. Minkin musste Gas geben. Sich sputen. Es war keine Weltreise vom Olga-Eck zum Hauptbahnhof. Drei Stationen. Die Jahrhundertbaustelle war das Problem.

Die Gleise waren in die Ferne gerückt, seit sie angefangen hatten den Trog für den unterirdischen Bahnhof auszuheben. Die Gleise waren nur noch über zwei Gangways zu erreichen. Mit Fensterluken drin. Damit jeder sehen konnte, wie langsam der Baufortschritt vorankam. Großflächige Fotos mit Weltstädten waren darauf. London, Kalkutta, Peking. In der Liga spielt man jetzt. Applaus, Applaus. Würde noch eine ganze Weile so gehen. Bis 2021 sagten die Bauherrn. Bis 2025 diejenigen, die Ahnung hatten. Es wird 2030 werden.

»Haben Sie einen Fahrschein?«

»Sicher.«

Die Jungs von der Bahn beobachteten immer noch mit Argusaugen, wer montagnachmittags im Bahnhof einging. Was erwarteten die? Jemanden der in die Baugrube pinkelte?

»Könnten wir den sehen?«

»Tut mir leid, ich hab es eilig. Ich muss den TGV kriegen. Fährt in drei Minuten. Ich will hier nichts in die Luft sprengen.«

Minkin wollte dem Ganzen die Ernsthaftigkeit nehmen. Ging daneben.

»Das müssen wir überprüfen.«

Hatte Minkin Lust darauf? Absolut nicht. Minkin tat etwas, was er noch nie getan hatte.

Er lief los, ohne den Mann vom Sicherheitsdienst zu beachten. Minkin war gespannt, was passieren würde. In den Vereinigten Staaten würde man ihn erschießen, zumindest wenn er schwarz und minderjährig wäre.

»Stehen bleiben!«, rief der Sicherheitsmann.

»Oben bleiben!«, antwortete einer der Passanten auf dem Weg zur Demo. Minkin musste schmunzeln. Die Jungs vom Sicherheitsdienst waren verwirrt. Verwirrung war mit Sicherheit das entscheidende Einstellungskriterium für den Job. Minkin hatte die Gangway erreicht. Noch zwei Minuten bis zur Abfahrt. Minkin begann zu rennen. Weniger wegen der Männer vom Sicherheitsdienst, mehr wegen des abfahrbereiten Zuges. Wenn es knapp war, waren die Züge immer pünktlich. Murphys Law.

Keuchend erreichte er den TGV und sprang hinein. Wenige Sekunden später schlossen sich die Türen.

Eins wie das andere

Während 23 Stunden Zugfahrt schmeckt ein Bier wie das andere. Bis zu achtzig Aromen filtern geübte Trinker beim Biergenuss heraus. Von Akazienhonig bis Walnuss. Je nach Fermentierung.

Minkin war vielleicht bei vierzig. Maximal. Die meisten Biertrinker kommen über die Fernsehbiergeschmacksnivellierung nie hinaus. Halten Warsteiner für ein Bier. Von einem flüssigen Maisfladen bis zu Klärschlamm reicht mein Dursthorizont immerhin, von bernsteinfarben bis strohblond die Farbpalette. Da sind die Irish Stouts gar nicht mal berücksichtigt. Rechnet man diejenigen hinzu, an die ich mich nicht mehr erinnern kann, dann sind das gar nicht so wenig für einen Laien, dachte Minkin nicht ohne Stolz. Dann wäre da noch das Gefühl einer kühlen, feuchten Flasche. Von Tau benetzt. Ein haptisches Happening. Gesteigert wird das Erlebnis, wenn es sich um eine der alten bauchigen Flaschen handelt. Die eine oder andere Kleinbrauerei füllt noch in der Euroflasche ab. Die bauchige Flasche reüssiert. Erinnert an die gute alte Zeit. Wirtschaftswunder, Wiederaufbau, Babyboom.

Die großen Brauer haben inzwischen dieses Erlebnis wieder entdeckt. Erdinger hat vor ein paar Jahren eine bauchige Flasche mit einer Urweißen auf den Markt gebracht. Gar nicht so übel für einen Bierhersteller, der überwiegend davon lebt, dass Fußballspieler seine Erzeugnisse dem Trainer am Saisonende über den Kopf schütteten. Wir brauchen einen Fußballlehrer, hatte Uli Hoeneß nach dem Rauswurf von Klinsmann verlauten lassen und Louis van Gaal engagiert. Kein wirklicher Sympath, das Feierbiest. Tod oder Gladiolen war allerdings groß. Wer solche Parolen raushaute, konnte sich ein bisschen was erlauben. Das war Punk. Tod oder Gladiolen. Das von einem Holländer.

The Clash hatten es mit »Death or Glory« kaum prägnanter formuliert.

Das mit dem Fußballlehrer war trotzdem Unsinn! Ihr braucht einen, dem ihr am Saisonende das Weißbier auf den Helm kippen könnt. Sonst braucht ihr nichts. All diese sportlichen Gedanken brachten Minkin kaum weiter. Nach 23 Stunden Zugfahrt schmeckten alle Sorten gleich. Das war die Erkenntnis der Reise. Braucht immer ein bisschen, bis man zu dieser Erkenntnis gelangte. Braucht Zeit. Was braucht es noch?

Alkohol in vollen Zügen

Ein Bordbistro. Immerhin hatte der TGV-Hersteller an der schönen, altmodischen Idee mit der Bar festgehalten. Keine Selbstverständlichkeit in Zeiten der allgemeinen Servicereduktion. In der unfreundliches Personal durch defekte Automaten ersetzt wurde. Nach dem Rauchverbot würde mit Sicherheit das Alkoholverbot in Zügen kommen. Machen die. War sich Minkin sicher.

Wenn man sämtliche Sitzpositionen probiert hatte, stellte man fest, dass keine wirklich bequem war. Besser also einen Stehplatz an der Bordbar. Die Bar war weit weniger schön, als man das von einem französischen Bordbistro hätte erwarten können. Mutig in der Farbgebung. Ziemlich voll. Dauerte eine Weile, bis Minkin dran kam, um dann in radebrechendem Französisch ein Bier zu bestellen. Carlsberg. Auch kein Spitzengewächs. Der Kellner antwortete bei der Bestellung auf Deutsch, was wieder mal das gängige Klischee bestätigte, dass Franzosen ignorant sind und kein Englisch sprechen.

Minkin hatte sich einen Stehplatz am Fenster gesichert und zaghaft Blicke mit einer Blondine im mopsgrauen Businesskostüm getauscht. War kurz davor sie anzusprechen, als ihn von hinten eine fleischige Hand an die Schulter fasste.

»Minkin, das gibt es ja nicht. Was machst du denn hier?«

Das gleiche hätte er das füllige, rotwangige Gegenüber fragen können, wenn ihm der verdammte Name eingefallen wäre.

»Mir wurden die Sitze zu unbequem und da dachte ich, es sei der richtige Zeitpunkt für ein Getränk.«

»Immer noch der alte Pragmatiker, Minkin.«

Wenn Minkin etwas nicht war, dann Pragmatiker.

Aber woher glaubte der Kerl Minkin so gut zu kennen? Minkin kannte das Gesicht, wusste aber nicht woher. Zumal Gesichter; es waren halt Gesichter. Nicht mehr. Werden in der Regel überbewertet. Die Leber war wichtig, das Herz, die Nieren und so was. Gesichter waren unwichtig. Hauptsache man hatte eins. Wieder schien der Kerl genau zu wissen, was gerade unter seinem Haaransatz vorging.

»Weißt du nicht, wo mich hin stecken, Minkin?«

»Könnte man so sagen.«

»Schödlbauer.«

»Klar, Schödlbauer!« Minkin hatte keinen blassen Schimmer.

»Und? Wie?«

Das war die Langform der umfassenden Frage nach dem allgemeinen Zustand und dem körperlichen Wohlbefinden. Minkin war in einer Gegend groß geworden, in der man einen Hang zum Lakonischen pflegte ohne zu wissen, dass es dafür ein so schönes Wort wie »lakonisch« gab.

»Super. Hab gerade noch rechtzeitig die Kurve gekriegt und die Jurascheiße geknickt.«

Da war es! Schödlbauer. Hatten zusammen das Jurastudium begonnen. Waren ein paarmal abends gemeinsam unterwegs gewesen. Im Bierkeller, in der Tangente. Wohnten eine Zeit lang im gleichen Wohnheim in der Mohlstrasse. Schödlbauer, klar. Netter Kerl. War damals plötzlich von der Bildfläche verschwunden.

»Ging dir besser als mir.«

»Du hast die Scheiße durchgezogen?«

»Was Besseres ist mir nicht eingefallen.«

»Wie den meisten, die Jura studieren.«

Zustimmung.

»Was treibst du jetzt?«.

Hier beschloss Minkin, dass es besser wäre, die Wahrheit zu schönen.

»Beratung.«

»Demnach nichts.«

»Wenn du so willst.«

»Gut bezahltes Nichts.«

Das war die Beraterbranche in Minkins Augen. Leute mit Rollkoffer und Powerpointpräsentationen auf dem Laptop. Leute, die alles besser wussten, aber nichts besser machten. Die die Verantwortung am Ende des Tages an den Mandanten abgaben.

»Und selbst?«

Aus dem Augenwinkel nahm Minkin wahr, dass die attraktive Blondine inzwischen mit einem ältlichen Glatzenträger ins Gespräch vertieft war. Schlampe!

Da die Sache vorerst jedenfalls vorbei war, ging die Frage an Schödlbauer, ob er was gegen ein Getränk einzuwenden habe. Natürlich hatte er das nicht.

»Vertrieb. Insulin. Die Spanier sind ganz spitz drauf. Riesenmarkt da unten. Ein ganzer Haufen zuckerkranker deutscher und britischer Rentner an der Costa del Sol und auf Malle.«

»Insulinspray?«, hakte Minkin nach.

Das Gespräch versprach spannend zu werden. Zeit war nicht das Problem. Der Zug war gerade mal kurz hinter Straßburg.

Fahrplan

Anbei der einigermaßen aktuelle Fahrplan der Deutschen Bahn zur besseren zeitlichen und räumlichen Orientierung

Stuttgart Hbf	Mo. 28.07.14	ab	16:51	10	ICE 1090	Intercity-Express voraussichtlich starke Nachfrage, Bordrestaurant, WLAN verfügbar
Mannheim Hbf	Mo. 28.07.14	an	17:29	2		
Umsteigezeit 14 Min.						Umsteigezeit anpassen
Mannheim Hbf	Mo. 28.07.14	ab	17:43	1	TGV 9552	TGV Reservierungspflicht, Bordbistro
Paris Est	Mo. 28.07.14	an	20:54			
Übergang 40 Min. weiter mit Metro 5 in Richtung Place d'Italie						Umsteigezeit anpassen
Paris Austerlitz	Mo. 28.07.14	ab	21:57		NZ 3733	Nachtzug Liegewagenzug, Reservierungspflicht, Globalpreis, Ruhesessel (Sleeperette), Bordrestaurant, Fahrkartenautomat im Zug, Kleinkindabteil
Perpignan	Di. 29.07.14	an	07:22			
Umsteigezeit 3:48 h						Umsteigezeit anpassen
Perpignan	Di. 29.07.14	ab	11:10		TGV 9731	TGV Reservierungspflicht, Barwagen, Rollstuhlstellplatz
Madrid-Puerta de Atocha	Di. 29.07.14	an	15:45			
Umsteigezeit 15 Min.						Umsteigezeit anpassen
Madrid-Puerta de Atocha	Di. 29.07.14	ab	16:00		AVE 2160	AVE Reservierungspflicht, Globalpreis, Ruhesessel (Sleeperette), Imbiss und Getränke erhältlich, Rollstuhlstellplatz, führt Video-Wagen, Schwerbehindertenabteil
Sevilla Santa Justa	Di. 29.07.14	an	18:30			

»Es regnet in Madrid,
aber wir hatten
unsere Regenmäntel mit.«

Funny van Dannen

Logistikbier

Als Schödlbauer sich am nächsten Morgen verabschiedete, hielt der Zug in Madrid. Schödlbauer musste raus, Minkin hatte noch ein bisschen was vor sich. Abschiede waren im Allgemeinen nicht sein Ding. Bussi hier, Bussi dort. Er hasste diese neue Unsitte. Quatsch war das. Nahm überhand. Jemand ist einem zufällig im Bus auf den Fuß getreten, schon knutscht er dich beim nächsten Mal. Als ob es nie was anderes gegeben hätte. Berührung war okay, wenn es sein musste. Das ging inzwischen bis zum feuchten Zungenkuss. Insbesondere in der Winterzeit unerträglich. Diese Viren überall! Denkt denn da keiner dran? Was wollen diese Menschen damit eigentlich erreichen? Sie wollen dazugehören, der Welt zeigen, dass sie nicht allein sind auf der Erde. Haben die den gar keine Scham mehr, diese Nähefetischisten? Jetzt hatte es die Menschheit dank Internet und Smartphones geschafft die menschlichen Beziehungen zu abstrahieren und dann kommt dieses Bussi-Bussi-Volk und macht alles kaputt mit seinem Zwang zur Berührung.

Mit Schödlbauer war das kein Problem. Im Gegenteil. Schödlbauer hatte ganz schön was geladen. Er hatte allerdings den Vorteil, deutlich mehr Lebendgewicht auf die Waage zu bringen. Was noch für ihn sprach, war seine Oberpfälzer Herkunft. Die Oberpfalz war eine Gegend, in der man sehr früh ein gewisses Stehvermögen bei der Hopfenvorratsspeicherung entwickeln musste, um zu überleben. Lange, kalte Winter gab es dort. Von September bis Mai liegt Schnee, sagt man. Meterhoch. In der Oberpfalz soll es wieder Wölfe geben. Falls die jemals weg waren. So an die zehn Gläser dürften es zwischen Straßburg und Madrid wohl gewesen sein. Plus das eine oder andere Schnelle beim Umsteigen in der französischen Hauptstadt. Kein Wunder, dass man müde ist. Und warum der Trinkdruck im Zug? Für wen? Vermutlich nur um den Kick-Kollegen zu übertreffen, der auf einer sechsstündigen ICE-Fahrt zwischen Düsseldorf und Stuttgart sieben Hefeweizen geschafft haben will. Prinzregent Luitpold hatte er behauptet. Minkin hatte Zweifel am Wahrheitsgehalt der Geschichte. Sechs Stunden soll die Fahrt gedauert haben. Von Düsseldorf nach Stuttgart. Gut, die Bahn kriegt das hin. Aber Prinzregent Luitpold? Das passte nicht zur Bahn. Die hatten eigentlich immer irgendeine Fernsehplörre im Ausschank. Das bestgeplante Logistikbier Deutschlands. Schöfferhofer hatten sie eine Zeit lang. Das etwas andere Weizenbier. Modern, unkonventionell, innovativ und urban hieß es in der Reklame. Was sollte das sein, ein modernes Bier? Es gab gute Biere, weniger gute Biere und es gab Becks Gold. Dann gab es noch das urbane Schöfferhofer. Aber wer wollte oder konnte sieben urbane Weizenbiere trinken? Möglicherweise war an der Sache mit Prinzregent Luitpold etwas dran. Minkin würde das nach seiner Rückkehr ein für alle Mal klären. Der Leser wird an dieser Stelle schon mal aufgefordert, sein Logistikbierwissen dahingehend einzubringen, ob die deutsche Bahn in den Nuller Jahren im ICE Bordbistro Prinzregent Luitpold zum Ausschank brachte. Wie gesagt, es muss das ICE Bordbistro gewesen sein. Dass es in anderen Zügen durchaus Überraschungen gibt, ist klar. Etwa im Eurocity Stuttgart – Klagenfurt. Wenn der Speisewagen ein Österreicher ist, gibt es dort Budweiser, Ottakringer und Paulaner. Wer via Herkunft mit Hofbräu und Dinkelacker assoziiert wird, weiß dieses Faktum zu schätzen.

Schödlbauer hatte ordentlich Karriere gemacht. Vertriebsbeauftragter eines süddeutschen Pharmaunternehmens mit dem Verkaufsgebiet Spanien und Portugal. Für einen übergewichtigen Studienabbrecher, der wie Minkin unter Flugangst litt, war dies eine erstaunliche Entwicklung. Noch dazu schien ihm die Sache Spaß zu machen. Konnte Minkin das von sich behaupten? Never. Weder Minkin noch seine ehemaligen Kollegen hatten Spaß an der Arbeit. Die meisten Juristen mögen ihren Job nicht besonders. Den allermeisten fehlen jedoch die Ideen, was sie sonst tun könnten. Einige seiner Studienkollegen fingen die Sache wegen des damit verbundenen Prestiges an. Gab tatsächlich noch Gegenden in der Republik, in denen man Juristen für Intellektuelle hielt. Musste Minkin auch jedes Mal lachen. Die größten Dummköpfe waren unter den Advokaten zu finden. Gewiss, gab es kluge Köpfe darunter, solche die sich tatsächlich als Teil im Rechtsfindungsprozess sahen. Dann gab es welche, die ihren Job frei von Empathie erledigten; lustlos, aber das war okay.

Schließlich gab es Anwälte, die sich für die Besten hielten, die damit auch nicht hinterm Berg hielten. Taten, als ob sie den Überblick hätten, alles einordnen könnten. Größenwahn war das. Das war Albert Speer.

Häufig gab es gerade bei Juristen diese kraterhafte Lücke zwischen Wahrnehmung und Wirklichkeit. Der Anwalt denkt, er sei ein unverzichtbarer Teil der Gesellschaft. Tatsächlich rangiert er im Ansehen der Bevölkerung bei den Umfragen regelmäßig hinter Lehrern und Müllmännern. Dass Investmentbanker und ein ehemaliger Bundespräsident noch unbeliebter waren, sollte kein Trost sein.

Schödlbauer ging das alles nichts mehr an. Er hatte mit dem Studienabbruch die richtige Wahl getroffen. Freiwillig war das kaum gewesen. Egal, wenn es am Ende des Tages passte. Das tat es wohl.

Schon lange hatte Minkin keinen arbeitenden Menschen mehr getroffen, dem das, was er tat, Spaß machte. Jetzt, da es soweit war, war es deprimierend. Anmaßend. Freude und Arbeit waren unauflösbare Gegensätze in Minkins Welt. Zugegeben, seine Welt war nicht eben repräsentativ. Arbeit bedeutete, dass immer irgendeiner etwas von einem wollte. Eine kurze Frage hatte. Dabei bedachten die Dummköpfe niemals, dass die Antwort auf eine kurze Frage langwierig sein konnte. Mühsam musste man danach suchen. Im Kopf. Obschon einem das Geschwätz an einem viel tiefer liegenden Körperteil vorbeiging. Verstellen musste man sich. Ein Interesse zeigen, das so gut wie nie echt war. Wie gerne würde man dem Rechtsrat suchenden Bürger entgegenschleudern, dass einem der kleingeistige Scheißdreck völlig schnurz war. Dass er dahin gehen solle, wo der Pfeffer wächst. Dass er andere nerven sollte mit seinem dümmlichen Geschwätz. Es ginge ihm ums Prinzip, kam dann oft. Was für ein Blabla. In diesem Punkt war der Anwalt nicht zu beneiden. Kein Wunder, dass die meisten zu viel tranken oder Burnout hatten. Oder beides. Minkin war sich restlos im Klaren darüber, dass im nächsten Leben ein Beruf dran war, bei dem es nichts mit Menschen zu tun gab. Etwas mit Pflanzen. Oder mit Holz. Bäume beobachten. Ihnen beim Wachsen zusehen. Jedes Jahr kommt ein Ring dazu. Daran konnte man ablesen, wie die Witterung war. Eine schöne Aufgabe wäre das.

Schödlbauer drückte ihm beim Verlassen des Zuges seine Karte in die Hand. *Key-Account-Manager.* Gehobenes Management sollte das sein. Klang nach gehobenem Schlüsseldienst. Musste man vermutlich auch viel reden. Überzeugen. Die Schlüsselkunden zutexten.

»Kannst dich ruhig mal wieder melden.«

»Mach ich.«

Das sollte bald der Fall sein, alter Kumpel. Schödlbauer verschwand in den warmen Nieselregen von Madrid.

Damaskus

In Madrid wechselte Minkin in den Zug nach Sevilla. Da war sie wieder, die Blondine im mopsgrauen Businesskostüm. Sie betrat nach ihm das Abteil. Wahnsinn! Der Herr ist groß! Der Herr ist mächtig! Seine Güte ist unendlich! Das war seine zweite Chance, dachte Minkin. Es gab also einen Gott. Er meinte es gut mit ihm. Minkin hatte immer eine Heidenangst vor der Hölle. Was ihm seit den Kindertagen fehlte, war die verdammte Heilsgewissheit. Nächte hatte er in Zelten verbracht voller Furcht vor dem Leibhaftigen, vor der Hölle. Damals auf den Freizeiten. Die so harmlos daher kamen. Als Zeltlager. Dort waren keine Pädophilen am Werk. Das war es nicht. Es war diese Art von missionarischer Pädophilie. Zwanghafter Bekehrungseifer.

»Hast du Heilsgewissheit, mein Kind? Bist du erlöst? Bist du wiedergeboren?«

Das wollten sie immer wissen. Beten wollten sie. Hand auflegen. Ein Bekehrungsgespräch führen. Leck mich am Arsch, würde man heute sagen. Aber als Zehnjähriger, der ohnehin kaum Zugang findet zur Welt? Wie soll der mit derlei Fragen nach der Wiedergeburt umgehen? Mit einer fein säuberlich geschürten Angst vor der Hölle? Die Flamme immer schön am Köcheln halten. Minkin hatte seitdem eine ungefähre Ahnung davon, wie es der Kirche Jahrhunderte lang gelingen konnte die Menschen einzuschüchtern. Unter Kontrolle zu halten. Was heute lächerlich wirkt, waren damals ernsthaft empfundene Ängste. Dann kam die Aufklärung und es sollte ein bisschen besser werden. Heute wissen wir nahezu Alles, na ja zumindest Einiges. Haben wir deswegen weniger Sorgen? Kaum. Minkin konnte nur hoffen, dass sie den Kindern heutzutage auf den christlichen Zeltlagern und Freizeiten mehr von der Großartigkeit der Schöpfung erzählten, von der

Perfektion des Schöpfers, vom Trost, den das Evangelium gelegentlich spenden konnte, von der erzählerischen Wucht der Bibel. Wie es die unterschiedlichen Autoren aus den verschiedenen Epochen schafften mit wenigen Strichen ihre kompletten Geschichten zu erzählen. Ohne Germanistikstudium. Ohne einen Kurs in »Creative Writing«. Wieso hatten diese Autoren noch keinen Literaturnobelpreis bekommen? Posthum. Gab das Alte Testament und das Neue Testament. Der Rest der Literatur? Fußnoten.

Minkin konnte nur hoffen, dass sie den Kindern nichts mehr erzählten von den Qualen der Hölle, von der Apokalypse, den sieben Reitern und dem ganzen Dreck.

Minkin hatte keine Ahnung, ob die Heranwachsenden überhaupt noch empfänglich waren für derartige Einschüchterungsversuche. Die Hölle war für die Kids heutzutage, wenn sie auf dem Smartphone kein Netz hatten. In Minkins Kindheit konnte man ihn noch ordentlich beeindrucken mit der ganzen Teufelsnummer. Das war in ungefähr so, wie wenn man einem Fünfjährigen »Das Schweigen der Lämmer« zeigt und ihn danach allein in einen dunklen Raum einsperrt. Müsste heute auch noch funktionieren. Sollte man mal testen. Minkin hatte wegen der ganzen Geschichten jedenfalls nicht nur gute Erinnerungen an seine frühen Jahre.

Das war nun wie weggeblasen. Vielleicht war diese Frau ein Engel. Wollte der Schöpfer ihm dadurch etwas zeigen? War sie sein brennender Dornbusch, sein Damaskus? Minkin saß ihr genau gegenüber. *Fang den Ball! Fang ihn sicher! Nutze die Zeit.* Hatten gut reden, die Jungs von Okkervill River. Scheiße noch mal, warum hatte er mit Schödlbauer so viel gesoffen? Er hatte nur wenige Stunden geschlafen und war hundemüde. Keinen klaren Gedanken konnte er fassen. Von ganzen Sätzen ganz zu schweigen. An Genialität war nicht zu denken. Stank er etwa aus dem Maul? Irgendwie musste er es versuchen. Er hatte einen Satz. Nur einen Satz. Der musste sitzen. Punktlandung. Das Nachdenken über diesen Satz strengte ihn so sehr an, dass er darüber einnickte. Es war ein Einnicken der schnellen Sorte. Ohne Vorankündigung. Im Grunde sehr angenehm. Besonders für Menschen mit Einschlafschwierigkeiten war das ein Traum. Geht ganz gut nach ein paar Hellen. Ist dann der Harndrang, der einen vor der Zeit wieder weckt. Dieses nachts raus müssen, das eigentlich Kindern und Alten vorbehalten sein sollte, war mühsam. Gerade nachts. Ist das jetzt klar, was für eine Sorte Einschlafen das im Zug war?

Als Minkin wieder aufwachte, rüttelte eine Hand an seiner Schulter. Eine spanische Hand. Eine Zugbegleiterhand. Minkin stank aus dem Maul. Definitiv. Der Zugbegleiter ließ ihn das ordentlich spüren. Er wandte ihm den Rücken zu.

»Wo sind wir?«.

»Sevilla« antwortete der Schaffner mit abgewandtem Gesicht in astreinem Spanisch. Jetzt nur keine falschen Schlüsse ziehen. Die Blondine im mopsgrauen Kostüm war weg. Sie hat sicher einen falschen Eindruck von mir, dachte Minkin. Komplett falsch. Konnte er das ändern? No! Wenn es was Großes werden sollte, würde der Tag kommen, an dem ich ihr das Ganze würde erklären können, dachte Minkin. Wenn nicht, war die Sache nicht weiter schlimm. *Calamitas virtutis occasio est.* Unglück ist eine Gelegenheit, seine Stärke zu zeigen. Um es mit Minkin zu sagen: Glück ist, mit den Schwächen zu leben. Auch andere Töchter hatten hübsche Mütter im wiederheiratsfähigen Alter tröstete sich Minkin, der bald sein vierzigstes Lebensjahr erreichen sollte.

Hotel without a name

Sevilla wartete und Minkin war verdammt wach. Als er sein Hotel erreichte, legte er sich kurz aufs Bettchen. Weg war er. Der Herrgott hat den Schlaf gemacht. Die ARD hat ihn perfektioniert mit ihren Tatortfolgen aus Stuttgart. Minkin war inzwischen der Ansicht, dass Kommissar Bienzle gar nicht so übel war, wie man damals allgemein annahm. Dieser Gedanke war bizarr. Überhaupt hatte Minkin den Eindruck, dass sich das Staatsfernsehen im Wesentlichen rechtfertige mit Fußballübertragungen und Tatortfolgen. War ursprünglich anders gedacht gewesen von den Alliierten. Unabhängiger Rundfunk. Politische Willensbildung und so weiter. Den politischen Willen bildete heute im Wesentlichen eine Frau aus der Uckermark im Hosenanzug.

Das hier in Sevilla war keine Tatortfolge, das war die Wirklichkeit. Die abgedunkelte Gegenwart. Es war mitten in der Nacht als Minkin erwachte. In einem Zimmer ohne Außenfenster. Es war stockfinster. Minkin dachte daran, wie es wohl wäre, einzuschlafen und nicht wieder aufzuwachen. Einem Freund war das vor einigen Jahren im Urlaub passiert. In Tunesien. Was für eine Tragödie! Die Tunesier hatten nie rausbekommen, was es eigentlich war. Er hätte mit ihm gerne darüber gesprochen, wie es so ist, wenn man nicht mehr aufwacht. Nie mehr aufwacht. Mitten in der Nacht in einem fremden Zimmer ohne Fenster aufzuwachen, müsste dem ziemlich nahe kommen. Minkin fand das vorerst nicht weiter schlimm, da sich gegenüber nur ein graues Wohnsilo befand. Man musste das nicht unbedingt sehen. Sevilla hatte sicher viele schöne Ecken. Minkin ahnte, dass er im anderen Teil der Stadt wohnte. Das hier sah eher aus wie Mannheim. Ohne das halbreligiöse Geplärre von Xavier Naidoo.

Minkin musste so an die zehn Stunden geschlafen haben. Vielleicht mehr. Aber satt war er noch immer nicht. Um es mit den Worten der Raupe Nimmersatt zu sagen. Seine Schläfen pochten. Schweiß stand ihm auf der Stirn. Er brannte lichterloh. Ihm war nach einer kalten Dusche und nach einem noch kälteren Bier zumute. Beides schien machbar. Ziele setzen, hatte ihm sein Stationsausbilder mit auf den Weg gegeben. Darauf kam es an. Nicht in den Tag hinein leben. Dafür ist das Leben viel zu kostbar. Das täten die Verlierer. Der Loser war nicht gebräuchlich Ende der Neunziger. Ziele, klar, darauf können wir uns einigen. Allerdings sollten die Ziele realistisch sein. Minkin beschloss mit dem Bier anzufangen. Duschen könne er schließlich die ganze Nacht. Aber wer weiß schon, wann in Sevilla die Bars dicht machen.

Ein Stern, der deinen Namen trägt.

Wolfgang Petry

Eiskalt, der Spanier

Was ich den Spaniern grundsätzlich neide, ist die Trinktemperatur ihrer Kaltgetränke, dachte Minkin. An den WM-Titel 2010 wollte er an dieser Stelle nicht denken. Diese Wunde war noch offen. Sicher, seit Brasilien war einiges anders. Jetzt war er da, der vierte Stern. Ein Stern, der deinen Namen trägt, Jogi. Er hätte 2010 schon auf dem Trikot der deutschen Mannschaft sein müssen. Dass in Südafrika was nicht stimmen konnte, war klar. Alle wussten das. Leichter wurde es dadurch nicht. Mit dem spanischen Bier war das eine andere Sache. Das Bier bei den Spaniern kam kurz vor dem Gefrierpunkt aus dem Hahn. Wunderbare Sache bei vierzig Grad Außentemperatur. Das erste war gegen den Durst, das zweite um anzukommen. Minkin blickte in der Bar *Antigua Casa de la Guardia* umher. Dieser Ort war zweifelsohne etwas Besonderes, ohne dass er sagen konnte, was das Besondere war. Die Bar war vollgestopft mit luftgetrockneten Schweinehinterläufen die ähnlich ausdünsteten wie seine Hinterläufe. Aber Minkin war noch alive. *Alive and Kicking.* Schöner Albumtitel für eine doch eher simple Band. Was Minkin nicht wusste, war, dass es einige Menschen gab, die diese Tatsache ändern wollten. Böse Menschen. Die keine Lieder kannten. Außer die von Bushido und Andrea Berg. Die Schweinehinterläufe schienen eine Ahnung davon zu haben. Zum Trotz und aus Hunger bestellte er eine Schinkenplatte.

Jamon Serrano. Der Jamon Serrano stammt von weißen Schweinen, die in Intensivmast aufgezogen werden. Nach der Schlachtung werden die Hinterschinken in grobem Meeressalz sechs Tage lang eingelegt. Man nennt das Pökeln. Anschließend werden die Schinken mindestens zwölf Monate in den Secaderos luftgetrocknet. Die Stücke reifen bis zu zwanzig Monate. Die Edelsten davon in Extremfällen bis zu 32 Monate. Der Serrano Schinken hat die Form einer Gitarre, er ist breit und rundlich. Vermutlich ist es der Klang des Schinkens, den ich mag, dachte Minkin. Die Musik, die er beim Kauen verursacht.

Als Minkin die Bar betrat, hatte man auf ihn gewartet. Er wusste nicht wer, nicht warum und nicht, wie lange das Ganze schon ging. Sein Blick glitt über die anwesenden Gäste. Die nichtanwesenden Gäste konnte er vernachlässigen. Da waren kleine dicke Spanier mit schwarzen Haaren und kleine schlanke Spanier mit schwarzen Haaren. Ein wenig erinnerte der Anblick an das spanische Mittelfeld der vergangen Welt-und Europameisterschaften. Alle hier hatten große Nasen, aus denen schwarze Haare wucherten. Alle einte der große Durst auf kleine Gläser mit San Miguel. Kein Wunder, dass der Spanier andauernd am Bestellen war. Immer in Bewegung, immer schön am Trippelschritte machen, Tikkitakka. Immer die nächste Order antizipiert. Immer einen Schritt voraus. Warten auf die Lücke und dann durchstechen. Das war Barcas Geheimnis gewesen all die Jahre über. Die beiden Madrider Vereine hatten sich das von Barca abgeschaut. Hatten dazu den schnellen Ronaldo und den noch schnelleren Bale gekauft. Der teuerste Transfer der Welt. 100 Millionen für einen Waliser. Was für eine Tragik für diesen Mann, dass er niemals eine WM spielen wird. Am Ball ist er kein Kracher, aber ruck zuck über die Außenbahn am Tresen. Kommt von der britischen Insel. Er weiß, was dort zu tun ist.

Mentaltrainer, Fußballinternate, Medienschulung. Alles richtig. Alles wichtig. Das allein macht final nicht den Unterschied aus. Müssen die albernen Puppenstubengläschen dazu kommen. Liegt bei den Spaniern daran, dass du verdammt gedankenschnell sein musst, wenn du nicht verdursten willst. Das ist das Geheimnis der spanischen Mannschaften. Lücke sehen und mit Trippelschritten ab zum nächsten Kindergetränk.

Minkin kannte Gegenden, in denen es den Wirten gesetzlich untersagt war Bier in solch kleinen Gläsern auszuschenken. In vielen dieser Sprengel wurde unter einer Halben nichts ausgeschenkt. Eine echte Halbe. Gab noch einen Schnitt. Aber nur dann, wenn keine ganze Halbe mehr hineinpasste in den Trinker. Alles andere war Betrug am Verbraucher. Nicht mehr, keinesfalls weniger. Eines Tages würde sich die EU-Kommission der Sache annehmen, dachte Minkin. Sie würde versuchen, diese regionalen Bräuche zu kippen. Nicht vereinbar mit dem EU-Vertrag. Wettbewerbsfreiheit, Liberalisierung des Binnenmarktes, Berufsfreiheit, Gesundheitsschutz. All das würden sie ins Feld führen. Vielleicht hatten sie Recht. Aber wer wollte dieses Recht? Genau wie die Scheiße mit dem Wasser. Minkin war weit davon entfernt sich für Wasser zu erwärmen. Aber was hatten diese Holzköpfe wieder vorgehabt? Die Wasserversorgung in der EU wollten sie privatisieren, für Investoren öffnen. Mehr Wettbewerb. Würde alles billiger und besser machen. Wie geschmiert musste so ein Vollidiot eigentlich sein, damit er den Mist, den er da erzählte selber glaubte? Was Minkin tröstete, war der Gedanke, dass der Weg von Brüssel in die Fränkische Schweiz ein weiter war. Die Oberpfalz und das Allgäu waren mitunter schwer zugänglich. Sollen die Arschlöcher nur kommen. Nicht alle, die sich dorthin aufmachten, würden zurückkehren. Dann gab es noch ihn. Er wusste, dass es da draußen eine ganze Menge Leute gab, die sich in dieser causa auf ihn verlassen würden. Er ahnte, dass er diesen Menschen nicht sagen konnte, ihn ginge die Sache nichts an. Es gab nicht mehr viele von seiner Sorte. Genauer gesagt nur zwei. Es gab Bruce Willis und es gab ihn. Georg Damian Minkin. Mittelgroß, ohne Körperspannung, keiner, vor dem ein Gegner freiwillig davonrannte. Minkin war der Nachfahre ukrainischer Hugenotten, die sich im späten 19. Jahrhundert auf dem Weg nach Frankreich in der Nähe von Hoffenheim nieder gelassen hatten. Seit Bruce Willis diese erbärmliche Fernsehwerbung für Veltins gemacht hatte, war er endgültig raus aus der Nummer. Bruce war alt geworden. Wieder einer weniger von uns, dachte Minkin.

Er wäre gerne noch eine Weile seinen medien –und konsumkritischen Überlegungen nachgegangen, als sein Blick an der Eingangstür hängen blieb. Die Tür ging auf. Er traute seinen Augen nicht. Wer stand in der Eingangstür? Die Blondine aus dem Zug. Wahnsinn, Zufall. Sie stand nicht alleine da. War in Begleitung zweier Kerle. Sie hatte ihn erkannt, sagte aber nichts. Konnte schon mal vorkommen. Einer der beiden Begleiter hatte sie unsanft am Arm gepackt und zur hinteren Ecke des Raumes geführt. Der Raum war nicht groß, aber inzwischen so gut gefüllt, dass er nicht mehr alles sehen konnte. Fässer, Theke, Schinken, Spanier, Gläser, Tapas und etwas, das die Form hatte von frittierten Brezeln. Das war alles, was er wahrnahm. Mehr als sieben Sachen konnte sich der normale Mensch eh nicht auf einmal merken. Die Blondine war inzwischen mit ihren zwei Begleitern in einen schlauchartigen Gang verschwunden. Minkin leerte sein Glas in aller Ruhe. Dauerte wenige Sekunden. Er betrat den spärlich beleuchteten Gang, an dessen Ende sich eine Türe befand. Darauf stand mit Zaubertinte geschrieben: «Vorsicht Hinterhalt!« Minkin trug keine Zauberbrille, folglich war es nix mit Lesen. Die Türe war offen. Fahles Glühlampenlicht. Minkin trat mit der gebotenen Vorsicht näher. Könnte eine Falle sein, aber wer sollte ihm eine Falle stellen wollen? Niemand wusste, dass er hier war. Niemand kannte ihn. Niemand vermisste ihn. Klingt depressiver als es tatsächlich war. Er öffnete die Kellertüre und nahm vorsichtig die ersten Treppenstufen. Gerade als er die letzten Stufen erreicht hatte, hörte er oben Schritte. Blitzschnell drehte er sich um. In dem Moment verlor er das Gleichgewicht. Das Licht wurde gelöscht, die Türe geschlossen. Im Dunkeln stürzte er die Treppe hinab und schlug mit dem Kopf auf etwas Hartes, das er als Fass identifizierte. Dann wurde es vor seinen Augen schwärzer als es ohnehin schon war.

Minkin wusste nicht, wie lange er weg war. Es war immer noch stockfinster. Kein Wort war zu hören. Sollte er tot sein? Das Ende einer großen Karriere als Kriminalheld? Minkin spürte einen pochenden Kopfschmerz. Er dachte an den tschechischen Autor Pavel Pivocek, der sinngemäß gesagt hatte, dass das einzig angenehme am Tod sei, dass man am nächsten Morgen keine Kopfschmerzen hatte. Minkin hatte Kopfschmerzen. Ergo war er noch am Leben. Das war die gute Nachricht.

»I won't back down.«

Tom Petty, auch Johnny Cash

Oben bleiben

Die schlechte Nachricht bestand darin, dass Minkin hier in etwas hineingeraten war, das er nicht verstand. Im Grunde hatte er nicht den Hauch einer Idee, warum er hier im Keller einer unbestreitbar originellen Bar gelandet war.

Was war bisher passiert? Goldberg hatte ihm die Scheine auf den Tisch gelegt. Ihn nach Sevilla geschickt um eine Liste zu finden. Minkin hatte keine Idee, wer oder was auf dieser Liste stand. Goldberg wollte oder konnte ihm nicht mehr sagen. Trotzdem war er der Ansicht, dass er, Minkin, der richtige Mann für diesen Job sei. Dann war da die Blondine, die dreimal seinen Weg gekreuzt und ihn final in eine gemeine Falle gelockt hatte. Fies, fies, fies! Oder war sie am Ende das Opfer? Wer hatte ihm so übel mitgespielt? Und warum? Minkin hatte Durst. Höllendurst. Immerhin bestand hier im Keller einer Bar die Aussicht auf Abhilfe. Soweit er in dieser Finsternis sehen konnte, war der Keller voller Flaschen und Fässer. Minkin tastete sich vorsichtig an der Wand entlang, bis er mit dem Fuß an etwas Klobiges, Stumpfes stieß. Vorsichtig bückte er sich. Tatsächlich, es war was er vermutet hatte. Ein Fass. Mit Keg-Verschluss. War das San Miguel, was da zu seinen Füssen lag? Würde ihm der heilige Michael aus der Patsche helfen?

Minkin hörte Schritte. Die Tür zum Keller öffnete sich. Ein gut gebauter junger Mann mit kahlem Schädel. Dürrer Geselle. Der Pep Guardiola der Thekenmannschaft. Er trug eine Schürze um den Bauch und kam mit reichlich

Leergut die Treppe herunter. Noch hatte er Minkin nicht entdeckt. Hatte der Kerl keine Ahnung, dass sich Minkin hier unten befand? Oder war er besonders schlau? Minkin wusste es nicht. Dann ging alles ganz schnell. Sollte er lange Erklärungen abgeben? Würde man ihn verstehen? Wohl kaum. Deshalb entschied sich Minkin für die naheliegende Variante. Den Gegner ausschalten. Das hier war kein Spiel. Das hatte sich niemand ausgedacht. Das Alles passierte gerade. In diesem Augenblick. Als der Kerl den tiefsten Punkt erreicht hatte, packte Minkin das leere Fass und zog es dem Jungen über den Schädel. Minkin fürchtete sich vor dem Resultat. Er bückte sich zu dem Jungen, um dessen Puls zu fühlen. Er war noch da. Minkin hatte ihn nicht getötet. Das war ein gutes Zeichen. Mord war eine ernstzunehmende Sache. Aus einer Beule am Hinterkopf rann ein wenig Blut. Nichts Gefährliches, dachte Minkin. Zumal der Junge langsam wieder zu Bewusstsein kam. Zeit zu verschwinden. Minkin sprang auf, rannte die Kellertreppe hoch und verließ die Bar durch den Hinterausgang.

Die frische Luft setzte ihm zu. Erst mal ins Hotel `ne Mütze voll Schlaf nehmen, dachte Minkin. Er hatte die ganze Nacht im Keller verbracht und dabei kein Auge zugetan. Scheiß Nacht! Draußen dämmerte es, als Minkin sein Hotel erreichte. Schön, dass meine Kammer kein Fenster hat, dachte Minkin und schlief ein. Geweckt wurde er durch das Klingeln seines Telefons. Am anderen Ende des Funknetzes erwarteten ihn keine guten Nachrichten. Es waren ziemlich schlechte Nachrichten.

Caesar ist tot

Als Minkin den Hörer auflegte war im kalt. Er spürte die Endlichkeit des Daseins. Oder die Klimaanlage seines Hotels. Minkin hatte keine Angst vorm Tod. Er wollte nur nicht Sterben. Caesar hatte das sicher auch nicht gewollt. Trotzdem war er jetzt tot. Der Pfarrer hatte ihm am Telefon die tragische Nachricht übermittelt. Dabei wirkte er geschockt. Eigentlich sollte man meinen, dass er damit besser umgehen kann. Ist Teil seiner Tätigkeit. Sterbende begleiten. Schlechte Nachrichten überbringen. Caesar hatte eine kleine Chemiefabrik in Cannstatt, die er von seinem Vater übernommen hatte. Er hatte sie von einem siechenden Zwei-Mann-Betrieb zu einem florierenden Ein-Mann-Betrieb ausgebaut. Was genau er machte, blieb im Ungefähren. Lebensmittelchemie, gab er lapidar zur Auskunft. Mehr zu wissen wäre für alle Beteiligten nicht klug, ergänzte Caesar verschwörerisch. Wir nahmen das nie ernst, dachte Minkin. Der Pfarrer nicht, der Lehrer nicht und auch ich nicht, dachte Minkin. War das ein Fehler? Caesar war tot. Was hatte er ihm vor seiner Abreise sagen wollen? Er sei in eine Sache hineingeraten die droht aus dem Ruder zu laufen. Mit dem Tod Caesars war sie das definitiv.

Minkin musste nach Hause. Den Pfarrer treffen, den Lehrer. Herzstillstand sagt der Arzt. Das hatte ihm der Pfarrer mitgeteilt. Natürliche Todesursache. Keine Ermittlungen, kein Gerichtsmediziner. Sicher, Caesar war Risikopatient. Übergewichtig, Kettenraucher, Trinker und um die fünfzig. Aber war das Zufall? Warum jetzt? Minkin griff erneut zum Hörer. Es klingelte dreimal.

»Ja?«

»Ich bin es noch mal.«

»Ja sicher. Das höre ich.«

»Ihr müsst da rein.«

»Wo rein?« Der Pfarrer war jetzt nicht eben der Schnellste in praktischen Fragen.

»In Caesars Wohnung. Und zwar jetzt. Ich muss wissen, für wen er gearbeitet hat. Geht durch seine Buchhaltung, seine Korrespondenz, sein Adressbuch. Mit was hat er sein Geld gemacht.«

»Wie stellst du dir das vor. Es ist mitten in der Nacht.«

»Gut für euch.«

»Hat das nicht Zeit, bist du wieder da bist?«

»Das ist frühestens in drei Tagen. Kann zu spät sein.«

Der Pfarrer dachte nach.

»Wir haben keinen Schlüssel.«

»Unter der Fußmatte vor der Terrassentür liegt einer.«

Minkin hatte eine Schwäche für Details, die konnte er sich merken. Er hatte nur Schwächen, wenn es um das große Ganze ging. Um die Zusammenhänge. Einmal war er mit Caesar nach Hause getorkelt. Hatte dort auf der Couch gepennt. Caesar war zu betrunken, um seinen Schlüsselbund aus der Hosentasche zu fördern. Er nahm den Schlüssel unter der Fußmatte. Das war nicht eben originell, aber hilfreich in bestimmten Situationen. Jetzt war eine dieser Situationen. Minkin erinnerte sich daran.

»Aber das ist illegal. Das kann ich nicht. Das ist Hausfriedensbruch.«

»Und? Caesar hat sicher nichts mehr dagegen.«

»Nein, Minkin. Ich kann so was nicht. Ich bin Pfarrer, ein Mann Gottes.«

Minkin wurde ungeduldig.

»Hör auf mit dem Mist. Du glaubst nicht an Gott.«

Das war ein grobes Foul. Roland atmete schwer am anderen Ende des Telefons.

»Ja, Minkin.«

Der Pfarrer am anderen Ende des Mobilfunknetzes begann zu weinen.

»Du hast Recht. Ich sollte damit aufhören. Ich glaube

nicht an die Sache. Ich bin es nicht wert, ein Diener Gottes zu sein.«

Minkin, Idiot. Was für eine dämliche Bemerkung.

»Scheiße Roland, so war das nicht gemeint. Du bist ein guter Pfarrer. Den besten, den sie da oben haben.«

»Nein, Minkin. Ich bin im Grunde ein Atheist.«

»Ist doch Unsinn. Nur weil du nicht an Gott glaubst, bist du noch lange kein Atheist. Atheisten sind die Typen, die Queen hören und gleichzeitig Schwule hassen, die Bier mit Grapefruitsaft mischen. Typen, die Milchkaffe zu Meeresfrüchtesalat bestellen. Solche, die Balsamico Essig über den Wurstsalat kippen. Verstehst du Roland, diesen Typen ist nix heilig. Bei dir liegt der Fall völlig anders. Du hast gelegentlich deine Zweifel an der ganzen Sache.«

»Zweifel?«

»Ja, Mann. Roland.«

»Nur Zweifel meinst du?«

»Ja, Roland. Das ist echt okay. Schau dir die Bibel an. Ein Haufen voller unschlüssiger Zauderer. Der Zweifel ist der dramaturgische Sidekick aller Heiligen. Ohne ihn läuft nichts. Petrus hatte Zweifel. Jesus hatte Zweifel. Selbst Mario Gomez war sich nicht sicher, ob er vom VfB zu den Bayern gehen sollte«.

Hätte er mal besser bleiben lassen sollen. Besser gleich nach Florenz. Besseres Wetter, besseres Essen. Mehr Respekt. In München hatten sie das nie. Immer haben sie auf dem Mario rumgehackt. Wie soll man da Leistung bringen. Hat trotzdem seine Tore gemacht. Riesenquote. Aber hat das denen gereicht? War denen nicht schlitzohrig genug in München. Wo die Schlitzohrigkeit hinführt, hat man gesehen? In das Champions League-Finale und in die Feste Landsberg.

Am anderen Ende des Mobilfunknetzes hörte er das schwere Atmen des Pfarrers. Er hatte aufgehört zu weinen. Das war knapp. Verdammt knapp.

»Gut, dann gehen wir da rein. Sofort?«
»Besser gleich.«
»Ich ruf dich an. Sagen wir in zwei Stunden.«
»Das sollte reichen.«

Ein Pfarrer – kein Missbrauch

Minkin mochte den Pfarrer. Er war neben dem verstorbenen Caesar und dem Lehrer Teil einer vagen Kooperative. Roland, der Pfarrer, war älter als Minkin. Man sah ihm das nicht an. Er war hochgewachsen und hatte graues, volles Haar. Er erinnerte ihn an Richard Gere. Nur größer. Er hatte keine Frau, obwohl das kein Problem darstellte für die Evangelen. Die durften ja. Frauen interessierten den Pfarrer nicht. Im Umkehrschluss konnte man genauso wenig sagen, dass ihn Männer interessierten. Abgesehen von seiner Schwäche für den Piemonteser Roten war der Pfarrer das Gegenteil von Minkins sonstiger Entourage. Asketisch, exegetisch, ernsthaft, gründlich. Jedes Mal, wenn er die Kirche des Pfarrers betrat, wurde er von einer Sandsteinkühle umgeben. Das haben die Protestanten drauf. Kein Weihrauch, keine Myrrhe waren es, was die evangelischen Gotteshäuser verströmten. Kein Blingbling. Es war reine, sandige Muffigkeit. Minkin dachte dabei an seine Kindheit und Jugend als wiedergeborener Christ. Sehr gläubig insgesamt war der Minkin damals, was ihn häufig in Gotteshäuser führte. Missbraucht worden war er nie. Minkin verspürte das starke Bedürfnis, diesen Umstand ausdrücklich zu denken, da sich seit ein paar Jahren jeder mit Missbrauchserinnerungen in den Vordergrund drängte. Minkin war der Ansicht, es sollten sich besser all die zu

Wort melden, die in ihrer Kindheit und Jugend nicht von Pfarrern missbraucht wurden. Das wären weitaus weniger Wortmeldungen und Einwürfe in den Medien. Minkin hatte wohl Mitgefühl für die Opfer, Abscheu für die Täter; der mediale Hype kam ihm in diesem Zusammenhang allerdings reichlich unangemessen vor. Minkin wartete. Um seine Ungeduld etwas besser in den Griff zu bekommen, trank er in der Hotelbar das Getränk des heiligen Michael. Der heilige Michael würde sich gut machen als der Schutzpatron der Biertrinker. Guter Job für einen Heiligen. Minkin nahm noch eins. Bei Nummer fünf klingelte das Telefon. Bar jeder Nüchternheit griff er zum Telefon.

»Hallo Roland.«

»Hallo Minkin.«

»Habt ihr euch das Haus angeschaut?«

»Bis du betrunken.«

»Ja. Wart ihr dort?«

»Ja.«

»Und?«

»Ein seltsames Haus.«

»Inwiefern?«

»Seelenlos.«

Minkin hatte keine Lust auf diesen Feng-Shui-Scheiß, wollte den Pfarrer aber nicht erneut verletzen. Klappe halten. Der heilige Michael hatte seinen Groll runtergedämpft. Er war kein Scharlatan, er machte einen guten Job.

»Was habt ihr gefunden.«

»War alles tipptopp aufgeräumt. Kein dreckiges Geschirr, kein Schmutzwäsche, kein Altpapier. Lag überhaupt nichts herum.«

»Nichts?«

»Caesar war akkurat. Anders als sein Äußeres vermuten ließ.«

»Sicher, man täuscht sich gelegentlich in den Menschen. Aber nichts gefunden, ist das nicht ein bisschen wenig?«

»Wenig ja, bis auf ein Kicker-Heft.«

»Fußball? Das wäre neu.«

»Wir kannten ihn weniger gut, als wir glaubten.«

Ein klassischer Pfaffensatz. Aus dem Handbuch des modernen Geistlichen. Das lernen die am theologischen Seminar. Die Hundert zentralen Floskeln des modernen Christenmenschen. Minkin stand nicht auf diese Worthülsen, ganz verkehrt waren sie selten.

»Habt ihr sonst was gefunden? Etwas Ungewöhnliches?«

»Nun, die Buchungen auf seinen Kontoauszügen.«

»Buchungen?«

»Caesar hatte nur noch einen Auftraggeber, wie es scheint.«

»Und?«

»Der hat ihm regelmäßig größere Beträge überwiesen. Mal 5.000,-, mal 7.000,-- Euro im Monat.«

»Hübsches Sümmchen, Wackelohr.«

»Was?«

»Vergiss es, nur so ein Reflex. Von wem kommt die Kohle?«

»Fuentes International. Sevilla, Spanien.«

»Fuentes? Sevilla? Spanien?«

»Sevilla, ich hätte es wissen müssen.«

»Warum?«

»Caesar hatte so etwas angedeutet vor meiner Abreise.«

»So?«

»Bin ich deshalb hier unten?«

»Sag du es mir, Minkin.«

»Ich habe keinen blassen Schimmer.«

»Schade, wenn du es nicht weißt Minkin, weiß es keiner?«

Was hatte Caesar mit einem Spanier namens Fuentes zu tun? Ergab das einen Sinn?«

»Hilft dir das weiter, Minkin?«

»Denke schon, mittelbar auf jeden Fall.«

Minkin wusste nicht, was es bedeutet, aber es klang irgendwie gut. Und darauf kam es häufig an. Das Gegenüber sollte den Eindruck haben, dass er die Sache schon irgendwie im Griff hatte. Mittelbar jedenfalls. Minkin war sich der Hohlheit dieser Phrase durchaus bewusst. Aber im Gegensatz zu den Anzugträgern im ICE auf der Strecke München-Frankfurt meinte er es gut. Diese Typen hatten immer die gleichen Phrasen drauf, wenn sie für jeden hörbar in ihr Mobiltelefon blökten. Wir können das gut abbilden. Wir sind in dem Bereich gut aufgestellt. Was sollte das denn heißen bitteschön? Eine Leiter war vielleicht gut aufgestellt. Oder ein Gerüst. Meinetwegen ein Zelt. Aber wir und in dem Bereich? Das war nicht mal Nonsens, das war grober Unfug.

»Ich denke, wir sind an etwas dran, das größer ist als wir. Haltet euch raus aus der Sache.«

»Nichts anderes hatte ich vor, Minkin.«

»Das ist gut.«

»Und du?«

»Raushalten ist schwierig.«

»Pass auf dich auf!«

»Mann, Roland. Du klingst wie ein Pfaffe.«

»Werde dem da oben Bescheid sagen. Vielleicht kann er ein Auge auf dich werfen.«

Konnte man nicht so stehen lassen.

»Wenn er nichts Besseres zu tun hat.«

Der Pfarrer legte auf. Was sollte das mit seinem Chef? Roland war Pfarrer, das war kein Grund auf gläubig zu machen. Hatte er noch nie getan. So war er nicht, der Pfarrer. Keiner von der frommen Sorte. Umso bedenklicher. Fing es an ernst zu werden? Wenn ja, kam es schnell.

Auf die alte Weise

Wo gab es den Zusammenhang zwischen Caesars Tod und Fuentes? Für was wurde Caesar von Fuentes bezahlt? Und wer war Fuentes? Mit iPad hätte er das googeln können. Er hatte aber keines. Minkin hatte lediglich sein antiquarisches Siemens Mobiltelefon. Minkin hatte es nicht geschafft auf den Zug der Moderne aufzuspringen. Das virtuelle Zeitalter war ohne ihn angebrochen. Minkin hatte mitunter ein ungutes Gefühl. Ein Gefühl, dass er aus der Zeit gefallen sei. Ein analoger Spieler in einer digitalen Welt. Ein Internet-Öko. Ging einigen so in seinem Alter. Seine Generation hatte das computerisierte Zeitalter gestreift, aber nicht mehrheitlich geprägt. Abgesehen von den wenigen Nerds, die es vor 20-30 Jahren schon gab, die sich auf dem Schulhof in den Ecken herumdrückten, beim Kicken immer als Letzter in die Mannschaft gewählt wurden. Zu denen gehörte er nicht. Sicher, seine Generation wusste mit dem Smartphone umzugehen. Sie tat es ohne die Affektion, ohne die Hingabe der Jugendlichen. Man hatte den Eindruck, dass die Generationen nach Minkin geistig und körperlich eins waren mit den Androiden. Da waren diese Kabel? Wo kamen die her? Die waren einfach da. Die schienen den Jüngeren aus den Ohren zu wachsen. Eine Ohrwucherung. Eine Gehörgangerkrankung. Wie Nasenhaare. Gespannt war Minkin wie viele Generationen es brauchen würde, bis die ersten Babys mit Ohrkabel geboren wurden. Mit integriertem Chip und USB-Schnittstelle. Machen die irgendwann, da war sich Minkin sicher. Die Forscher, die Regierung. Wegen dem Fachkräftemangel. Dem internationalen Wettbewerbsdruck. Dem Chinesen. Die Wirtschaft will das so. Das Silicon Valley gibt den Takt vor.

Gab schon jetzt jede Menge Menschen, die mit sich selber sprachen. Früher wäre das ein Fall für die Klapse gewesen. Bei genauem Hinschauen sah man die Verdrahtung. Sah man ein Mikrofon am Revers. Nicht, dass Minkin das alles ablehnte. So war das nicht. Er hatte nur keine Lust sich mit diesen Möglichkeiten auseinanderzusetzen. Genauso wie er Tabs und Pads bei der Kaffeezubereitung ablehnte. Das war alles Müll. Soviel Müll! Und die nannten das Fortschritt. Jede Generation hat mit ihrem eigenen Fortschritt zu kämpfen, dachte Minkin. Seine Großeltern mussten die Umstellung der Pferdekutsche auf das Automobil verkraften. Seine Eltern das Eindringen der Television in die Haushalte. Lebensqualität wurde hinzugewonnen. Im Tausch gegen Verkehrstote auf den Straßen und Ermattung in den Wohn- und Schlafzimmern. Im Tausch gegen Übergewicht und Geburtenrückgang. Da gab es einen Zusammenhang. Stand für Minkin völlig außer Frage. Gab es vor hundert Jahren Übergewicht und geburtenschwache Jahrgänge? Eben.

Gänzlich abgehängt war Minkin von den sozialen Netzwerken. Was sollte daran sozial sein? Das wollte sich ihm einfach nicht erschließen, weil sich ihm diese Welt als Ganzes nicht erschloss. Im Kern vielleicht sogar ein gute Idee. Aber komplett aus dem Ruder gelaufen, kapitalisiert. Wer in seiner Kindheit Hütten im Wald baute, Banden hatte und die Kinderkirche besuchte, tat sich naturgemäß schwer im Verabreden mit wildfremden Menschen aus dem Internet. Minkin wusste, dass er alt und reaktionär klang. Genauso fühlte er sich. Das war weniger einer Abneigung diesen Phänomenen gegenüber geschuldet, als der Tatsache, dass Minkin schon genug Mühe hatte die Verbindungen zu den realen Menschen zu halten. Vermutlich war diese Unterscheidung bereits aufgelöst. Echte Freunde, virtuelle Freunde. Alles eins. Blutsverwandtschaft und digitale Angehörige. Vielleicht arbeiteten die Betreiber dieser Netzwerke insgesamt auf die Abschaffung der tatsächlichen, der physischen Ereignisse hin. Das Grillen, das Feierabendbier, meinetwegen auch der Besuch eines Gottesdienstes am Sonntagmorgen. Alles was in der alten Welt Relevanz hatte. Die Statusmeldung soll denn Status ersetzen. Das renitente Unbehagen, welches die Menschen in den achtziger Jahren des vorigen Jahrhunderts gegenüber der staatlichen Volkszählung und der damit verbundenen Erhebung der persönlichen Daten hegten, schien verschwunden zu sein. Freizügig gingen die Nutzer der Netze mit ihren Daten um. War das schon Fatalismus oder noch Dummheit? Minkin wusste es nicht. Sicher, jeder hatte das Recht seine eigenen Dummheiten zu machen. Allgemeine Handlungsfreiheit war das. Von der Verfassung geschützt. Dummheit war schließlich ein Privileg aller. Zu jeder Zeit. Lange schon bevor es das Grundgesetz gab.

Minkin wusste, dass man dem ganzen Mist auf Dauer nicht entkommen könnte. Zumindest war das der übliche Terminus der Reklamewirtschaft. So gut es eben ging wollte Minkin sich jedoch raushalten. Auf das absolut Notwendige reduzieren. Wollte nicht partizipieren an der Transparenz. Insofern, um mal zum Punkt zu kommen, würde er diese Sache hier auf die altmodische Weise klären. Scheiß auf Google.

Minkin hatte ohnehin den Eindruck, dass das Pendel wieder in die andere Richtung ausschlug. Er hatte vor nicht allzu langer Zeit diesen US-Militärfilm mit Matt Damon gesehen. Oder war es Leonardo di Caprio? Jedenfalls ein großer Mime. Der Film spielte im Irak. Die Terroristen schreiben darin ihre zerstörerischen Botschaften auf einen Zettel. Auf eine gebrauchte Papiertüte. Verschicken keine E-Mails. Benutzen keine Mobiltelefone. Der papierlose Djihad hatte sich nicht durchgesetzt. Konnten Bill Gates und Steve Jobs nichts dran ändern. Die Araber haben es probiert, die wollten ja. So war es nicht. Haben aber gemerkt, dass man mit einer Ziege, einem Holzstab und ein paar Höhlen eigentlich ganz gut anstinken kann gegen den amerikanischen Militärapparat. Hat immerhin ein Jahrzehnt gedauert, bis sie den gefährlichsten Mann der Welt gefunden hatten. Hätte Bin Laden ein I-Phone benutzt, wäre er schnell weg gewesen vom Fenster. Aber der hatte nicht mal eine E-Mail-Adresse. Geschweige denn WLAN in seiner Berghöhle. Wie die jungen Leute in dem Zusammenhang immer davon redeten, dass sie die Krise kriegen. Wenn sie einem in der U-Bahn ihren Zustand mitteilten.

»Ich krieg die Krise!« Das klingt existenziell.

Klingt nicht danach, nur einen Balken auf dem Smartphone zu haben. Welcher bizarre Unterschied zu den Kindern in der 3. und 4. Welt, die nichts zu fressen haben. Keine Schuhe an den Füßen. Keine warme Kleidung für den Winter. Sprechen die von Krise?

Minkin ging von Zeit zu Zeit in einen Biergarten im Feuerbacher Tal, in dem Rumänen saisonal Banater Spezialitäten grillten. Dort hängt ein Zettel an der Ausgabe. Auf dem steht der folgende Satz. »Ich weinte, weil ich keine Schuhe hatte, bis ich einen traf, der keine Füße hatte.« Das war mal verdammt keine Erlebnisgastronomie. Ein Grund mehr hinzugehen.

Turbanträger

Minkin hatte diesen gelegentlichen Hang zu gesellschaftlichen, soziologischen Abschweifungen. Nicht dass die irgendwo hinführten. Nicht dass sie jemanden interessierten. Sie mussten einfach sein. Minkin trat vor die Tür seines Hotels. Er würde zurück zu der Bar müssen. Das war sein einziger Ansatz. Das war wenig genug.

Minkin lief durch die Altstadt Sevillas. Minkin war eine Häuserecke von der Bar entfernt an einem Obststand stehen geblieben. Da sah er den Turbanmann. Minkin erkannte das Gesicht unter dem Turban auf den zweiten Blick. Kein Wunder, bei der üppigen Kopfbedeckung. Spaniens Süden war jahrhundertlang in afrikanisch-muselmanischer Hand. Der Maure hat dem Spanier ein paar schöne Sachen dagelassen. Alhambra, kann man da nur sagen. Trotzdem waren die Turbanträger in Sevilla inzwischen in der Minderheit. Minkin hatte mit Turbanen kein Problem. Er fragte sich nur, ob diese Kopfbedeckung bei diesen Temperaturen wirklich von Vorteil war. Genau wie er nie verstand, warum die Beduinen schwarze Umhänge trugen. Hing wohl mit dem Windauftrieb unter den Stoffen zusammen. Schwarz kam ihm nach wie vor reichlich ungeeignet vor, wenn es draußen 40 Grad Celsius hatte. Im Schatten des riesigen Marktgebäudes war es deutlich kühler. Maximal 38 Grad Celsius. Hier also hatte sie das Schicksal oder die Hitze wieder zusammengeführt.

Minkin drückte lustlos an einer Orange herum, als sein Blick auf den wenige Meter entfernten Feigenstand fiel. Feige, dachte Minkin, wenn hier jemand feige war, dann doch wohl er. Hatte dem armen Kerl im Schutz der Dunkelheit ein Zehnliterfass des heiligen Michael über den Kopf gezogen. Okay, das Fass war leer, aber für eine ordentliche Beule am Kopf hatte es allemal gereicht. Der Bursche wusste nicht, wie ihm geschah noch wer ihm so übel mitspielte, als er in den dunklen Keller hinab stieg. Das war mal ein Vorteil für Minkin. Jetzt. In der Situation. Mal eben anschleichen, anquatschen, abduften. Guter Plan. Er ließ die Orange fallen und schlich zielstrebig hinüber zum Feigenstand. Dort angelangt drängte er sich nahe an den Turbanmann heran. Er konnte dessen Körpergeruch wahrnehmen. Nicht das Unangenehmste, was er in den letzten Jahren zu riechen bekam. Mochte er Männergeruch? Das war neu. Er legte diesen Gedanken schüchtern beiseite. Der Turbanmann reichte der Verkäuferin die Münzen und drehte sich um, als sein Blick auf Minkin fiel. Eisblau. Mann, Mann, Mann! Minkin stockte der Atem. Würde er ihn erkennen? Sah nicht danach aus. Wenn doch, konnte er es hervorragend verbergen. Er ging vorbei. Minkin zögerte, nahm die Verfolgung auf. Gab ihm einige Meter Vorsprung. Als sie den Markt verlassen hatten und in eine wenig lebhafte Seitengasse eingebogen waren, war die Zeit reif.

»Sorry.«

»Yo?«

»Wir müssen reden.«

»So?«

»Ja«.

»Kennen wir uns?«

»Nein.«

»Meine Mutter hat mir beigebracht nicht mit Fremden zu reden?«

Hatte Minkin Zeit und Lust auf dieses Vorspiel? Eher nicht.«

»Kommen wir zur Sache. Ich weiß, wer für Ihre Kopfschmerzen verantwortlich ist.«

»Woher?«

»Ich weiß es eben.«

»Und was glauben Sie, wer ist verantwortlich?«

»Was wissen Sie über Fuentes?«

Sein Blick wurde nicht eben freundlicher.

»Nichts.«

»Er ist für Ihre Kopfschmerzen verantwortlich.«

Der Turbanmann lachte.

»Fuentes ist für eine Menge Kopfschmerzen verantwortlich.«

Musste man erst mal einordnen.

»Was soll das heißen?«

Der Turbanmann hatte keine Lust zu quatschen.

»Was wissen Sie über Fuentes?«

»Zu wenig. Oder zu viel.«

Fang damit was an.

»Noch einen Tipp?«

»Fragen Sie Eusebio. Der Alte in der Bar. Sie können ihn nicht verfehlen. Und noch etwas.«

»Was?«

»Ich gebe Ihnen einen Rat, wer immer Sie sind.«

»Der wäre?«

»Lassen Sie Ihre Finger von Fuentes.«

»Warum sollte ich?«

»Ich weiß nicht wer Sie sind. Ich weiß aber, dass er eine Nummer zu groß ist für Sie. Wenn er Sie erst mal auf dem Radar hat, kommen Sie nicht wieder runter. Oder ein für allemal, wenn Sie verstehen, was ich meine?«

Sicher verstand Minkin das. Würde es ihn hindern? Kaum. Übermütig war Minkin nicht. Heroisch veranlagt kaum. Nicht der Schnellste. Von einer gewissen Penetranz war er.

Minkin fing etwas an, konnte die Sache eine ganze Weile liegen lassen, nur im irgendwann den Faden wieder aufzunehmen, um das Ding zu Ende zu bringen. Einen festen Zeitkorridor kannte Minkin selten.

Der Turbanmann machte sich davon ohne sich umzudrehen.

Eusebio. Das war gut. Richtig gut gelaufen. Er hatte einen Namen. Mal eben so im Vorbeigehen rausgekriegt. Minkin wusste, wer der alte Mann war. Während seiner knallharten Trescherche (Abkürzung für Tresen & Recherche) in der Bar *Antigua Casa de la Guardia* war ihm dieser alte Kerl aufgefallen. Saß dort jeden Tag. Von früh bis spät. Am Eingang der Bar. Er wartete. Vergeblich. Warten auf Godot. Jeden Tag wurde dort ein absurdes Theaterstück aufgeführt. Wer war derjenige, der nie kam?

Eusebio

Was Minkin an den Menschen im Allgemeinen mochte, war deren Berechenbarkeit.

Eusebio saß am selben Platz wie immer. Hier würde er wohl bis ans Ende seiner Tage sitzen. Es war der Platz direkt neben der Eingangstür. Minkin konnte ihn von der anderen Straßenseite aus beobachten. Im Moment hielt er es für keine gute Idee, die Bar noch einmal zu betreten, weshalb er sich unauffällig für die Schaufensterauslage des Damenwäschegeschäfts interessierte, das sich gegenüber der Bar befand. Noch hatten sie hier in Spanien inhabergeführte Einzelhandelsgeschäfte. Das hatten sie in Deutschland weitestgehend abgeschafft. Wollte niemand mehr. Es gab H&M, Primark und all die anderen globalisierten Krämer.

Allzu lange konnte er das hier nicht unauffällig durchziehen. Die Verkäuferin im Ladengeschäft war aufmerksam geworden. Er musste sich definitiv einen anderen Platz suchen. Drei Häuser weiter befand sich ein Saftbar mit einigen Sitzgelegenheiten auf der Straße. Minkin hasste Saft, besonders wenn er frisch gepresst daherkam. Roher Saft bereitete ihm immer erhebliches Rumoren in der Magengegend. Allenfalls Tomatensaft. In 10.000 Meter Höhe. Das ging. War aber nicht flugangstkompatibel. Insofern hatte er das noch nie probiert. Einmal vielleicht. Ist aber lange her. Auf einem Flug in die Staaten. Die Engländer mixten das Zeug mit Gin. Soll ganz passabel schmecken, sagt man so. Schien Minkin wenig einleuchtend, dass man den Gin mit Tomatensaft verunreinigte. So ist der Engländer. Hatte wunderliche Ideen. Machten auch irgendwas mit Minze und Lamm. Trinken lauwarmes Ale. Sehr strange. Minkin hatte gelernt, diese Dinge zu akzeptieren. Jeder wie er mochte. Im Prinzip. Er hatte sich das Verhalten der italienischen Kellner zu eigen gemacht. Das Schweigen der Kellner. Die stoisch akzeptierten, wenn die Gäste zu einer Pasta mit Seeteufel geriebenen Parmesan bestellten. Die Kellner wussten, die Zeit würde kommen, zu der alles offenbar werden würde. All die Schweinereien. Die Zeit, in der die Parmesan-Besteller dafür bezahlen würden. Bis dahin würde er sich zurückhalten. Wie die Kellner. Im Verborgenen bleiben. Aber wenn die Zeit kommen würde, dann wäre er bereit auszusagen. Er kannte die Namen, es gab Akten. Der Tag des letzten Gerichts würde kommen. Für die meisten würde es das letzte Essen sein. Ohne Parmesan. Bis dahin studierte Minkin übertrieben aufmerksam die Karte der Saftbar. Gab nur Säfte. War das eine Überraschung. Frisch gepresst aus Obst und Gemüse. Er wollte keine Aufmerksamkeit erregen, weshalb er es unterließ, nach einem Kaffee zu fragen. Musste er jetzt durch.

»Einmal den Rettichsaft.«

Er hatte so etwas noch nie auf einer Karte gesehen. Es erschien ihm aber keine schlechte Idee. Eigentlich mochte er Rettich. Gerade im Sommer gab es wenig Erfrischenderes zum Weißbier als einen Rettich mit Pfeffer und Salz. Abgesehen vom Weißbier. Rettich sollte gut sein für die Leber. So wird es zumindest in einschlägigen Fachkreisen kolportiert. Da er hin und wieder Dinge zu sich nahm, die weniger gut waren für die Leber, erschien ihm ein solches Kompensationsgeschäft fair.

Ein wenig erinnerten ihn seine Gedanken an die CO2-Abgabe, die man bei Flügen mitbuchen konnte. Er hielt Fliegen generell für unnütz, aber das war nun mal das unnützeste und dümmste Zeug, was er je gehört hatte. Sicher gab es aber genügend Passagiere, die diesen Mist tatsächlich glaubten. CO2-Abgabe. Klimaschutz. Schwachsinn. Tatsächlich werden mit dieser CO2-Abgabe die Taschen der Brüsseler Parlamentarier gefüllt, um damit eine höhere

Kerosinbesteuerung zu verhindern. Damit können zumindest die Flugpreise einigermaßen stabil gehalten werden. So hatte es ihm ein befreundeter Pilot erklärt. Und das erschien ihm durchaus glaubhaft, zumal sein Freund, der Segelfliegerpilot im Allgemeinen nicht als Schwätzer bekannt war.

Kinder und Umwelt, dachte sich Minkin, das geht immer. Da sind die Leute noch am ehesten bereit Geld für auszugeben. Minkin hatte nichts gegen Kinder und Umwelt im Allgemeinen. Nur im Sommer, da bekam er gelegentlich schlechte Laune wegen Umwelt und Kindern.

Da waren zum einen die Wespen, die immer und überall schwirrten und logierten, sobald er sich in ein Gartenlokal setzte. Minkin hatte den Eindruck, dass diese unnützen Viecher darauf warteten, dass er, Minkin, sich am Tisch niederließ. Zunächst war da nur ein Summen, das lauter wurde. Sobald ein Kaltgetränk oder ein Schweizer Wurstsalat auf dem Tisch stand, waren sie überall. Und dann dieses dumme Geschwätz der Tischgenossen.

»Nicht schlagen, das macht sie aggressiv.«

»Ich bin bereits aggressiv. Lass mir doch von diesen Deppen nicht alles gefallen«, entgegnete Minkin stets in so einer Gesprächssituation. Meistens endete es damit, dass Minkin rein ging und drinnen weiter aß. Immerhin hatte er nicht kampflos das Feld geräumt. Wäre noch mal schöner. Sollen die ruhig wissen, mit wem sie es zu tun haben. Im Übrigen wurde das draußen Sitzen überschätzt.

Schlimmer als die Wespen waren nur die Kinder. Es war nicht so, dass Minkin Kinder per se hasste. Er konnte nur ganz gut auf sie verzichten. Früher war das anders. Hat man kaum Kinder angetroffen in Biergärten. Oder Gartenlokalen. Heute gab es mehr Kinder und Hochstühle als echte Menschen. Hat sich zu einer echten Plage entwickelt. Sie waren überall, die Kinder, die Hochstühle. Minkin hatte darüber nachgedacht, ob die Zunahme der Kleinkinder und der Hochstühle in der Außen-Gastronomie eine Folge der Klimaerwärmung war. Ihm erschien dieser Gedanke nicht völlig abwegig. Wenn eine Eiszeit für das Aussterben der Dinosaurier verantwortlich war, wieso sollte dann eine Klimaerwärmung nicht für die Kinderplage und Hochstuhlschwemme in Biergärten verantwortlich sein? Er war sich ziemlich sicher, dass die hohen Temperaturen das Wachstum der Biester beförderte. Schlimmer als die Kleinen waren die Eltern. Sitzen immer so aufreizend lässig und entspannt herum. Trinken ihre Chai Latte. Ihre Grapefruitsaftschorle. Getränke, ohne die es Jahrhunderte gut ging. Aber die hocken neuerdings überall mit ihren dreirädrigen Bugaboo Kinderwägen und planen ihre Urlaube im Familienparadies Südtirol. Dazu essen sie einen Salat mit Putenstreifen. Mit einem leichten italienischen Dressing. Wenn es hochkommt, bestellen sie sich mal eine Radler, diese Genussmenschen. Eine Radler, wie das schon klingt. Was soll das denn sein, eine Radler. Mit wenig Bieranteil, fügen sie dann hinzu. Mehr Limo. Keine Sprite. Wegen US-Imperialismus und Süßstoff und so wird das wohl sein, dachte sich Minkin immer in solchen Momenten. Wird schon seine Gründe haben. Geschmacklich wäre das nämlich völlig egal, mit was sie das Bier verunreinigen. Kann jeder halten, wie er will. Ist ein freies Land. Wäre ja noch mal schöner. Hatte er prinzipiell nichts gegen einzuwenden. Was ihn störte, war die gesellschaftliche Tendenz aus einem kompletten Produkt immer noch etwas Besseres machen zu wollen. Das Gute ist der Feind des Besseren, sagen die Schlaumeier. Erfinden beheizbare Kopfstützen für Cabrios. Kann man auch im Winter mit offenem Verdeck fahren. Im Ernst, machen die. Vorsprung durch Technik. Haben die nichts Besseres zu tun? Der alte Benz würde sich im Grabe umdrehen.

Eusebio saß ungerührt auf seinem Schemel. Minkin hatte allerhand Zeit seinen misanthropischen Gedanken nachzuhängen, als plötzlich Bewegung in die Sache kam.

Irgendetwas hatte Eusebio aufgeschreckt. Er stand auf, verließ die Bar und kam genau in seine Richtung. Sollte er etwas bemerkt haben? Ausgeschlossen. Dazu war Minkin zu lange im Geschäft.

Kurz bevor er den Saftstand erreicht hatte, bog Eusebio in ein kleine Gasse unmittelbar vor ihm ab. Minkin legte fünf Euro auf den Tresen und nahm die Verfolgung auf. Die Gasse war schmal und gesäumt von vorstehenden Balkonen, auf denen blütenweiße Wäsche hing. Mit etwas mehr Sinn für Schönheit, als Minkin ihn besaß, hätte man das ganze pittoresk nennen können. So aber war es einfach nur Wäsche, die darauf wartete, von ihren Trägern wieder eingedreckt zu werden. Ein schöner Gedanke voller Fatalismus. Ungefähr 15 Meter vor ihm verschwand Eusebio in der Hauswand. Weg war er.

Wer ist dieser Eusebio, das er durch Wände gehen kann? Terminator? Nichts da, nur ein kleiner Spanier. Da war eine Kellertür. Von der Gasse aus ging es drei Stufen abwärts. Keine Tür, eher ein Verschlag. Kaum höher als 1,50 Meter. Minkin war mit seinen 1,80 nicht eben ein Riese, ordentlich bücken musste er sich trotzdem. Er trat ein. Vor ihm erstreckte sich ein lang gezogener, schlauchartiger Gewölbekeller. Beleuchtet nur durch ein wenig Tageslicht, das durch die Kellertür einfiel. Minkins Augen gewöhnten sich langsam an die Sichtverhältnisse. Vorsicht, dachte Minkin. Könnte eine Falle sein. Minkin hatte noch nicht zu Ende gedacht, als die Kellertür mit einem metallischen Laut ins Schloss fiel. Dann sah er sie. Zwei Augen starrten aus einem Meter Entfernung an. Minkin spannte an Muskeln an, was er hatte.

»Du bist der Deutsche.«

Sein Gegenüber wollte reden. Auch gut. Körperliche Auseinandersetzungen hatte er seit seiner Kindheit nicht mehr geführt. Auch damals war der Zenit des Nahkampfes ein Schwitzkasten gewesen. Ernsthaften Prügeleien war Minkin schon als Kind aus dem Weg gegangen. Er war vorsichtiger Natur.

»Und? Ist das ein Vorwurf. Kommt jetzt wieder diese Hitler-Scheiße? Willst du mich als Nazi beschimpfen? Wenn dir das hilft, tue es.«

»Tue ich nicht. Ich mag die Deutschen.«

Minkin war erstaunt über die Antwort.

»Unsinn. Niemand mag die Deutschen. Gerade der Südeuropäer mag uns nicht, seit wir euch vorschreiben, dass ihr eure Drachmen und Peseten nicht für Schrottimmobilien ausgeben sollt. Dass man auch nach dem 55. Lebensjahr noch einer geregelten Arbeit nachgehen kann. Dass Steuern zahlen nicht auf einer Stufe steht mit Sodomie und Kindesmissbrauch.«

»Doch, doch. Ich mag euch?«

»Warum?«

Eusebio ließ sich ein wenig Zeit mit der Antwort.

»Ihr seid gute Soldaten.«

»Gute Soldaten?« Eusebio schaffte es Minkin zu verwirren.

Gute Fußballer, gute Autobauer, aber gute Soldaten? Wir hatten nicht funktionierende Sturmgewehre. Was wollte der Mann ihm damit sagen? Kam da ein Lob aus der falschen Ecke? Minkin war es im Grunde egal.

»Und was machen wir hier?«

»Ich kenne Sie.«

»So, der Herr Spanier kennt mich. Kann ich von mir nicht behaupten.«

Typische Neunziger Antwort. Tiefgang angedeutet, nichts dahinter. So hat man in diesem Jahrzehnt versucht Eindruck zu schinden, Frauen rumzukriegen. Hat damals schon nicht geklappt.

Eusebio wusste nicht, was Minkin damit meinte, setzte aber unbeirrt fort.

»Aus der Bar.«

»Richtig, jetzt erinnere ich mich. Sie sind der kleine Spanier rechts neben dem Eingang.«

Eusebio nickte.

»Ich bin Eusebio.«

»Freut mich, ich bin Minkin.«

»Man sagt, Sie würden etwas suchen hier unten in Sevilla.«

»Wer sagt das?«

Keine Antwort.

»Schon gefunden?«

»Nicht ganz, sobald ich weiß, was ich suche, melde ich mich.«

»Sie wissen nicht nach was Sie suchen?«

»Eine Liste.«

»Was für ein Liste?«

»Wenn ich das wüsste.«

»Sie wissen es nicht?«

Das hier hatte eine gewisse Redundanz.

»Ich weiß weder, was drauf steht noch wo sie ist. Abgesehen davon bin ich aber ziemlich dicht dran.«

»Warum die Bar *Antigua Casa de la Guardia*?«

»Tipp von meinem Auftraggeber.«

»Wie heißt er?«

»Goldberg, sagt Ihnen das was?«

»Goldbergs Liste.«

»Wenn Sie so wollen.«

»Er hat Sie in die Bar geschickt. Warum?«

«Ist ein schöner Keller drunter. Das Bier ist kalt.«

»Ja«, entgegnete Eusebio. »Und wenig Touristen dort!«

»Ist das gut oder schlecht?«

»Gut, wenn man nicht gestört werden will.«

»Bei was?«

»Um das rauszufinden sind Sie hier.«

»Bisschen Unterstützung könnte nicht schaden.«

»Die kann jeder gebrauchen.«

Gut gesprochen, Eusebio.

»Themenwechsel. Warum unterhalten wir uns auf Deutsch?«

»Weil ihr Spanisch nicht ausreicht.«

Auch das ein Treffer, dachte Minkin.

»Im Gegensatz zu Ihrem Deutsch.«

»War lange in Deutschland.«

»Schön.«

»Vielleicht hat das, was Sie suchen, etwas mit Fuentes zu tun?«

»Kann sein, wenn Sie mir sagen, wer das ist.«

Eusebio begann zu erzählen. Davon, dass er 40 Jahre in einem Zementwerk in Wössingen arbeitete. Das seine Frau dort begraben liegt. Dass er vor zwei Jahren in Rente gegangen und nach Sevilla zurückgekehrt sei. Zu seinem Sohn Manolo. Kurz nach seiner Rückkehr starb sein Sohn. Herzversagen. Mit gerade mal 33 Jahren.

»Tut mir leid, das zu hören.«

Minkin machte eine Pause.

»Gab es Anzeichen?«

»Anzeichen?«

»Na ja, Sie wissen, manche erwischt es früh. Gibt Sachen die so was begünstigen. Risikofaktoren.«

»Fuentes war sein Risikofaktor.«

»Was hat er dort gemacht.«

»Entwicklung.«

»Was hat er entwickelt?«

»Nahrungsergänzung. Lebensmittel-Imitate, solche Sachen.«

»Vom Entwickeln stirbt man nicht. Hat er das Zeug auch gegessen?«

»Er hat es nicht angerührt. Ging alles in den Export. Ukraine, Polen, Deutschland. Die Leute dort kaufen alles – Hauptsache billig.«

Das konnte Minkin bestätigen. Er kannte den Parkplatz der Lidl-Filialen. Dort parkten die fetten Autos. Die Deutschen fuhren mit dem teuersten SUV zum Discounter ihrer Wahl, kauften dort die billigsten Lebensmittel, um diese dann in ihren Luxusküchen zuzubereiten. Hochleistungs-Motorenöl für den Cayenne durfte gut und gerne 30 Euro der Liter kosten. Für Olivenöl beim Discounter gaben sie gerade mal 2,99 Euro aus. Nativ sollte es dazu noch sein, kaltgepresst. Von glücklichen Bauern. Wie naiv konnte man sein? Verstehe es wer kann. Gerade mal noch gut 10 Prozent seines Budgets gab der Deutsche für Lebensmittel aus. Tendenz fallend. Der Italiener gibt 15 Prozent aus. Vom Franzosen ganz zu schweigen. Gut, die müssen mit dem alten Fiat oder Citroen zum Feinkostladen fahren. Haben dafür aber echte Lebensmittel auf dem Tisch.

»Woran ist Ihr Sohn gestorben? Was glauben Sie?«

»Was er wusste, hat ihn umgebracht.«

»Was genau?«

»Er hat das immer nur angedeutet. Etwas, das Fuentes unverzichtbar macht für die Lebensmittelindustrie. Eine Alleinstellung.«

»Mehr wissen Sie nicht?«

»Wenn, wüsste ich, warum Manolo sterben musste.«

Eusebio hatte feuchte Augen. Minkin war das unangenehm. Minkin war kein allzu empathischer Mensch. Tränen, Trauer, er konnte nicht damit umgehen. Nicht, dass er nicht mitfühlte. Er verstand die Dimension des Verlustes, ihm fehlten die Mittel damit umzugehen.

Frauen kriegen das besser hin. Vor einigen Jahren hatte Minkin zweimal in kurzer Folge mit einer Bestatterin zu tun. Beruflich. Eine Trauerfeier für einen Obdachlosen, wenige Trauergäste. Die zweite Beisetzung für eine bekannte Persönlichkeit. Große, echte Anteilnahme. Die Bestatterin wusste in beiden Fällen beeindruckend damit umzugehen.

Minkin war das nie gelungen.

»Ich werde versuchen, Ihnen zu helfen. Rauszufinden, wer Manolo auf dem Gewissen hat.«

Es war eine dumme Phrase. Sollte Manolo tatsächlich eines unnatürlichen Todes gestorben sein, hat der Verursacher wohl kaum Schwierigkeiten mit seinem Gewissen.

»Gracias«.

Eusebio verschwand nach draußen.

»Passen Sie auf sich auf, alter Mann!«

Minkin, war nicht sicher, ob Eusebio den Rat mitnahm. Nötig hatte er ihn.

La Maconchinatta

Es war der Morgen des 13. August, als sich Minkin zur Strada de La Placa aufmachte. Die Uhr zeigte kurz nach neun. Das Thermometer zeigte 29 Grad Celsius an. Es würde ein heißer Tag werden. Die Straßenbahn führte ihn vorbei am Stadion des FC Sevilla. Minkin wusste, dass es in Sevilla zwei Vereine gab, die in der Primera Division spielten. Minkin wusste nur nicht, für was oder wen diese beiden Vereine standen. Für gewöhnlich verbindet die Fangruppen der jeweiligen Stadtrivalen eine herzliche Abneigung. Häufig hat diese Abneigung historische, religiöse, soziologische oder sonstige Gründe, die weit über das Fußballerische hinausgingen. Bei einigen Vereinen kannte er die Gründe. Celtic Glasgow beispielsweise ist der Verein der irisch-katholischen Einwanderer, hervorgegangen aus einem sozialen Projekt eines irischen Priesters in Glasgow. Die Glasgow Rangers hingegen sind der Verein der Protestanten. Obwohl Minkin kein Katholik war, hegte er instinktiv Zuneigung für Celtic Glasgow. In dem Moment bedauerte er, dass er nicht wusste, für wen oder was die Vereine in Sevilla standen. Er beschloss, diese Wissenslücke baldmöglichst zu schließen. Vorher hatte er hier aber noch einen Job zu erledigen, der seine ganze Aufmerksamkeit forderte. Das Firmengebäude der Fuentes International Ltd. befand sich am Ende eines lang gestreckten Platzes, der von Palmen gesäumt war. Gelegentlich befanden sich zwischen den Bäumen gemauerte Bänke, die mit blauen und weißen Kacheln verziert waren. Das Firmengebäude selber war ein schmuckloser Betonkasten aus den siebziger Jahren des letzten Jahrhunderts. Ein wenig erinnerte ihn das Bauwerk an die Architektur der Kreissparkassen auf dem flachen Land. In Nürtingen oder Bietigheim. Der Beton war ausgebleicht. Die Fenster verdunkelt. Kein spektakulärer Ort. Das dachte er von seiner Hausbank auch. Kaum vorstellbar, dass von hier aus die Weltverschwörung organisiert wurde.

Minkin hatte keinen Plan, weshalb es ihm als eine gute Idee erschien, sich auf einer der gekachelten Bänke niederzulassen. Das brachte Zeit. Zeit, die er dringend benötigte, um sich darüber klar zu werden, warum er das Frühstück in seinem Hotel hatte ausfallen lassen. Das war einer diese unerklärlichen Ausfälle, die ihn gelegentlich heimsuchten. Sie kamen aus heiterem Himmel. Er wusste, dass diese Ausfallerscheinungen mittelfristig durchaus zum Problem werden konnten. Er beschloss nach seiner Rückkehr einen Arzt aufzusuchen. Noch wusste er nicht genau, wie er dieses Phänomen beschreiben sollte. Antizipierte Gedächtnislücke. Etwas in der Art. Eine Erscheinung, die er bis dato nur nach übermäßigem Ouzo-Genuss bei seinem Stammgriechen in der Silberburgstraße ausgemacht hatte. Seine letzten Besuche dort lagen Jahre zurück. Der pochende Schmerz in der rechten Hirnhälfte war ihm in schlechter Erinnerung geblieben. Sicher, es war gut gemeint vom

Griechen, vor dem Essen, nach jedem Gang und nach dem Essen einen Ouzo auszugeben. Trotzdem war es Gift.

Minkin hatte für diesen antizipierten Gedächtnisverlust keine rechte Erklärung.

Im Moment hatte er Hunger und Durst. In der Mitte des Platzes befand sich ein spanischer Kiosk, der allerhand Tapas in der Auslage hatte. Der Ort schien Minkin passend, um die Untersuchungen zügig voranzubringen. In Richtung unbekannt.

Untersuchungen war der falsche Terminus. Euphemistisch, dachte Minkin. Ein Wort, das Minkin einstreute, um Eindruck zu hinterlassen. Gelang ihm selten genug.

Nicht, dass Minkin das oft versuchte. Eindruck zu hinterlassen. Die Zeiten waren vorbei. Physisch war Minkin auf dem absteigenden Ast. Wenn es eine Zeit gab, in der Minkin fit war, dann war diese Zeit definitiv vorüber. Minkin war kein fetter alter Sack. Das war er nicht. Er könnte einer werden. Sein Bauchansatz war ihm nicht verborgen geblieben. Noch ließ sich das durch ein paar Tage Maß halten oder einen Magen-Darm-Infekt in Ordnung bringen. Aber wie lange ging das noch so? Wann würde er aus dem Leim gehen? Haar war immerhin noch genug da. In voller dunkler Farbe. Hatte er von seiner Mutter. Lag in der Familie.

Minkin befand sich in Sevilla auf einem gottverdammt heißen Platz, hatte nichts gefrühstückt und war auch sonst nicht eben gut gelaunt. Sein Stolpern glich einem Krimi, der nicht richtig in die Gänge kam. Da hatte er absolut keinen Bock drauf. Minkin wollte die knallharten Themen anfassen. Terror, Korruption, politische Verschwörungen. Irgendwas mit Neonazis wollte er machen. Neonazis, Verfassungsschutz, Deutsche Bahn und so. Mal richtig Rauch reinlassen. Minkin war weit davon entfernt.

Im Moment war Minkins nächstes Ziel der Kiosk in circa 100 Meter Entfernung. Zielgerichtet ging er darauf zu. Immer schön Blick auf den Eingang der Fuentes Firmenzentrale. Er bestellte sich einen Caffe con Leche, aß dazu ein Brötchen mit Jamon Iberico. Er mochte dieses Zusammenspiel von Kaffee und etwas Salzigem, auch wenn er dafür gelegentlich ein Stirnrunzeln erntete. Einmal hatte sich ein Kellner geweigert, ihm seine Bestellung zu bringen. Es war in der Nähe der italienischen Adria im Po-Delta. Er hatte dort eine Latte Macchiato und einen Meeresfrüchtesalat bestellt. Der Kellner hatte nur den Kopf geschüttelt. Ihm zu verstehen gegeben, dass er so etwas nicht machen würde. Stattdessen brachte er ihm ein Glas Weißwein zu dem Meeresfrüchtesalat.

»Italy many problems, but not with the food."

Minkin verstand, was der Kellner ihm sagen wollte. Er hatte danach nie wieder eine Latte Macchiato zu Meeresfrüchten bestellt. Überhaupt hatte er nie wieder Meeresfrüchte bestellt. Vor allem weil er aus sicherer Quelle erfahren hatte, dass die meisten Muscheln aus dem Mittelmeer Erreger von Hepatitis A und B enthielten. Minkin war noch jung damals. Hatte seine Lektion gelernt. Im Gegensatz zu den anderen, die es eigentlich wissen müssten. Architektengattinnen mit reichlich Toskana-Erfahrung. Mit mediterraner Streetcredibility. Die geriebenen Parmesan zu den Spaghetti Vongole bestellten. Auch auf den Vorwurf der Wiederholung hin wollte Minkin das noch mal in Erinnerung gerufen haben. Sei es zur eigenen Entlastung.

Ging ihm alles durch den Kopf, als sein Blick auf die junge Frau fiel, die das Fuentes-Gebäude verlassen hatte. Schnurstracks kam sie auf den spanischen Kiosk zu. Mitte zwanzig. Höchstens. Weiße Bluse. Schwarzer Rock. Sehr klassisch. Sehr apart. Ihre dunklen Haare waren zu einer Art Nest hochgesteckt. Ihr stand das gut. Deutlich besser als der Frau die in Deutschland alle paar Jahre für das Amt des Bundespräsidenten kandidierte.

Kaum angekommen am Kiosk entlud sich ein spanischer Redeschwall in einem Tempo, das es selbst einem geübten Kenner der spanischen Sprache unmöglich machte zu folgen. Insofern war es hier gar kein Nachteil, dass Minkin kein Spanisch konnte. Nach circa einer Viertelstunde ebbte der Redeschwall ab, was daran lag, dass die Frau ihr Essen vor sich hatte. Da sich vor dem Kiosk nur ein runder Stehtisch befand, musste sie sich zwangsläufig an den Tisch gesellen, an dem er seit geraumer Zeit lehnte. Das war seine Chance. Instinktiv hatte er bis dato alles richtig gemacht. Wenn er mehr über Fuentes erfahren wollte, dann jetzt. Danach würde sich das Zeitfenster möglicherweise wieder für lange Zeit schließen. Würde Dotty die Null-Barriere überschritten haben.

Die Gesprächseröffnung ist immer das Schwierigste am Gespräch. Wenn man mal drin ist, ergibt sich der Verlauf meist von alleine. Minkin entschied sich spontan für eine saubere spanische Eröffnung. Die spanische Eröffnung besteht darin, unter Hinweis auf das Wetter zu fragen, was denn das für eine interessante Speise auf ihrem Teller sei. Funktioniert immer, zumindest wenn Essen in der Nähe ist.

»Puh, ziemlich heiß heute«, sagte Minkin mehr zu sich als zu seiner Stehtischnachbarin. Keine Reaktion. Dann doch die Offensivtaktik.

»Das Essen sieht interessant aus? Was ist das?"

Die junge Frau blickte auf. Für einen kurzen Moment überlegte sie offensichtlich die Frage zu ignorieren. Jetzt kam es darauf an. Minkin musste nachlegen.

»Eine Spezialität aus Sevilla?«

Die junge Frau biss an.

»Ja. Es heißt La Maconchinatta. Es wird aus Teig und Innereien gemacht. Normalerweise trinken wir Rotwein dazu. Mittags ist Orangensaft okay«.

Schön, jetzt wusste er das auch.

»Sorry, wie heißt das?«, fragte Minkin, um das Gespräch am Laufen zu halten.

»La Maconchinatta«, antwortete die junge Frau belustigt.

»Schwieriges Wort, alter Dialekt aus Sevilla. Es bedeutet: Das Herz der Bäckersfrau."

»Das Herz der Bäckersfrau«, wiederholte Minkin. Erinnerte eher an ein Stück Darm der Bäckersfrau. Innereien in einem Teigmantel, die in Öl ausgebacken werden. Ein ansprechender wie rüder Gedanke zugleich. War wie Veronica Ferres als Angela Merkel, die von Nicolas Sarkozy verlassen wurde. In einer Isabell Allende Filmadaption. Harter Tobak.

»Und? Wie schmeckt es?"

»Nicht die beste Maconchinatta, aber sie zuckt nicht mehr.«

Minkin verstand den Sinn nicht so recht. Er grinste trotzdem zurück.

»Sie müssen das probieren während Ihres Aufenthaltes in Sevilla.«

»Gerne. Vielleicht haben Sie eine Idee wo?«

»Si, claro. Kann ich Ihnen aufschreiben.«

Das wollte Minkin eigentlich nicht. Er setzte alles auf eine Karte. Nicht, dass er Auswahl an Karten gehabt hätte.

»Könnten Sie mir das Lokal zeigen?«

Die Frage war Mist. Ihre Miene ging in Richtung Verfinsterung. Minkin war nicht sonderlich geübt in der Ansprache von Frauen. War kein Womanizer vor dem Herrn. Optisch Durchschnitt. 1,80 groß. Bauchansatz. Untrainiert. Blass, nicht die vornehme Blässe. Mit einem Hang ins Ungepflegte. Alles in allem nichts, wofür eine Frau ihr Essen stehen ließ.

»Mein Mann würde die Idee nicht mögen.«

Der Versuch galt als gescheitert. War es das? Sicher nicht. Minkin glaubte da etwas zu spüren bei der jungen Frau.

Das tat er immer. Er hatte sich getäuscht. Möglicherweise war die junge Frau nicht soweit. Wie Sebastian Deissler damals. War zu früh für die Bayern. Nix mehr Basti Fantasti. Hätte mal ruhig in Freiburg weiter kicken sollen. Wer weiß, was aus ihm geworden wäre. Immerhin schrieb sie ihm den Namen der Bar auf, in der man die besten La Maconchinatta der Stadt erstehen konnte. Es war die Bar Antigua Casa de la Guardia.

Ein unmoralisches Angebot

Weg war sie. Verschwand in der Eingangstüre der Fuentes International Ltd. Heraus trat eine andere Gestalt. Minkin glaubte die Gestalt zu kennen. Er kniff die Augen zusammen und sah angestrengt zur Eingangstür hinüber. Kein Zweifel. Das war Schödlbauer. Merkwürdig. Was machte Schödlbauer hier. Er ging direkt auf den Kiosk zu. Warum war er hier? Wo war der Zusammenhang? Hatte er was verpasst? Gab es einen Grund der Begegnung aus dem Weg zu gehen? Im Gegenteil. Nach wenigen Augenblicken hatte Schödlbauer keuchend den Kiosk erreicht. Sein für seinen wuchtigen Körper zu knappes Hemd war ordentlich verschwitzt. Das sind nicht deine Temperaturen, Schödlbauer. Auf der Platte stand der Schweiß. Das Resthaar klebte am Schädel. Gut sah das nicht aus.

»So schnell sieht man sich wieder, Schödlbauer.«

Schödlbauer zuckte.

»Guten Morgen, Herr Kommilitone.«

»Minkin, was machst du denn hier?«

»Frühstücken. Kam im Hotel nicht dazu.«

»Sachen gibt's.«

»Die gib's gar nicht. Was führt dich hier runter? Wolltest du nicht in Madrid ordentlich auf die Kacke hauen?«

»Hab ich. Keine Sorge.«

»Und dann?«

»Hat mir die Firma Fuentes ein unmoralisches Angebot unterbreitet.«

Schödlbauer deutete so etwas wie eine Bewegung in Richtung der Zentrale an.

»Fuentes?« Jetzt war Minkin mit Zucken dran.

Was hatte Schödlbauer mit Fuentes an der Hacke?

»Ein unmoralisches Angebot? Dachte die eheliche Treue wäre für dich ein Sakrileg?«

Minkin musste das erst mal einordnen.

»Minkin , wo denkst du hin. Ich bin Katholik. Rein geschäftlich, unsere Beziehung.«

»Was ist der unmoralische Teil?«

»Die Kohle, mein Lieber.«

»Die Kohle, klingt gut.«

»Gut? Das ist perfekt.«

»Gratuliere. Was macht dein Auftraggeber?«

»Lebensmittelindustrie. Entwickelt und vertreibt Lebensmittelzusatzstoffe. Marktführer auf der iberischen Halbinsel. Genaue Umsätze kennt keiner. 500 Millionen. Das was er versteuert. Ist sicher nur ein Bruchteil der Umsätze.«

Schödlbauer war ganz Vertriebsmann, immer alles am ausplaudern.

»Was hast du damit zu tun?«

»Noch nichts. Aber hoffentlich bald. Brauchen einen Vertriebsmann für Deutschland. Haben ein neues Produkt erfunden. Für die Getränkeindustrie. Einen Zusatzstoff. So ganz genau haben sie die Katze nicht aus dem Sack gelassen. Firmengeheimnis. Was komplett Neues. Ein Novum.«

»Warum du?«

»Abgefahrene Geschichte. In der Hotelbar komme ich beim Cerveza mit einem Spanier ins Gespräch. Er erzählt mir, dass er Produktmanager in der Chemiebranche sei. Kenn ich mich aus, sag ich. Ich mach in Pharma. So gab eins das andere. Sie suchen gerade einen neuen Vertriebsmann für Deutschland. Der alte ist abgesprungen. Ob ich nicht mit nach Sevilla runterkommen will. Die Fuentes International Ltd. kennen lernen. Jetzt bin ich hier.«

»Abgefahrene Geschichte.«

»Total abgefahren, nicht wahr?«

»Selten was Abgefahreneres gehört.«

»Ja, ein echt abgefahrener Wahnsinn.«

Okay, jetzt reicht es mit den Superlativen, dachte Minkin.

»Und? Machst du es?«

»Denke schon, muss mit der Family reden. Aber wenn ich das hier erfolgreich durchziehe, dann hätte ich erst einmal ausgesorgt.«

»Ausgesorgt?«

»Ausgesorgt. Schluss mit Trabacho.«

»Schluss? Für wie lange?«

»Für immer. Die von Fuentes sind der Meinung, wenn das Tool implementiert ist, läuft es von alleine.«

Die Vorstellung, nie wieder arbeiten zu müssen, war für viele Menschen tatsächlich eine unmoralische Vorstellung. Minkin hingegen hätte diese Möglichkeit trotz seiner calvinistischen Erziehung nicht von vorneherein als verwerflich eingestuft. Er hatte nie verstanden, warum übermäßig langer Schlaf als eine Sünde angesehen wurde. Er akzeptierte, dass andere Menschen einen anderen Rhythmus hatten. Sollten sie gefälligst seinen akzeptieren.

Minkin dachte nach. Fuentes machte irgendwas mit Lebensmittelchemie. Caesar auch. Das passte grob. Was genau hatte Caeser für Fuentes gemacht? Schödlbauer könnte ihm möglicherweise eine Idee davon geben.

»Schödlbauer, vielleicht solltest du besser die Finger davon lassen.«

»Tickst du nicht richtig?«
»Meistens schon.«
»Minkin, das ist meine Chance. Wie viele Chancen bekommen Jungs in unserem Alter noch? Mann, ich hab die vierzig passiert. Glaubst du man wartet auf Typen wie mich? Übergewichtiger Studienabbrecher mit Flugangst. Digitaler Siebenschläfer. Twitter, facebook, kann ich nichts mehr mit anfangen. Ich hasse Veggie-Food, Smoothies, all das Zeug. Glaubst du, wenn das Silicon Valley hier erst mal am Ruder ist, kann ich nochmal groß durchstarten?«
Pessimismus war an und für sich kein schlechter Ratgeber. Schödlbauer schien es allerdings ein wenig zu übertreiben.
»Mag was dran sein, Schödlbauer, aber wie soll ich es dir sagen?«
»Was?«
»Nun ja, ich mache mir Sorgen um dich.«
»Minkin? Alles klar bei dir?«
»Jetzt ohne Scheiß, ich habe ein ungutes Gefühl.«
»Was ist mit dir los? Wenn ich es nicht besser wüsste, würde ich glauben, du hast dich in mich verliebt.«
Schödlbauer schickte ein fettes, schmutziges Lachen hinterher. Musste noch einen drauf setzen, der ungehobelte Depp.
»Stehst doch nicht auf Männer, oder?«
Minkin zögerte kurz.
»Ich denke nicht.« Sollte ruhig ein bisschen grübeln, der Schödlbauer. Mit Homosexualität konnte man den Jungs vom Land immer noch einen kleinen Schrecken einjagen. Schödlbauer kam aus der Oberpfalz. Mehr Land geht nicht. Minkin war sich nicht im Klaren darüber, wie er Schödlbauer einzuschätzen hatte. Man sagt den großen Jungs vom Land nach, dass sie vulgär sind, aber das Herz am rechten Fleck tragen. Bei Schödlbauer war sich Minkin noch nicht sicher.

»Was genau sollst du für einen Job machen bei Fuentes?«

»Warum interessiert dich das?«

»Caesar, ein Freund hat für Fuentes gearbeitet. Vertrieb. Süddeutschland.«

»Und«

»Jetzt ist er tot.«

»Tut mir leid.«

»Schon okay.«

»Hat sein Tod etwas mit Fuentes zu tun?«

»Das will ich rausfinden. Du kannst mir helfen. Was genau sollst du für die Spanier an den Mann bringen?«

Schödlbauer hatte das Grübeln angefangen. Kein schlechter Zug.

»Getränkezusatzstoffe. Für Brauerzeugnisse.«

»Bierpanscher?«

»Es handelt sich wohl um eine Art Wirkungsmultiplikator.«

»Botox für Biere?«

»Wenn du es so nennen willst.«

»Wer braucht so was?«

Noch während Minkin die Frage stellte, schossen ihm einige Biermarken durch den Kopf, die eine geschmackliche Verbesserung durchaus vertragen konnten. Egal, der Preis war zu hoch. Lieber ein Hofbräu, das schmeckt wie es schmeckt, als eines, das mit Botox trinkbar wird.

»Das soll ich rausfinden. Nächste Woche geht's los. Da bekomme ich die Liste?«

Minkins Hirn hatte ein kurzes synaptisches Erlebnis. Ein Ruckeln auf der Festplatte.

»Liste?«

»Mit den Bestandskunden und den Nicht-Kunden.«

War das die Liste, für die er hier runter gekommen war? Minkin hatte mit einer Menge gerechnet. Die 100 begehrtesten Callgirls der Landespolitik. Die Top Ten der Ferienhäuser eines Ex-Bundespräsidenten. Der verschollen geglaubte Englisch-Wortschatz des Günther Oettinger. Am Ende sollte es doch ein Brauerei-Verzeichnis sein?

»Wann genau?«

»Nächsten Dienstag. Um 12 Uhr. Dinkelacker, Gaststätte. Übergabe der Liste erfolgt persönlich. Ist wohl verschlüsselt, das Ding.«

»Was dagegen, wenn ich in der Nähe bin?«

»Unter den Voraussetzungen wär's mir ganz recht. Aber halt dich zurück.«

»Bin unsichtbar.«

»Sehen uns am Dienstag.«

»Wir sehen uns nicht.«

»Auch gut.«

Minkin hatte noch vier Tage Zeit. Blieben ihm zwei Tage in Sevilla und zwei Tage für die Rückfahrt. Im Grunde war das hier ausrecherchiert. Blieben ihm zwei Tage für das, was er schon lange auf'm Zettel hatte. Spanische Pilsbars testen. Falls es die gab.

Hunde schießen nicht auf Menschen

Man fand den Brauer tot in seinem Lada. Vom Gesicht war nichts mehr übrig. Tragischer Unfall. Der Jagdhund hätte die Schrotflinte ausgelöst. Ein Mischling, der Hund. Hatte versehentlich sein Herrchen erschossen. Im Auto. Von hinten. In einem Lada Niva. Der Hund wurde eingeschläfert. Der Brauer war sofort tot, nachdem er erschossen wurde. Das Schwäbische Tagblatt fand immer die passenden Worte. Das Schwäbische Tagblatt hatte Hertha Däubler-Gmelin gekillt. Den Rücktritt provoziert. Dafür hatten sie Einiges gut an Formulierungsunfug. Minkin hatte schon von vielen seltsamen Todesarten gehört. Rockmusiker, die an ihrer eigenen Kotze erstickt waren. Schauspieler, die sich beim Onanieren im Schrank stranguliert hatten. Ein Hund der sein Herrchen mit einer Schrotflinte erschoss? Das war neu. Sicher, er hatte hin und wieder von zunehmender Gewaltbereitschaft unter jugendlichen Hunden mit Migrationshintergrund gehört. Aber eine Schrotflinte? Das kam ihm spanisch vor. Jetzt, da er wieder zuhause war, passte das Puzzle noch weniger zusammen. Der Tod des Brauers lag einige Monate zurück. Der Redakteur hatte ihn auf dieses Gleis gesetzt. Minkin hatte damals vom Tod des Brauers gehört. Am Rande war da was. Beachtet hatte er die Sache kaum. Der Tod eines Kleinbrauers war grundsätzlich tragisch. Der Fortbestand der Brauerei steht und fällt mit dem Ableben des Brauers. Unternehmensnachfolge von außen ist strukturell meist ausgeschlossen. Will sich keiner antun. So war es auch bei der Brauerei Adler aus Trunkendorf. Der Braubetrieb wurde eingestellt. Die Immobilie von der Erbengemeinschaft an die Kommune veräußert. Die plante dort ein Kulturzentrum. Mit Kursen in Wachsbatik, Seidenmalerei und experimentellem Ausdruckstanz. Minkin nahm das jedes Mal persönlich. Minkin hatte sich umgehört. Ein wenig. Genauer gesagt hatte er sich mit dem Redakteur der örtlichen unabhängigen Tageszeitung auf ein paar Bier im Budweiser Keller getroffen.

Minkin war durchaus dran am Thema. Er hatte ein Interesse an der sich verändernden Braulandschaft in der Region. Nicht ohne überraschte Freude registrierte Minkin etwa den Aufstieg der Brauer aus dem Schönbuch. Brauen ein für hiesige Verhältnisse exzellentes Naturtrübes. Haben sich mit einem fetten Brauhaus mitten in die City gesetzt. Das war mal ne Ansage in Zeiten des sinkenden Bierkonsums. Andererseits, bei der lokalen Konkurrenz kann man das riskieren. Die werden darüber nicht erfreut gewesen sein und haben am Schlossplatz nachgezogen. Schenken dort ein Wulle aus dem Holzfass aus. Schöne Idee. Macht es nicht viel besser; muss man trotzdem honorieren.

Umso erstaunlicher war, dass die Brauer aus dem Schönbuch es nicht schafften ihr Naturtrübes im Brauereiausschank in der City vernünftig zu kredenzen. Wenn Minkin Lust auf diesen Sud hatte, ging er in die Rote Kapelle. Seltsamerweise bekamen es die Aushilfskräfte dieser verunglückten Tapasbarvariante hin, das Naturtrübe in dünnwandigen Halblitergläsern zum Funkeln zu bringen. Es war ein Mysterium. Na ja, solche Sachen registrierte Minkin durchaus, machte sich seinen Reim drauf. Es blieb Randwissen. Immerhin, es blieb. Der Redakteur hatte das Schreiben über Gastronomie zu seiner Erwerbsgrundlage gemacht. Schrieb in der unabhängigen Tageszeitung mit substanziellem Ernst über ländliche Schnapsbrennereien, wiederentdeckte Rebsorten und Immobilienverzweigungen in der Brauereilandschaft.

Minkin nahm zur Kenntnis, dass es der Redakteur geschafft hatte sein Hobby zum Beruf zu machen. Ein seltener Glücksfall der üblicherweise Profifußballern und Berufsmusikern vorbehalten war. Der große Rest machte sich mehr oder weniger gekonnt etwas vor. Beim Redakteur las es sich zumindest wie die perfekte Symbiose aus privaten Interessen und beruflicher Notwendigkeit, wenn er über Spirituosendegustationen und die Geschmacksvielfalt der destillierten südbadischen Haselnuss schrieb. Vermutlich war das nur die halbe Wahrheit. Vermutlich war es wie überall. Wie in Minkins ehemaliger Behörde. Dort musste man sich jeden gottverdammten Arbeitstag mit Neidern, Besserwissern, Bremsern, Bedenkenträgern, Egoisten und sonstigen Trotteln herumschlagen. Warum sollte es bei einer unabhängigen Tageszeitung anders sein als in jedem Büro. Stromberg war überall. Nicht zuletzt dieser Tatsache war es geschuldet, dass Minkin nicht mehr bei der Behörde tätig war.

Und weil er keine Lust mehr hatte über das Mittagessen zu reden. Das Mittagessen war das zentrale Thema ab dem frühen Vormittag. Was gab es in der Kantine? Wo ging man hin? Gab es Alternativen? Einen günstigen Mittagstisch. Während dem Essen sprach man über das Essen. Nach dem Essen gab man Wertungen ab. Es heißt der Deutsche verbringe ein Drittel seiner Lebenszeit mit Schlafen. Das zweite Drittel verbringt er mit Gerede übers Mittagessen. Den Mittagstisch. Das war kein Behördenproblem. Das war überall so. In jedem Architekturbüro, jeder Anwaltskanzlei, jeder Bank, jeder Versicherung, jeder Medienagentur redete man unentwegt über den Mittagstisch. Minkin war sich sicher, dass den Arbeitgebern durch das Gequatsche ihrer Angestellten über das Essen mehr Zeit verloren ging als durch deren krankheitsbedingte Abwesenheit. Dicht gefolgt von Tippspielen zur WM. Die kosten den Arbeitgeber auch ganz schön Geld. Private Internetnutzung wird reichlich überschätzt. Das war Pippifax. Zumindest in Akademikerkreisen war der Mittagstisch steter Diskussionsquell. Nix gegen zu sagen, wenn die Frage erörtert wurde, ob es sich bei den Tomaten auf der Pasta um Dosentomaten oder um frische Tomaten gehandelt hat. Ob es frisches italienisches Weißbrot oder Pizzabrötchen als kostenlose Zugabe gab. Ob 7,50 Euro für ein Nudelgericht mit kleinem Beilagensalat noch angemessen oder ob 6,90 Euro der korrekte Preis waren. Das waren alles berechtigte Fragen. Minkin wollte sie nur nicht mehr beantworten. Das war nicht mehr seine Baustelle. Sollten sich andere darüber den Kopf zerbrechen. Er war raus aus der Mittagstischfalle. Aus der Endlosschleife.

Zurück zur Sache mit dem Brauer. Der Redakteur hatte ihn auf die Spur mit dem toten Brauer gesetzt. Hatte ihm die Geschichte aus dem Schwäbischen Tagblatt besorgt, die er als Volontär seinerzeit aufbereitet hatte.

»Was hälst du davon?«

»Wir haben damals ein paar Artikel drüber gemacht. War kurios.«

»Inwiefern?«

»Wie viele Hunde erschießen ihre Herrchen mit einer Schrotflinte.«

»Wenige«.

»Wie viele Hunde erschießen überhaupt ihre Herrchen.«

»Nicht viele.«

»Passte alles nicht zusammen, damals. Der Brauer hatte mit der Jagd aufgehört. Warum er überhaupt mit der Büchse unterwegs war, wusste keiner so genau.«

Büchse – ein schönes Wort, zu Unrecht vergessen.

»Habt ihr tiefer gegraben?«

»Minkin, wir sind nicht der Staat, wir sind die Presse. Der letzte Rest Print. Last Print standing. Wenn die Leute das Interesse verlieren, dann verlieren wir es auch.«

Der Redakteur hatte diesen illusionsfreien, zynischen Pragmatismus. Nicht zuletzt deshalb traf er sich mit dem Redakteur hin und wieder gern auf ein Schnelles.

»Die Staatsanwaltschaft?«

»Weiß nicht, hat das Verfahren eingestellt.«

Eventuell waren da noch andere Spuren, die der Redakteur an diesem Abend erwähnte. Die waren allesamt im Budweiser Keller geblieben sind. Aufschlussreich war das, was der Redakteur im Budweiser zu sagen hatte, allemal.

Die gelegentlich aufgeworfene Frage, wer das beste Bier braut, lässt sich im Grunde auf die Frage Budweis oder Pilsen reduzieren. Bis vor wenigen Jahren hatte Minkin hier noch für ein Unentschieden plädiert. Kein torloses Remis. Eher ein 4:4. Ein Unentschieden auf hohem Niveau. Wie das Heimspiel des VfB gegen Bremen in der Spielzeit 2003/04. Gibt diese besonderen Unentschieden. Outstanding. Bar jeder Analyse. So in etwa war das Unentschieden zwischen Pilsen und Budweis. Beide waren sehr nah dran an der Weltformel für Pilsbiere. Inzwischen hatte Minkin eine knappe Tendenz Richtung Pilsner Urquell. In regelmäßigen Abständen prüfte Minkin die Qualität der Biere vor Ort mit einigen Tresenkickern. Pokalausflug. Jedes Jahr dasselbe Ritual. Man redete monatelang darüber, dass man dieses Jahr nach Istanbul, Mallorca oder Bratislava fahren könnte. Man redete solange darüber, bis man im Hof des U Salžmanu saß. Seit ein paar Jahren kam im Restaurace & Penzion U Salzmanu in Pilsen für wenige Wochen im Spätherbst ein unfiltriertes Pilsner Urquell zum Ausschank. Nicht aufbereitet für den Export. Nicht pasteurisiert. Da war der ganze Scheiß noch drin. Das dürfte sie dann wohl auch sein, die Mutter aller Pilsbiere.

Ein schönes Böhmisches in Stuttgart war rar. Die erste Adresse hierfür war der Budweiser Keller in der oberen Olgastraße gewesen. Für Minkin ein Rätsel warum dieser butzenscheibenbewehrte Keller vom ausgehaffinen Stuttgarter Publikum weitestgehend unbehelligt blieb. Das Konsulat der Republik Bosnien-Herzegowina befindet sich über dem Budweiser Keller. Dort wird der ganze Papierkram der Ausreise- und Bleibewilligen erledigt. Die wichtigen Dinge wurden allerdings eine Türe weiter geregelt. Über 20 Jahre betrieb Rashida dort die Schankstube im Kellergewölbe, die sich vor keiner osteuropäischen Bierhalle zu verstecken brauchte. Seit 2008 gab es dort sogar ein Nichtraucherzimmer. Es machte keinen Unterschied, wo man saß. Die Feinstaubwerte waren überall gleich hoch, was bei längerer Verweildauer bei Minkin schon mal gerne zu einer respektablen Augenrötung führt. Familiäre Vorbelastung. Die hatten es alle mit den Augen. In Zeiten des Jugoslawienkrieges standen die Kriegsflüchtlinge in Dreierreihen um die Zapfanlage hinaus bis auf die Straße. Vorbei, die goldenen Jahre. Gibt noch die Brötchenschlange beim Bäcker Bosch im Westen am Samstagmorgen. Die Zeiten hatten sich im Budweiser-Keller geändert. Rashida hatte an der Tradition festgehalten, dass ein Pils nun mal ungefähr sieben Minuten dauert. Perfekt gezapft. In der Brauerei in Budweis machen die das nicht besser. Gelegentlich gab es von Rashida eine pralle Geschichte dazu. Von bosnischen Kriegsflüchtlingen der 90er Jahre, von den leichten Mädchen, die auf der anderen Straßenseite ihrem Gewerbe nachgingen und vor der Schicht auf ein Getränk vorbeischauten. Dazwischen soff der Konsul auf Staatskosten. Vorm Zapfhahn waren alle gleich. Der Balkan-Sozialismus hatte hier eine Nische gefunden. Minkin war bestenfalls Gelegenheitsgast. Begrüßt wurde er wie ein Freund des Hauses. Na zdravi! Inzwischen hat sich das erledigt. Rashida hatte sich vor Kurzem ohne Aufsehen aus privaten Gründen zurückgezogen. Schöner Scheißdreck.

Jedenfalls wusste Minkin am nächsten Tag nur noch die Geschichte mit dem toten Brauer im Lada. Wer weiß, hätte Minkin den Rest nicht dem Budvar geopfert, wäre die Spur in eine ganz andere Richtung verlaufen.

Klatovy

Minkin musste mehr erfahren über den Tod des Brauers. Er wusste auch von wem. In dem Zeitungsartikel war der Name des ermittelnden Staatsanwalts erwähnt. Jan Schmid. Er kannte Schmid. Er wusste hässliche Dinge über Schmid. Über eine Taxifahrt in Klatovy. Schon allein deshalb würde Schmid ihm weiterhelfen. Außerdem waren sie mal so was wie Freunde gewesen. Minkin griff zum Telefon und wählte die Nummer der Staatsanwaltschaft Tübingen.

»Staatsanwaltschaft Tübingen.«

»Minkin. Herrn Staatsanwalt Schmid, bitte.«

»Augenblick, bitte.«

»Schmid.«

»Guten Tag Jan. Hier ist Minkin.«

»Minkin! Das ist ja eine Überraschung. Von dir hab ich lange nichts gehört, seit du weg bist aus der Branche. Was treibst du?«

»Mal dies, mal das. Im Moment bin ich gerade privat an einer Sache dran, bei der ich auf deinen Namen gestoßen bin.«

»Du bist ein Privatdetektiv?«

»Wollen es nicht übertreiben.«

»Na dann.«

»Wie gesagt, dein Name ist aufgetaucht. Dachte, du könntest mir da vielleicht weiterhelfen. Aus alter Verbundenheit und so.«

»Nun, soweit es nicht um Dienstgeheimnisse geht, können wir darüber reden.«

»Habe ich keine Bedenken. Es geht um eine alte Sache.«

»Um wen geht es?«

»Um den Brauer Quast aus Trunkendorf.«

Jan Schmid sagte nichts. Es war die Art des beredten Schweigens.

»Was ist los, Schmid?«

»Nichts. Quast, ja ich erinnere mich. Tragische Sache. Der Hund. Tragischer Unfall.«

»Ein Unfall?«

»Ja, der Hund.«

»Was war mit dem Hund?«

»Gewaltbereit. Mit dem eigenen Gewehr. Ganz blöde Sache.«

Jan Schmid machte Comedy. Seltsam, dachte Minkin. So humorig hatte er ihn nicht in Erinnerung.

»Tja, dann stimmt es also, was in der Zeitung stand.«

»Zu hundert Prozent.«

»Sicher.«

An der Sache war etwas faul. Schmid könnte oder wollte am Telefon nicht darüber sprechen. Minkin beschloss nicht weiter zu fragen.

»Tragisch, das Ganze. Sollen wir heute zu Mittag essen?«

»Heute? Passt...«

»Gut, dann bin ich um 13 Uhr in Tübingen. Im Neckarmüller.«

»Wenn du meinst.«

Minkin nahm am Wilhelm-Geiger-Platz die U-Bahn zum Hauptbahnhof. Dort stieg er in den Regionalexpress nach Tübingen. Waren sicher zehn Jahre vergangen, seit Minkin diese Bahnstrecke zum letzten Mal gefahren war. Hat sich wenig verändert. Das Bleibendste an der Strecke waren immer noch die Schrebergärten. Holzhütte drauf. Regentonne. Sitzgarnitur. Gartenzwerge. Gemüsebeete. Eine angejahrte Kinderschaukel. Eine Parzelle Freiheit. Eingezwängt zwischen Bahngleisen und Landstraße. Die alten Ehepaare kamen mit der ersten Frühlingssonne und saßen dort bis in den Spätsommer. Bei einer Thermoskanne Filterkaffee. Einem Kasten Bier. Gab andere Parzellen, sicher. Die Finca auf den Balearen. Die Yacht am Bodensee. Jeder wie er kann. Minkin für seinen Teil wusste, auf welchen Flecken er gehörte.

Früher war er diese Strecke zwei bis dreimal in der Woche gefahren. Je nach Vorlesungsplan. Die Strecke nach Tübingen war immer noch kacke. Die Züge alt. Die Städte hässlich. Plochingen. Metzingen. Minkin dachte an den verstorbenen Dichter Robert Gernhardt. »Hässliches, du hast so was Verlässliches.« Eine zeitlose Metapher für Metzingen. Plochingen und die anderen architektonischen Bemühungen standen Metzingen in der nach oben offenen Verwerfungsskala in Nichts nach. Plochingen lag inzwischen knapp in Führung. Hundertwasser hatte dort sein phallisches Furunkel hinterlassen. Die kommunalen Mitbewerber würden das nicht lange auf sich sitzen lassen.

Eine Agentur für Stadtmarketing würden die Nachbarkommunen beauftragen. Einen Think Tank einrichten. Einen Arbeitskreis. Heraus kämen große Lösungen. Ein Beleuchtungskonzept. Eine Lichtinstallation. Ein paar bunt bemalte Kühe auf dem Marktplatz. Eine Veranstaltung mit einem Popstar von vorgestern. Einem in der Vorrunde ausgeschiedenen »DSDS-Superstar«. Eine Autoschau. Es war immer das gleiche Ergebnis, wenn die Kommunen mit Kleingeld im Stadtsäckel auf sich aufmerksam machen wollten. Heraus kam Ereignisarmut plus Imagekampagne.

Lange dauerten die Fahrten nach Tübingen damals. Alte Züge. Rote Polstersitze. Mit Abteilen. Palmer, der gegenwärtige Tübinger Oberbürgermeister hatte als Student vorgeschlagen, die Schienen für die Bahnstrecke Stuttgart – Tübingen auf die zu B 27 legen. Minkin fand die Idee damals sympathisch. Ernüchternd war es zu sehen, dass sich in den letzten zehn, fünfzehn Jahren nicht viel getan hatte auf der Bahnstrecke. Das Geld wurde für andere Bahnprojekte gebraucht. Um die überlebensnotwendigen europäische Magistralen zu schließen. Zwischen Paris und Bratislava. Bratislava. Unsinn war das. Nach Pilsen sollten die endlich mal ordentliche Schienen verlegen. Pilsen war die neue Boomtown. Für Minkin war Pilsen das Barcelona des Ostblocks. Obwohl Minkin noch nie in Barcelona war.

»Laster? Sicher habe ich die.
Hin und wieder trinke ich einen Espresso zu viel.«
Joachim Löw

Retro Gastro

Jan Schmid war ein ruhiger Zeitgenosse. Nicht sonderlich auffällig. War kein Nachteil in seiner Branche, wo Durchgeknallte schon mal auf Staatsanwälte losgingen. Minkin hatte Jan Schmid das letzte Mal vor rund fünf Jahren gesehen. In einem Taxi in Klatovy.

Jan Schmid saß auf einer der Bänke direkt am Wasser. Der Biergarten verdiente den Namen. Alter Baumbestand. Am Fluss gelegen. Die Gasthausbrauerei selbst? Kein Juwel. Ein durchschnittlicher Vertreter der zeitgenössischen Gasthausbrauerei. Helles Holz. In der Mitte ein kupferner Braukessel. Das Ganze auf alt gemacht. Der schwedische Gastroforscher V.O. Ingmarsson bezeichnete dieses Phänomen in seiner Enzyklopädie »Gastronomie und Hedonismus« als die neue, hässliche Fratze der Retro Gastro. Nichts gegen zu sagen. Der September war warm. Man konnte draußen sitzen. Die gute Nachricht war, es gab nicht nur Kännchen.

»Hallo Schmid.«

Schmid blickte sich erstaunt um.

»Hallo Minkin. Hab dich gar nicht kommen sehen.«

»War erst drinnen.«

»Lohnt nicht.«

»Ikea Spätlese.«

»Maximal.«

Minkin schätzte diese Konversation über die Innenausstattung. Über Sitzmöbel. Die Beschaffenheit der Tischoberflächen. Zweckfrei, aber nicht ohne Tiefgang. War selten geworden. Die Einführung der Bachelor-Studiengänge hatte den Bohemien abgeschafft. Jan Schmid war mal ein adäquater Vertreter der Spezies gewesen. Tübingen insgesamt war nicht arm an jungen Männern mit halblangen, verfilzten Haaren, dunklen Ledermänteln und einem Sartre im Hosenbund. Waren selten an der Uni. Hatten keine Zeit. Spielten Theater, arbeiteten an einem Romanmanuskript, waren unglücklich verliebt in kluge Frauen mit blassem Teint. Diese Zeiten schienen im Großen und Ganzen vorbei zu sein, seit sie die Studiengänge ökonomisiert hatten. Der Studienstandort Deutschland war dual geworden. Lernen, Arbeiten. Vielleicht stand das Land ja deshalb immer noch ganz gut da. Irgendeinen Sinn musste das ja haben.

»Und, Minkin, wie ist das für dich? Hier in TÜ? Nach der langen Zeit?«

Minkin musste nicht groß nachdenken. Scheiße. Er war nicht im Reinen mit der Stadt nach all den Sachen, die hier passiert waren. Vor allem lag es an den Sachen, die hier nicht passiert waren.

»Macht mir schlechte Laune.«

»Gut; dann ist alles wie früher.«

Die Bedienung kam und stellte zwei Gläser ab. Schmid hatte Hefeweizen bestellt. Ein gutes Zeichen. Er stand offenbar noch auf der richtigen Seite. Was Minkin auf den Tod nicht ausstehen konnte, waren Leute die mächtig stolz drauf waren, dass sie tagsüber nichts tranken. Die das betonten. »Tagsüber trinke ich grundsätzlich nicht. Abends mal ein gutes Glas Wein. Zu einem guten Essen. Tagsüber, nie. Kann ich nicht. Sonst ist der restliche Tag völlig im Eimer.«

Der Löw war auch so einer. Guter Mann im Grunde, nicht erst seit er den Titel geholt hatte. Bisschen schizo vielleicht. Auf seine Laster angesprochen gab er der Bunten ernsthaft preis, er trinke hin und wieder einen Espresso zu viel. Einen Espresso zu viel. Geht's noch, du Schizo?

Wir erinnern uns nur zu gerne daran, wie er 2008 ein Länderspiel auf der Tribüne verbringen musste. In der VIP-Lounge. Rauchte und trank, der alte Raser. Seit diesem Tag mochte ich ihn, dachte Minkin. Von da an war klar, er ist einer von uns. Also lass das Gequatsche vom Espresso, Jogi.

Häufig war der Tag durch ein Getränk erst gerettet. Minkin war der Ansicht, dass sich diese Menschen etwas vormachten mit ihren ehernen Grundsätzen. Diese Menschen waren verlogen. Diese Menschen waren wie Margot Käßmann, der auferstandene falsche Engel. Die hatte ernsthaft behauptet, dass sie bei der Lektüre des Spiegels erfahren hatte, dass sie besoffen Auto gefahren ist. Das waren glatte 9 von 10 Punkten auf der Wulff-Skala. Die meisten Oberklassesprittis hatten ein Problem damit, ihre Alkoholaffinität einzugestehen. Dualität der Menschen. Oder war es Dialektik? C.G. Jung müsste das genauer wissen.

Kein Bier vor vier, galt jedenfalls nicht für Jan Schmid.

»Prost, Minkin.«

»Prost, Schmid.«

»Lange her seit Klatovy.«

»Im August waren es fünf Jahre.«

»Wir haben nie über die Toten in der Kirche gesprochen.«

»Dabei sollten wir es auch belassen«, entgegnete Jan Schmid.

»Meinetwegen«. Minkin war damit einig.

»Der tote Brauer aus Trunkendorf?«

»Bist du deshalb hier?«

»An der Stadt liegt es nicht.«

»War damals nicht alles schlecht.«

»Das meiste.«

Minkin dachte dabei vor allen an die Mensa und an Sex, den er nicht hatte.

»Und der Brauer?«

»Tragischer Unfall.«

»Zu tragisch, um wahr um zu sein.«

Schmid zuckte mit den Augenwinkeln. Kleiner Anflug von Nervosität.

»Hast du die Ermittlung geleitet?«

»Gab nicht viel zu ermitteln. Die Gerichtsmediziner wussten bald, wie die Sache ablief. Und gegen einen Jagdhund zu ermitteln war sinnlos.«

»Wie seid ihr auf den Hund gekommen?«

»Pfotenabdrücke am Abzug. Schmauchspuren an den Vorderläufen. War kein Profi.«

Das war jetzt Kabarett. Das war humoristischer Regiokrimi, was Schmid hier abzog.

»Wer war kein Profi?« Minkin machte den Spaß mal eben mit.

»Der Hund. Wer sonst?«

»Vielleicht war der Hund nur ein willenloses Werkzeug. Mal dran gedacht?«

»Hm, kurz. Aber das erschien uns doch zu abwegig.«

»Sicher, dass der Hund die Sache allein durchgezogen hat, lag näher.«

Schmid zog die Augenbrauen nach oben und beugte sich nach vorn.

Weiter im Flüsterton.

»Minkin, meinst du ich hätte daran nicht gedacht.«

Das war es nicht, was Minkin dachte. Schmid war wechselhaft, undurchsichtig, manchmal manisch. Aber er war kein Dummkopf. Er war gründlich. Na ja, so gründlich wie die meisten Leute seiner Generation eben waren. Heller Kopf, voller Ideale und doch in der Justiz gelandet. Hatte ihn sicher auch schon ordentlich angefressen.

»Aber nicht jedem hat dieser Gedanke gefallen, Minkin.«

»Es war dein Verfahren?«

»Ich war jung und brauchte das Geld, Minkin. Grad mal ein halbes Jahr dabei. Auf Probe.«

»Dein Vorgesetzter mochte den Gedanken nicht?«

»Ganz und gar nicht.«

»Meergans?«

»Meergans!«

Damit hatte das Spiel ein anderes Niveau erreicht. Meergans war Oberstaatsanwalt. Meergans und Minkin hatten gleich zu Minkins Karrierestart miteinander zu tun. Minkin möchte ihn nicht sonderlich. Einmal soffen sie auf einem Betriebsausflug zusammen auf dem Wasen. Minkin fuhr Meergans nach Hause. Danach mochte er ihn noch weniger.

Meergans würde es nicht mögen, wenn Minkin in den alten Sachen rumstöberte. Ändert's was? Wie schon erwähnt, Minkin war nicht forsch, nicht der Schnellste. Mittelmäßig in allem. Aber er wollte die Sachen zu Ende bringen, die er angefangen hatte. Abgesehen von der Sache in Neukölln. Das war kein Ruhmesblatt. Minkin empfand immer noch so etwas wie Scham für das, was er vor einigen Jahren dort getan hatte. Nicht getan hatte. Er wusste, dass Zivilcourage anders aussah. Minkin wünschte, dass er die Uhr noch mal zurückdrehen könnte. Zumindest diesen einen Abend im Ambrosius wiederholen können. Ging nicht. Geht nie. Hier ging es ganz besonders nicht. Das Ambrosius gab es ein für alle Mal nicht mehr. Es war einem persischen Frühstückslokal gewichen. Oder einem Sportwettenbüro. Oder irgendwas dazwischen. Als Minkin in der Hauptstadt war, gab es das Ambrosius noch. Auf der Karte stand Lungenhaschee. Sein Freund, der Übersetzer wollte bestellen. Lungenhaschee für den Übersetzer und für Minkin. Das Ambrosius war ein Loch. Eine schmutzige, stinkende Eckmolle. Ein guter Ort, um sich viel Bier in den Rachen zu schütten. Große Pläne zu schmieden, wenn man jung ist. Also unter 40. Um die Welt mit trüberen Augen zu sehen, einen Kriminalroman zu plotten. Aber kein Ort um Innereien zu speisen.

»Lungenhaschee? Nicht dein Ernst,« fragte Minkin den Übersetzer.

»Doch, kriegt man ganz selten.«

»Bin ich überzeugt von. Von welchen Lungen auch? Von denen des verstorbenen Wirtes?«

Das war die naheliegende Erklärung. Aber wer mochte schon die Atemflügel eines an Lungenkrebs verstorbenen Pilskneipenwirtes essen. Japaner vielleicht. Menschen, die auf Metzingen stehen. Aber sonst? Minkin jedenfalls gehörte nicht dazu. Weshalb er das Ansinnen des Übersetzers freundlich aber bestimmt ablehnte. Das war das einzige Mal, das Minkin kniff, sofern er sich erinnerte. Aber seine Erinnerung an solche Abende war nicht immer komplett.

Möglicherweise war da noch eine zweite Sache. Etwas mit einem Gehäckbrot in einem Brauereilokal in der Nähe von Erlangen. Aber das war es dann. Da kamen andere Menschen auf ganz andere Feigheiten. Menschen, die Minkin persönlich kannte. Männer, die immer dann das Weite suchten, wenn die Frau anfing, von Kindern zu reden. Weg waren sie. Feige Schweine.

Würde ich anders machen, dachte sich Minkin. Bisher hatte ihn nur noch keine Frau gefragt. Nicht mal annähernd gefragt. Er glaubte, dass noch nicht mal eine Frau an so etwas Absurdes gedacht hatte. Mit ihm ein Kind zu zeugen erschien selbst Minkin abwegig. Minkin als Papa? Gott möge das verhindern. Wenn es Gott nicht tat, würde es schlicht an Gelegenheiten fehlen. Minkin hatte keine Idee, wie es wäre Vater zu sein. Ein Kind zu haben. Sicher, Minkin kannte Väter persönlich. Seinen hatte er nie kennengelernt. Andere Väter waren das. In seinem Alter. Er war nun mal unweigerlich in den Jahren, in dem die Leute Familien gründeten. Kinder zeugten. Minkin sah das. Fremd war es ihm allemal. Minkin hatte den Eindruck, die meisten Väter wurschtelten sich so durch. Immer erschöpft. Immer abwesend. Immer auf der Suche nach dem kleinen Ausbruch. Trotzdem hatten sie dieses Band in die Zukunft geknüpft. Ihre Sache würde weitergehen. Jemand würde die Erinnerung an sie wach halten. Würde über sie sprechen. Das war kein hässlicher Gedanke. Wer würde an ihn denken, wenn er mal weg war? Fielen ihm nicht viele ein. Minkin, vielleicht eines Tages, wer weiß das, ist es soweit. Minkin, dachte daran, wie es wäre ein Kind zu haben. Wie viele Fehler konnte man machen? Ihr Name war Legion. Sollte es jemals soweit kommen, würde Minkin versuchen der Vater zu sein, den er nie hatte. Er würde versuchen dem Kind das Kostbarste zu geben was man einem Kind geben kann. Zeit. Verschwenderisch viel Zeit.

Disziplin, Disziplin

Disziplin, Disziplin. Immer haben es alle mit der Disziplin. Beim Arbeiten, beim Essen, beim Trinken, beim Schreiben, beim Lesen. Eiserne Disziplin. Anders geht das nicht, sagen sie dann immer. Mag sein. Aber ist das noch Fußball? Ein wenig Disziplin würde ihm jetzt gut zu Gesicht stehen, dachte Minkin.

Irgendwie musste er die ganze Geschichte jetzt mal ordnen.

Da war dieser seltsame Juwelier in seinem Zimmer, der mit einer Menge Scheine um sich warf und ihn nach Sevilla schickte. Goldberg, erinnerte ihn an Danny de Vito. Kein Unmensch. Aber gerissen. Seine Rolle? Auftraggeber. Ursache? Unbekannt.

Unterwegs traf er Schödlbauer, seinen alten Studienkollegen und die Blonde im mopsgrauen Kostüm. Zwischendurch wird er weggesperrt, erschlägt fast einen unschuldigen Kellner und erfährt Ungefähres von Eusebio, dem traurigen Spanier. Daheim stirbt Caesar. Jan Schmid berichtet vom hundsgemeinen Brauertod, der kein Unfall war. Was hatte der Oberstaatsanwalt für ein Interesse daran, die Sache zu verheimlichen? Müsste rauszubekommen sein. Dann wäre er der Lösung ein Stück näher.

Minkin hielt es für eine gute Idee, Meergans unverzüglich aufzusuchen. Ohne schuldhaftes Zögern, bevor noch mehr unschuldige Hunde eingeschläfert wurden. Der Dienstsitz des Oberstaatsanwaltes befand sich in der Neckarstraße, unweit des lokalen Fernsehsenders. Minkin würde warten müssen. Jan Schmid hatte ihm erzählt, dass Meergans bis spät in die Nacht arbeitet. War früher anders. Seit seine Alte mit den Kindern weg war, hatte er die Zeit. Kompensation persönlicher Niederlagen durch Arbeit war ein modisches Stilmittel, um das menschliche Scheitern zu kaschieren. Oft war die Arbeit Ursache für das Scheitern der zwischenmenschlichen Verbindungen. Minkin wusste eine Menge darüber, obschon er selbst über keine Eheerfahrung verfügte.

War bisher noch nicht die Richtige dabei, antwortete Minkin regelmäßig auf Nachfrage seiner Mutter, ob er nicht endlich heiraten wolle.

»Wird langsam Zeit, mein Junge. Ich bin nicht mehr die Jüngste. Ewig kann ich dir nicht die Wäsche machen.«

Als ob das das Problem wäre. Gibt überall Waschmaschinen. Muss man nur noch bedienen lernen.

»Mach dir mal keine Sorgen, Mama.«

»Hast ja noch nicht einmal eine mit nach Hause gebracht.«

»Ich bin dran an dem Thema, okay!«

Gut aufgestellt, wie der Berater sagen würde.

So oder so ähnlich liefen die Dialoge immer ab.

Konnte das nerven. Als ob er nicht wusste, dass er die Sache langsam anschieben musste. Nicht, dass Minkin am Verzweifeln war, ob der Situation. Allenfalls nachdenklich. So nachdenklich, dass es ihm gelegentlich schon mal in den Sinn kam, ob er vielleicht insgeheim anders wäre. Ganz anders. Ob er deshalb nicht zu Potte kam bei Frauen. Das erste Mal kam ihm dieser Gedanken im vergangenen Sommer, als er in seinem Sommerstammlokal eine Weißweinschorle bestellte. Seine Lieblingskellnerin Pamela war besorgt.

Sie kannte ihn und seine Trinkgewohnheiten. Im Sommer gerne auch mal ein Kristall.

»Geht's dir gut, Minkin?«, wollte Pamela wissen.

»Ja klar. Geht gut.«

»Mein nur, wegen der Weißweinschorle.«

»Ist die Hitze, Pamela.«

Weißweinschorle. Hitzebedingt. Was ein Unsinn. Glaubst du selber nicht, Minkin. Tat er auch nicht. Vielleicht sollte er wegen der Sache zum Arzt gehen. Weißweinschorle, war ein ernstzunehmendes Problem. Der Freund eines Bekannten, dessen Schwester Annika war mal mit einem Weißweinschorle-Trinker liiert. Der Hammer, wie die drauf sind. Total krank der Typ, meinte Annika. Ging zum Jazz-Brunch am Sonntagvormittag, hatte Interesse an moderner Kunst, trug schwarze Rollkragenpullover, im Sommer weiße Leinenanzüge. Hat sie schnell Schluss gemacht. Minkin fand Annikas Urteil vorschnell, wenngleich er ihr in der Sache irgendwie Recht gab. Während er so über Weißweinschorle nachdachte, bekam er Bierdurst. Schräg gegenüber der Staatsanwaltschaft befand sich die Bar »Zur letzten Instanz«. Der Name war unzutreffend. Die Staatsanwaltschaft war Anklagebehörde, nicht Urteilsinstanz. Der Laie machte sich aus der fein austarierten Gewaltenteilung in der Justiz wenig. Noch weniger schienen sich die Kneipenbetreiber für diese funktionalen Feinheiten zu interessieren. Nur so war die wahllose Namensgebung der Wirte zu verstehen.

»Wirtsleut san alles Trottel.« Ein zeitlos gültiger Satz. Minkin war dieser fernöstlichen Weisheit zum ersten Mal in dem österreichischen Film Indien mit Josef Hader begegnet. Das ist einige Zeit her. Wahr war der Satz noch immer.

»Alles Trottel«. Das genau war es, was Minkin beim Betreten der Pilsbar »Zur letzten Instanz« dachte. Der Raum war klein, es wurde geraucht. An der ockergelben Wand hingen Fußballdevotionalien aus der Cannstatter Nachbarschaft. Die ockerfarbene Schwammtechnik, mit der die Wände sichtbar vor einigen Jahren gefärbt worden waren, ließ darauf schließen, dass einer der Vorbesitzer den Versuch unternommen hatte, dieses Loch in eine Kaffeebar für die Angestellten der angrenzenden Büros umzuwandeln. Neckarstraßentristesse sollte durch südliche Lebensfreude ersetzt werden. Der Versuch war gescheitert. Aber richtig. Nicht zum Schaden, dachte Minkin. Nicht zum Schaden. Machte das Ganze noch deprimierender. Immerhin, eine mehr, die überlebt. Minkin hatte schwer damit zu tun, dass man den »Fiskus« im Stuttgarter Westen in eine Galerie verwandelt hat. Schlimmer wäre allenfalls noch die »Metamorphose« in eine »Starbucks«-Filiale gewesen. »Starbucks« hatte eine Menge auf dem Gewissen, da war Minkin ziemlich sicher. Irgendwann würde Minkin es den Kerlen heimzahlen, wenn die Zeit reif war. Sie war es nicht. Noch hatte er es mit einem anderen Gegner zu tun. Dieser Gegner war realer. Der saß dort oben in seinem Arbeitszimmer. Dort saß er gut. Es war jetzt 19.00 Uhr. Minkin stellte sich auf einen langen Abend ein. Er platzierte sich am Fenster und war ausnahmsweise mal dankbar, dass die Fenster nicht mit altfränkischen Butzen verglast waren. Das Observieren war dadurch einfacher. Minkin bestellte bei der mäßig motivierten Bedienung einen Kaffee. Langsam einsteigen.

Die griechische Thekenfachkraft fluchte vor sich hin.

»Scheiß Spaghettifresser, Automat nix gut, Kaffeemaschine kaputt. Monteur unterwegs.«

Das sich der Grieche an sich mal ordentlich Luft verschaffen musste über die italienischen Kaffeemaschinenhersteller war psychologisch nachvollziehbar. Was hat der Grieche aufs Maul bekommen in den letzten Jahren. Gerechtfertigt war der Ausbruch hier nur bedingt. Wenn einer diese Dinger in Vollendung bauen könnte, dann waren es die Herren Pavoni, de Longhi und wie sie alle hießen. Es war nicht die WMF aus Geislingen, die pandemieartig in bundesdeutsche Kantinen einfiel, und es waren auch ganz sicher nicht die Griechen. Die Griechen können Feta und Pilsbars und sicher noch einige andere Sachen. Aber Kaffeeautomaten? Bitte!

Der Monteur war unterwegs. Was sollte das denn heißen? Sicher war er unterwegs. Monteure sind immer unterwegs. Sonst wären es keine Monteure, sondern Wirte. Ganz sicher war er aber nicht hierher unterwegs, sondern gerade auf dem Nachhauseweg oder in die Kneipe, aber nicht um die Kaffeemaschine der »Letzten Instanz« wieder in Funktion zu setzen. Minkin ahnte, das Starbucks hinter dieser defekten Kaffeemaschine stecken würde. Einmal mehr wurde ihm dabei die völlige Fehleinschätzung bewusst, die darin bestand, in einer Pilsbar einen Kaffee zu bestellen. Auch egal, dachte Minkin, der Wille war da. Er hatte fürs Erste genug Aufsehen erregt.

»Ein Pils, bitte.«

»Geht doch«, hörte er es grummeln. Seine Ausgangsidee war respektlos. Im tiefsten Innern seines Herzens schämte er sich dafür.

Das Pils kam und genügte allen Erwartungen an ein schlecht gezapftes Bier. Kaum Schaum. Wenige Kohlensäure. Man hatte keine übertriebene Hygiene bei der Reinigung der Bierleitungen walten lassen. Schön säuerlicher Geschmack. Was wollte man mehr in der Schräggastro.

Das lernen die an der Uni in Athen. Gibt dort den Masterstudiengang »Betreiber einer Pilsbar in Stuttgart.« Ein Beruf mit Zukunft. Gesoffen wird immer. Die Zeit verging schleppend. Minkin dachte nach. Warum sollte ein Oberstaatsanwalt ein Interesse daran haben den gewaltsamen Tod eines Kleinbrauers zu verheimlichen? Der Brauer war unbedeutend. Kein großer Player. Sein Bier? Minkin hatte nie die Gelegenheit es zu testen. Was er bedauerte, war Trunkendorf doch weniger als eine Stunde von Tübingen entfernt. Richtung Sigmaringen. Top Gegend. Weithin unterschätzt hatte er die Ecke damals. Hohenzollern, Oberschwaben. Hatte es ihn nie hingezogen. Hatte eine Studienkollegin. Die kam daher. Vielleicht wollte er die Gegend deshalb nicht bereisen. Die sprach seltsam. War in der Jungen Union. Was noch seltsamer war. Sollte später Ministerin werden. Shit happens. Der Landstrich Württemberg-Hohenzollern hatte im letzten Jahrhundert ordentlich gelitten. Ausblutung by Globalisierung. Standen noch genügend aufgelassene Tuchfabriken mit Unternehmervillen dort herum. Hatten immer noch Würde. Grandezza. Etwas, das den modernen Zweckbauten bundesrepublikanischer Gewerbeparks fremd war. Die Parks und Malls hatten einen Lebenszyklus von vielleicht 20 Jahren. Bloße Investitionsobjekte. Hatten sie ihre Rendite erbracht, ließ der Investor sie abreißen und stellte die nächste Scheiße hin.

Minkin wusste nicht, wann das angefangen hatte. Wer hat den Architekten, den Bauingenieuren das abgewöhnt? Wenn man sich die alten Häuser anschaut, hat man den Eindruck, die hat jemand gebaut, damit sich die Menschen, die sich darin aufhalten, wohlfühlen. Heute wird jeder verschissene Quadratzentimeter renditeoptimiert. Ist für niemanden schön, außer für den Investor.

Es war inzwischen weit nach 22.00 Uhr. Draußen war es ruhiger geworden. Im Zimmer von Meergans brannte noch Licht. Vor der Tür der Staatsanwaltschaft hielt ein Taxi. Minkin sah hinüber, war hinüber. Dem Taxi entstieg die Blondine. Genau die im mopsgrauen Kostüm. Sack Zement! Hatte die denn nichts anderes anzuziehen als dieses bescheuerte mopsgraue Kostüm? Minkin, du Trottel. Ist das die entscheidende Frage? Jetzt, in diesem Moment? Was macht sie hier? Ist sie meinetwegen hier? Wie hatte sie mich gefunden? Egal, nur die Liebe zählt. Minkin zahlte rasch und stürmte zur Türe.

Gegenüber öffnete sich die Eingangstür der Staatsanwaltschaft. Meergans. Fett war er geworden. Er ging auf die Blondine zu. Eine Begrüßung unter Turteltauben. Ein Zungenkuss der sich gewaschen hatte. Der saß. Minkin taumelte, hielt sich am Türrahmen fest. Eine Katastrophe. Rein. Unverfälscht. Ohne Tand. Keine positiven Nebenwirkungen.

»Noch eins«, raunte er leise in Richtung Tresen. Die Wirtin deutete ein zahnarmes Lächeln an. Kein Lächeln, das Minkin aufmunterte. So war es auch nicht gedacht. Der Rest war Schweigen, Schluckauf und Finsternis.

War das ihre Art ihre Liebe zu zeigen?

Der nächste Morgen war ein trüber Tag. Minkin hatte Kopfschmerzen. Der kleine Mann auf seiner Schulter hämmerte unablässig auf ihn ein. Der kleine Mann hatte den großen Hammer ausgepackt. Den Schädel drohte es ihm wegzusprengen. Immerhin wusste er wovon. Das letzte Pils musste schlecht gewesen sein. Sein Körper war ein Torso.

Er hatte keine Ahnung, wie er nach Hause gekommen war. Er hatte lange geschlafen. Was manchmal half. Heute nicht. Wird ja viel geschrieben über den Schlaf. Große Bedeutung für allerhand. Um zu vergessen, zu verarbeiten. Alles ein bisschen weit hergeholt. Am besten gefiel ihm die Theorie des Amerikaners Jerome Siegel. Die Evolution interessiert sich demnach nur dafür, dass wir viele Nachkommen zeugen. Für sonst nix. Wenn wir also gegessen und gevögelt haben, ist es aus evolutionsbedingter Sicht das Sinnvollste, wenn wir Energie sparen, keine unnötigen Risiken eingehen und am besten gar nichts tun – das heißt schlafen. Das war mal insgesamt ein stimmiger Lebensentwurf. Fressen, Fortpflanzen, Schlafen. Und morgen nochmal das Ganze. Das Letzte, an was Minkin sich erinnerte, war, dass die Blondine gemeinsam mit dem fetten Meergans in das Taxi gestiegen war. Was zum Teufel hatte diese Schlampe jetzt auch noch mit Meergans am Laufen? Das war doch krank. Völlig krank, was diese Nymphomanin hier abzog. War das ihre Art mir zu zeigen, dass sie auf mich steht? Das wäre ganz schön schräg. Gut, nicht gänzlich auszuschließen, dass hier so eine ganz perfide Eifersuchtsnummer ablief. Abgezogen wurde. Die sind so, die Frauen. Das war mal sonnenklar. Eine Chance würde er ihr wohl oder übel noch geben müssen, dachte Minkin. Recht & Fair Play, wie die Industrie - und Handelskammer das nannte.

Es war früher Vormittag als Minkin erwachte. Wenn er trank, konnte er nicht lange schlafen. Kein schöner Charakterzug seines Körpers. Minkin hatte keinen Hunger, musste aber etwas essen. Spiegeleier wären nicht schlecht. Wir brauchen Eier, wie es Olli Kahn in seiner aktiven Zeit zu sagen pflegte. Das war es, was er jetzt brauchte. Knusprige Spiegeleier. Mit Baked Beans und Schinkenspeck. Danach war ihm zumute. Das half eigentlich immer über den größten Schmerz hinweg. Egal ob es der Kopf oder das Herz war. Und schlafen. Viel schlafen. Minkins Organismus hatte auf Winter-Modus umgestellt. Ein Glück. Da ging das problemlos. Auch mal mittags um vier ein Schläfchen. Mag sein, dass das vergeudete Lebenszeit war. Was aber, wenn sowieso nichts passierte da draußen? Dann war Schlafen eine Alternative. Wer schläft, konnte keine Fehler machen.

Und manches wurde tatsächlich besser. Irgendwann, meist erst Jahre später, konnte man über die meisten schrecklichen Ereignisse herzhaft lachen. Humor war im Grunde nichts anderes als Tragik plus Zeit. Im Falle der Blondine würde das auf der Zeitachse noch eine Weile dauern.

Etwas Tragisches hatte Minkins Suche nach einem englischen Frühstück. In Stuttgart. An einem Werktag. Um die Mittagszeit. Das war wie die Suche nach der Stecknadel im Heuhaufen. Andererseits war seit einiger Zeit nichts mehr unmöglich. Hier hatten sie einen Grünen zum Ministerpräsidenten gewählt. Vor der Haustür hatten sie ein paar Atomkraftwerke abgeschaltet. Okay, ein englisches Frühstück war eine ganz andere Liga. Zumal das mit der neuen Regierung nicht viel mehr war als ein obamaesker Bluff. Das gerade wieder erwachte Vertrauen in die Demokratie war schon wieder flöten gegangen. Überraschung! Die neuen Parteikader, waren keinen Deut besser als die Parteikader die man spottend vom Hof gejagt hat. Machtfixierte Funktionäre, denen es letzten Endes auch nur um den Erhalt ihrer Art ging. Evolutionsbedingt würde Jerome Siegel das nennen.

Wie könnte man nur so dumm sein zu glauben, dass sich irgendetwas ändert, wenn man einen Parteipolitiker durch einen Parteipolitiker ersetzt?

Die neuen Machthaber hatten sich ratz fatz entzaubert. Blähten ihre Bäuche auf, fütterten ihre Apparate, machten Schulden, dass es krachte. Das Land stand schuldenmäßig inzwischen auf einer Rangliste mit Bremen und dem Saarland. Die Unfähigkeiten schoben sie den Vorgängern in die Schuhe. Strukturelle Defizite nannten sie das. Strukturelle Dummheit war es eher. Es war wie immer. Alles beim Alten. Man dachte damals, alles sei möglich. Ein schwarzer, schwuler Hindu als Bundespräsident. Einer, der seine Urlaube selber bezahlt. Drauf geschissen. Wenn das alles einmal der Fall sein würde, würde es vielleicht auch mit den Baked Beans an einem Mittwochmittag klappen. Bis dahin - selber machen. Im Bezug auf die Gastronomie blieb Minkin jedenfalls skeptisch.

Minkin schleppte sich reichlich angeschossen zum örtlichen Edeka-Händler. Ein Mensch mit einer mürrischen Ausstrahlung und gutem Geschäftssinn. Er hatte Heinz Baked Beans im Regal. Zu allem Überfluss hatte der Händler gute Biersorten im Angebot. Pilsner Urquell, Budweiser aus Tschechien oder San Miguel aus Spanien. Beim Kauf der Flaschen hatte Minkin regelmäßig ein schlechtes Gewissen von wegen Klimaerwärmung, CO2-Ausstoß beim Transport usw. Beim Trinken war das wie weggespült. Der Kalauer möge verziehen werden.

Vor dem Markt saß ein vergilbter Typ. Pappbecher vor sich. Spenden erwünscht! In der Hand eine Flasche Südtiroler Bauernwein. Die große Flasche. Er sah Minkin kurz an. Dann kam ein aufmunterndes Lächeln. Der Typ bot ihm die Flasche an.

»Scheiße«, dachte Minkin. »Wenn dich ein Penner trösten will, solltest du dir Gedanken machen.« Andererseits sollte man Trost nehmen. Egal woher er kommt. Gab es selten genug. Minkin nahm einen großen Schluck aus der Pulle. Er wollte dem Mann einen Euro in den Becher werfen.

»Lass mal, geht aufs Haus.«

Ein Grund mehr sich Gedanken zu machen.

Treuepunkte

»Sammeln Sie Treuepunkte?«

Minkin hatte sich wie ein verwundeter Kater nach einem Revierkampf zum Edeka seines Misstrauens geschleppt. Er sah scheiße aus, sonderte unangenehme Gerüche ab. Eine ältere Passantin wechselte die Straßenseite, als sie ihm entgegenkam. Er hatte wenig an sich, was ihn attraktiv machte. Die Frage der Verkäuferin traf ihn deshalb wie aus dem Nichts. Wie der Halbfinalsieg des BVB 2015 in München im DFB-Pokal die Dortmunder traf. Mitten im Elfmeterschießen. Lahm rutscht weg, Alonso rutscht weg, Neuer knallt das Ding an die Latte. Auf einmal sind sie im Endspiel. Hätte keiner mit gerechnet. So erging es Minkin.

Minkin starrte die Verkäuferin aus seinen dunkelgeränderten Augen an wie ein blödes, zurückgebliebenes Kind.

»Sammeln Sie Treuepunkte?«

Minkin hatte mit allem gerechnet, aber nicht mit einer Anmache. Direkt, immer auf die Zwölf.

Wie anders sollte man diese Frage verstehen? Sammeln Sie Treuepunkte? Was sonst intendierte diese Frage? Hast du jemanden? Bist du liiert? Die junge Frau an der Kasse wollte schlicht wissen, ob er Interesse hatte. Das war krass. Sicher, die Gegenwart war sexuell komplett aufgeladen. Die Werbung bestand zur Hälfte aus halbnackten Frauen oder gutgebauten Männern. Kein Wunder, dass die junge Frau an der Kasse ihre Chance suchte.

»Äh, nein. Bin derzeit in keiner festen Beziehung.«

Die Verkäuferin stutzte noch kurz bevor sie in schallendes Gelächter ausbrach.

»Wasn los, Alischa?«, fragte die zweite Kassiererin von der Kasse gegenüber.

»Der Kunde hier hat Humor. Ich frag ihn nach Treuepunkten und er glaubt, ich will was von ihm.«

»Nicht dein Ernst?«

»Ist so.«

Danke, dachte Minkin, vielleicht das Ganze nochmal über Lautsprecher, damit es alle mitkriegen.

Wäre Minkin schlagfertig, hätte er jetzt irgendwas in Richtung »War doch nur ein Witz« hinterhergeschickt. Minkin war es nicht. Ganz besonders heute nicht.

»Treuepunkte für die Deutschlandcard, junger Mann. Unsere Kundenkartensystem,« setzte die Verkäuferin zu einer Erklärung an, nachdem sie sich wieder gefangen hatte.

Davon hatte Minkin gehört. Kundenkarten. Er hatte keine. Wollte auch keine. Wollte nicht irgendwelche Bonuspunkte sammeln, diese oder jene Karte haben. Rabatte bekommen. Er wollte den reellen Preis bezahlen für etwas, das er brauchte. Mehr wollte er nicht.

An die Rabattmarken vom »Ihr Platz« konnte sich Minkin erinnern. Rabattmarken, die man in kleine Heftchen klebte. Damals schon Unsinn. Das Einzige, was Minkin in den frühen Jahren sammelte, waren Panini Sticker zu Welt- und Europameisterschaften. Alles was danach kam, interessierte ihn nicht. Sticker für Sammelalben. Dabei blieb man als Sammler anonym. Anders die Kundenkartesysteme. Jeder wusste doch, dass die Konzerne die personenbezogenen Daten speicherten und nutzten. Das Kaufverhalten gab Aufschluss über die Lebensweise. Damit konnten sie den Kunden noch besser vermessen. Ihn noch gezielter zumüllen mit Werbung und Waren, für die er keine Verwendung hatte oder die er schon besaß. Sie konnten Bewegungsprofile erstellen. Alle wussten das. Trotzdem oder gerade deswegen nahmen so viele Verbraucher an diesem Kundenüberwachungssystem teil. Minkin gehörte nicht dazu.

»Kann ich jetzt bezahlen.«

Minkin wurde das hier unangenehm. Bisschen pampig klang er vielleicht.

»Sicher. Werden Sie mal nicht pampig. Hab ich angefangen mit der Anmache oder Sie? Macht 8,89 Euro.«

Minkin streckte seine EC-Karte entgegen.

»EC-Kartenzahlung erst ab 10,00 Euro. Steht doch hier.«

Der Hinweis kam als Vorwurf verpackt. Nicht in der Geschenkverpackung.

Minkin wollte einfach nur raus und griff sich zwei Packungen Hubba Bubba Apfelgeschmack aus dem Süßigkeitenständer. Das sollte reichen.

Minkin nahm seine Waren vom Band und ging. Gekommen war er als verwundeter Kater, hinaus schlich er als geprügelter Hund. Begleitet vom Hohn der Kassiererin. Kein schöner Geselle.

Pamela

»Minkin?«

»Ja.«

»Ich bin es, Pamela«.

»Pamela, das ist ja ein Ding.«

Minkin war überrascht. Pamela war seine Lieblingsbedienung im Vereinsheim der Hasenzüchter. Minkin war dort den Sommer über einmal die Woche. Pamela war der herzlichste Mensch im Service einer Gaststätte den Minkin kannte. Minkin kannte nicht eben wenige. Pamela war ein paar Jahre älter als er. Gelegentlich wurde sie vielleicht etwas zu privat, wenn sie Fragen nach dem »Warum« stellte. Warum Weißweinschorle? Sei es drum. Er mochte sie.

»Minkin, können wir uns treffen.«

Minkin war an diesem Vormittag nicht nach menschlicher Nähe zumute.

»Was ist los, Pamela?«
»Nicht am Telefon.«
»Klar können wir uns treffen, gerne.«
»Heute?«
»Na ja, fühl mich etwas unpässlich, wurde spät gestern.«
»Kein Problem. Erzähl mir nichts. Ich arbeite in der Gastro.«
Das war nicht die Antwort, die Minkin erwartete.
»Kennst du das Vicino?«
»Sicher.«
»Tatsache?«
»Logo.«
Das traute man Minkin für gewöhnlich nicht zu, dass er noch etwas anderes kannte abgesehen von Bierkneipen. Dabei war er gar nicht so, der Minkin. Jedenfalls nicht nur. Hatte nichts einzuwenden gegen klebrige Hörnchen mit Aprikosenfüllung oder Tramezzinis. Das machten die Jungs dort perfekt. Unprätentiös. Top Ware, top Betreiber. Was eine Seltenheit war in der Gastronomie. Zumal das Vicino nur einen Steinwurf von Rosi's Pinte entfernt war.
Der Stuttgarter Westen war inzwischen mächtig am Entwickeln. Bionadebiedermeier. Neue Tagesbars, Architekturbüros und Kinderkaufläden. Kann man nix gegen sagen. Ist halt die gute alte Tante Gentrifizierung. Umso schöner, dass Rosi in ihrer Pinte noch die Stellung hielt. Auch wenn Rosi inzwischen Eier hatte. Und auf dem Tisch Glocken standen. Musste man nur drauf hauen und das nächste Pils kam bestimmt.
Man sollte im Vicino, wie generell in den Tagesbars die Vormittage meiden. Oder früh da sein. Oder spät. Es sei denn, man möchte einem Mutter-Kind-Treff beiwohnen. Auch in der Innengastronomie hatte das postmoderne Phänomen Einzug gehalten. Neun Kinderwägen hatte Minkin zu Spitzenzeiten gezählt. Neun Kinderwägen plus Anhang. Minkin hatte nichts gegen Kinder, aber neun Kinderwägen

plus Mutter und Kind. Was sollte man als normaler Mensch davon halten? Hatten die denn kein Zuhhause? Die waren inzwischen überall. Abgesehen von den Pilsbars. Da waren die noch nicht. Kannst du drauf warten. Werden die eines Tages einmarschieren mit ihren Bugaboos, Maclarens und Toutonias. War sich der Minkin sicher. Dann Gute Nacht.

»Hast du jetzt Zeit?«

»Schwierig.«

»15 Uhr?«

»Besser.«

Minkin hätte jetzt genauso gut da sein können wie um 15.00 Uhr.

Neun Kinderwägen hätten ihn heute früh schlicht überfordert.

Minkin war um halb drei da. Der vegane Mittagstisch war ausverkauft. Pech aber auch. Minkin orderte ein Tramezzino mit Thunfisch und Tomate. Das war mal eine schöne Innovation, die der Italiener da über den Brenner importiert hat. Konnte man sich drauf einigen. Pamela erschien kurze Zeit später. Sie sah strahlend aus wie immer. Irgendwann würde er sich ein Herz fassen. Vielleicht.

»Minkin, danke dass du gekommen bist.«

»Kein Ding. Hab grad eh nichts zu tun.«

Minkin neigte im Allgemeinen nicht dazu dem Gegenüber unechte Betriebsamkeit vorzugaukeln.

»Na dann.«

»Sorry, war nicht so gemeint.«

Geschickt war er auch nicht, der Minkin. In der Konversation mit Frauen noch weniger. Es erging ihm da wie Raj aus der Big Bang Theory. Am besten ging es mit Alkohol.

»Was gibt's?«

Das war höflicher gemeint als es rüber kam.

»Ich brauche deine Hilfe.«

»Wenn ich was tun kann, gerne.«

»Horst ist verschwunden.«

Horst also. Kein Wunder, eine Frau wie Pamela war natürlich liiert. Wie konnte Minkin etwas anderes denken. War immer so. Die Besten waren vergeben, den Rest kannte er nicht.

»Was kann ich tun?«

»Ihn finden.«

»Wie kommst du darauf, dass ich dir helfen kann?«

»Na ja, du machst doch jetzt so was, seit du nicht mehr beim Staat bist, sagt man.«

»Sagt man das?«

»Sicher.«

Pamela hatte aus ihrer Handtasche eine Foto hervorgekramt und es vor ihm auf den Tisch gelegt. Darauf zu sehen war ein fetter, schwarzroter Kater auf dem Schoß einer Nonne.

Minkin hatte Mühe, intellektuell.

»Das ist Horst.«

»Die Katze?«

»Es ist ein Kater.«

»Gut, ja. Für mich macht das keinen Unterschied.«

»Horst ist der Kater meiner Tante.«

»Die Frau im Kostüm.«

»Das ist eine Schwesterntracht. Tante Margret ist eine Diakonisse. Schwester Margret.«

Minkin wusste selbstverständlich, was eine Tracht ist. Er wollte sich drüber lustig machen. Distanz durch Ironie. Klappte nicht so recht. Minkin war pietistisch sozialisiert. Mit allen Vorteilen, mit allen Nachteilen. Jahrelang hatte Minkin versucht die Sache abzustreifen. Ging nicht.

»Und Schwester Margret vermisst ihren Kater?«

»Ja, seit drei Tagen.«

Minkin war einerseits erleichtert. Pamela war möglicherweise doch nicht gebunden. Anderseits, er sollte eine Katze finden. Eine Katze, was war das denn für ein Auftrag. Das war fast schon frech. Das musste er freundlich aber bestimmt ablehnen.

»Pamela, dass du da an mich denkst. Müsste mir fast schmeicheln. Katzensuche ist nicht gerade mein Fachgebiet. Ich meine, geht man damit nicht besser zum Tierschutzbund oder zum Tierheim und fragt dort nach? Oder hängt kopierte Zettel mit Katzenbild und einer Telefonnummer an die Straßenlaternen?«

»Das tun wir seit drei Tagen, aber es passiert nichts. Drei Tage, Minkin, wie lange kann so eine Katze überleben, wenn sie irgendwo eingesperrt ist?«

Minkin hatte keine Ahnung. Katzen sollen ja bekanntlich zäh sein, sieben Leben haben. Oder neun? Gab da diese Redewendung. Musste irgendwo herkommen.

»Hör zu, Pamela, mach dir da mal keinen Kopf. Katzen haben sieben Leben. Horst ist sicher bald wieder zurück.«

Überzeugend klang das nicht.

»Minkin, ich dachte du hättest mehr drauf. Die Leute sagen, geh zu Minkin. Er wird helfen.«

Waren das Tränen? Scheiße. Da konnte er mal gar nicht mit umgehen. Immer wenn Frauen anfingen zu heulen, war er im Arsch.

Minkin wollte nachfragen, wer da was über ihn erzählt. Er ließ es sein. Sein Ruf hatte sich offensichtlich zu festigen begonnen. Gegründet auf komplett falschen Voraussetzungen.

»Ha ja, weißt du…«

Pamela schnitt ihm das Wort ab.

»Du willst mir nicht helfen!«

Es waren Tränen. Ganz klar.

Helfen, sicher wollte er helfen. Aber nicht diese bescheuerte Katze von Schwester Margret suchen. Darin bestand ein Unterschied.

»Ich würde gerne. Weiß nur nicht wo ansetzen, das ist echt nicht mein Gebiet.«

»Soll ich das meiner alten Tante erzählen? Sie ist einzige in meiner Familie die noch am Leben ist. Vater und Mutter, beide tot. Geschwister habe ich keine. Ich kann sie nicht enttäuschen. Minkin, sag, was du von mir willst. Geld? Oder ist etwas anderes?«

Minkin traute seinen Ohren nicht. War das ein Angebot zum Beischlaf? Das war unangenehm. Eine Frau, die seine Hilfe brauchte, war so verzweifelt, dass sie ihm noch etwas anderes als Geld anbot. Wie tief konnte er fallen?

Minkin, wenn du es nicht für Pamela und Schwester Margret tust, mach es für dich. Zeit deine Schulden zu begleichen. Gab zwei Sachen, die Minkin seit seiner Kindheit mit sich herumschleppte. Auf dem Land hatte man zu Haustieren eine funktionale Beziehung. Man brauchte sie oder sie waren überflüssig. Mehr als ein Wurf pro Jahr war für die Katze nicht drin. Der Rest wurde, naja. Auch Minkin war nicht eben unschuldig. Dann gab es noch ein Luftdruckgewehr. Ein Spatzengewehr. Das machte es für die Vögel nicht einfacher. Minkin wusste, dass er der Fauna etwas schuldete. Die Zeit war reif.

»Gut, ich werde sehen, was ich tun kann.«

»Minkin, ich liebe dich.«

Das war nicht wörtlich gemeint. Soviel stand fest.

»Ich kann dir nichts versprechen. Zuerst muss ich mit deiner Tante sprechen.«

»Ich habe uns angekündigt.«

Das ging flott. Pamela wusste, wie sie es anstellen musste.

»Wo wohnt sie?«

»Keine fünf Minuten von hier. Im Wohnheim der Diakonissen. Minkin kannte es. Das Wohnheim war der Grund, warum man im Stuttgarter Westen den Haubenträgerinnen nicht entkam. Durchschnittsalter zwischen Neunzig und Hundert. Hatten hier ihren Altersruhesitz. Ganz schön urban für ein geistliches Altersheim. Könnte man sich idyllischer vorstellen. Mit Klostergarten und so weiter. Mitten im Kiez, auch nicht uncool.

Schwester Margret

Schwester Margret empfing Minkin und Pamela auf ihrer Stube. Stuhl, Bett, Tisch, Kommode, kleine Sitzecke, Nachttisch; darauf ein Bild von Horst. Das Wort spartanisch war für diese Art von Behausung erfunden worden.

Tante Margret hatte einen Teller mit Jaffa Cake und After Eight vorbereitet. Ganz schön Vintage. Fehlten nur die Erfrischungsstäbchen in den Geschmacksrichtungen Zitrus und Orange. Minkin hätte gerne das Mindesthaltbarkeitsdatum überprüft. Spätestens ab Siebzig war Vorsicht geboten. Oft horteten die alten Leutchen den Süßkram Monate, sogar Jahre lang, bevor sie die Sachen für Gäste freigaben. Wenn überhaupt jemals Gäste kamen. Minkin hatte eine Tante gehabt. Wenn er als Kind zweimal im Jahr auf Besuch war, kramte sie aus in ihren Schränken und Schubladen Süßigkeiten hervor, um dem Bub eine abgelaufene Freude zu machen. Jahre nachdem Raider in Twix umbenannt worden war, hatte Tante Ella noch das Original in der Verteilung. War gut gemeint, sicher. Schwierig war immer nur das Zeug unauffällig zu entsorgen. In Tante Margrets Zimmer roch es wie es in Zimmern alter Menschen roch. Auf seine Art nicht unangenehmer als in Minkins Bude.

Die Tante war alt. Aber was hatte Minkin erwartet. Schwestern waren immer alt. Wer sonst machte heutzutage diesen Job. Diese Berufung. Bis auf Schwester Ulla damals, die war jung. Die hatte es dann auch bald sein lassen und geheiratet. Unter den Hauben werden die Schwestern alterslos. Die Jahre spielen keine Rolle mehr. Minkin hatte seit seiner frühen Jugend mit den Liebenzeller und den Aidlinger Schwestern zu tun. Ihre Uniformen gab ihnen etwas Unberührbares, im Grunde wie Nonnen. Protestantische Nonnen. Allerdings fand Minkin, dass katholische

Nonnen mehr Wucht hatten. Spirituell war das eine andere Liga. Im Bunde mit dem lieben Gott schienen beide Vereine zu stehen. Oder warum wurden die alle so Sack alt?

Vermutlich soffen sie weniger, rauchten nicht, hatten keine Sorgen mit den Kindern, keine beruflichen Existenzängste, keinen permanenten Wettbewerbsdruck, keine Konkurrenzsituation am Arbeitsplatz. Kann schon sein, dass das Leben ein wenig leichter wird, wenn der ganze Mist wegfällt. Man sich auf seinen Glauben konzentrieren kann. Andererseits, steht ja jedem frei. Die höchste Lebenserwartung hatten die Ehefrauen evangelischer Pastoren. Das hatte Minkin irgendwo gelesen. Danach müssten gleich die Betschwestern kommen.

Alt und verhutzelt sah Margret aus. Nicht ohne Entspanntheit.

»Sie sind Herr Minkin, Pamela hat mir viel von Ihnen erzählt.«

Grundgütiger, was hatte Pamela erzählt? Was wusste sie von ihm? Dass er Stammgast bei den Hasenzüchtern war. Dass er nicht mehr für den Staat arbeitete?

»Ich danke Ihnen, dass sie helfen wollen.«

Wollen? Das traf es nicht. Pamela hatte ihn da reingequatscht.

»Nun ja, ich will sehen, was ich tun kann. Tiere sind nicht eben mein Fachgebiet. Mir fehlt ein wenig der Bezug.«

Das also war die Exit-Strategie des Herrn Minkin? So glaubte er aus der Nummer rauszukommen? Unterschätze niemals die rhetorischen Talente der Geistlichen. Egal welcher Couleur. Die haben das Jahrhunderte lang trainiert.

»Wir vertrauen Ihnen. Glauben Sie mir Herr Minkin, was Sie tun, bleibt nicht im Verborgenen.«

Vielleicht sollte es Ansporn sein, rüber kam es wie eine Drohung.

»Dann erzählen Sie uns von Horst.«

Schwester Margret war eine ausführliche Erzählerin. Wiederholungen inbegriffen. Steigert die Merkfähigkeit beim Zuhörer. Wer weiß, wie ich daher rede jenseits der Achtzig. Falls ich noch rede, dachte Minkin.

Was Schwester Margret zu berichten hatte, war nicht eben erhellend. Horst war seit drei Tagen verschwunden. Von einem Ausflug nicht heimgekehrt. Das hätte er noch nie gemacht. Sie mache sich solche Sorgen und so weiter.

Minkin versprach ihr, er würde etwas unternehmen. Er hätte da so ein, zwei Ideen. Hatte er natürlich nicht. Aber sag das mal einer alten Lady, die ihr Haustier vermisst.

»Danke, Herr Minkin. Sie werden es nicht bereuen.«

»Ich kann nichts versprechen, Schwester Margret.«

»Wenn ihn einer findet, dann Sie, Herr Minkin.«

Woher nahmen die Leute dieses Vertrauen, dass er der Richtige für was auch immer sei? Erst dieser Goldberg, suspekter Typ insgesamt, dann Pamela, jetzt Schwester Margret. Sein Leumund war offensichtlich vielversprechend. Er gründete sich auf falschen Voraussetzungen, machte aber etwas her, wie es den Anschein hatte.

»Wir werden sehen.«

Minkin wollte die Erwartungen ein wenig nach unten korrigieren.

»Nicht so bescheiden, Herr Minkin.«

Bescheiden war Minkin nicht. Bisweilen hielt er sich sogar für großartig.

Im Laufe der Jahre hatte Minkin Demut angenommen. Kapiert, dass es ein paar andere Menschen gab, die nicht völlig bescheuert waren. Hatte eine Weile gedauert. Davor war Minkin arrogant wie alle Heranwachsenden. Mit dem Unterschied, dass das Heranwachsen bei ihm weit in die Dreißiger hinein andauerte. Wenn es denn schon abgeschlossen war. Minkin hielt seine fortdauernde Spätpubertät für bemerkenswert. Tatsächlich war sie einfach unreif. Allein war Minkin damit nicht. Wenn man die Fernsehwerbespots der Baumarktketten und der Fertigpizzahersteller sah, hatte man den Eindruck, es gab eine ganze Menge Spätpubertierender in der männlichen Zielgruppe zwischen 30 und 50.

In der Causa Horst hatte Minkin eine ungefähre Idee, wen er anhauen könnte. In seiner Zeit in Botnang hatte Minkin in der Waldklause einen Typen kennengelernt, der eine vage Funktion im Tierheim innehatte. Das war doch ein erfolgversprechender Ansatz. Minkin mochte die Waldklause. Auch wenn es dort immer sanft nach Pippi roch. Minkin hatte diesbezüglich einen Gast im Verdacht, der wenig von Körperpflege zu halten schien. Das war das Einzige, was ihm in der Waldklause missfiel. Ansonsten, war es der ehrlichste Laden im ganzen Stadtteil.

Minkin beschloss einen Spaziergang vom Westen nach Botnang zu unternehmen. Bisschen frische Luft sollte kein Schaden sein. War auch kein Biergarten im Weg, der in die Luft fliegen konnte. Es war werktags. Der Gang durch den Kräherwald akzeptabel. Am Wochenende mied Minkin den Parcours. All die Jogger in ihrer Funktionskleidung. Laufende Wurstpellen. Macht endlich Schluss damit! Verbietet die zivile Nutzung der Funktionskleidung im öffentlichen Raum.

Waldklause

Minkin war früh dran. Kurz nach sechs. Eine ordentliche Pilsbar kennt keinen Leerlauf. In der Waldklause war immer Happy Hour. Der Tierfreund saß am Tresen. Läuft doch.

Der griechische Wirt begrüßte Minkin mit Handschlag. Soweit war es schon.

Minkin war 2007 das erste Mal in der Waldklause. Am Tag als der VfB Meister wurde. Das war der geilste Tag in der Stadt seit Langem. Der traurigste seit langer Zeit war der 30. September 2010. Hätte man sich 2007 auch nicht träumen lassen. Mal sehen, was als Nächstes kam.

Jacky hieß der Kerl aus dem Tierheim. Vermutlich nicht sein richtiger Name. Man hatte ihn nach seinem Lieblingsdestillat benannt. Jacky war ein großer Typ. 1,90, 100 Kilo aufwärts. Rotgesichtig. Keiner, mit dem man unnötig Streit anfangen sollte. Gab auch keinen Grund dazu. Jacky hatte sanfte graue Löckchen. Gibt Menschen, die behaupten Hund und Herrchen würden sich frisurentechnisch angleichen. Jackys vierbeiniger Freund war ein in die Jahre gekommener Pudel namens Onassis mit grauen Löckchen. Wasser auf das Mühlrad der Frisurentheoretiker.

»Jacky.«

»Minkin.«

»Und?«

»Selbst?«

»Passt.«

Minkin hasste übertrieben herzliche Begrüßungen. Lange Eingangskonversationen. Mit Jacky war das okay. Konnte man ruhig mal ein paar Worte mehr wechseln zur Begrüßung. Bisschen menschliche Wärme absondern. Wem konnte das schaden?

»Kann ich dir einen ausgeben?«

»Muss ich dir dann auch einen ausgeben?«

Eine plausible Antwort.

»Unsinn.«

»Sag ich nicht nein.«

»Was trinkst du?«

»Im Sommer gerne auch mal ein Kristall.«

Bei der Jahreszeit wollte sich Minkin nicht festlegen, Sommer war es jedenfalls nicht, was sich da draußen rumtrieb. Jacky soff, soweit Minkin das beurteilen konnte, alles und zwar kreuz und quer zu jeder Jahreszeit. Insofern war es eine komplett unnütze Auskunft. Im Sommer gerne auch mal ein Kristall. Obschon Minkin zugeben musste, dass es poetischer kaum ging. »Im Sommer gerne auch mal ein Kristall.« Klang nach einem posthum veröffentlichten Lyrikband für den Jahreszeitentrinker von Robert Gernhardt.

Der Wirt brachte zwei Kristall mit Zitrone und Reiskorn. Beides kein Segen.

»Jacky, du kennst dich doch mit Tieren aus?«

»Tiere sind mir lieber als die Menschen.«

»Sicher, wem kann man das verübeln.«

Konnte man mal so stehen lassen.

»Ich suche eine Katze.«

»Komm ins Tierheim, suche dir eine aus.«

»Du hast nicht zugehört. Ich will keine Katze, ich suche eine.«

Minkin legte das Foto von Horst auf den Tresen.

»Das hier ist Horst. Seit drei Tagen verschwunden. Er gehört einer alten Diakonisse. Wohnt im Westen. Ne Idee, wo ich suchen könnte?«

»Minkin, der Tierdetektiv. Ist das deine neue berufliche Herausforderung?«

Minkin erwog eine passende Antwort. Tiere sind mir lieber als Menschen. So etwas in der Art. Ließ die Antwort stecken.

»Ja.«

»Ganz schön Karriere gemacht.«

Minkin ließ auch das abprallen. Das war der billige Spott, den er erwartet hatte.

»Ne Idee?«

»Tierheim ist schon mal kein verkehrter Gedanke.«

»Kennst du ihn?«

»Nein, Horst ist nicht bei uns gelandet.«

»Sonst noch eine Idee?«

»Frag beim Bauhof nach. Eventuell ist dein Kater verunfallt und die Jungs haben ihn irgendwo im Westen von der Straße gekratzt.«

»Ist nicht mein Kater.«

Minkin wollte in die Sache nicht mehr hinein gezogen werden als nötig.

»Sonst noch eine Idee?«

»Minkin, Mann, du bist ja ein ganz schön harter Ermittler.«

Spott schwang mit.

»Weißt du was?«

»Na ja, gibt da diese Gerüchte.«

»Gerüchte?«

»In Ditzingen sind in den letzten Wochen ein paar Katzen verschwunden. Wie vom Erdboden.«

»Ditzingen?«

Minkin kannte Ditzingen. Kein Wunder, dass die Viecher weg wollten.

»Und?«

»Katzenräuber.«

»Willst du mich verarschen?«

»Ernsthaft Minkin, gibt Leute, die behaupten es wären Katzenräuber am Werk. Würden Tiere von der Straße wegfangen. Für Tierversuche und so einen Scheiß.«

»Klingt nach Drei Fragezeichen.«

»Kann sein.«

»Stammtischgequatsche, Jacky. Oder?«

»Wird es wohl sein.«

»Nicht unser Niveau.«

»Gar nicht.«

Sicher konnte man sich natürlich nicht sein. Im Grunde war dies bis dato einer der minkinschen Hauptermittlungsansätze. Der einzige, wenn man so will.

»War gerade diese Altkleidersammlung in Ditzingen. Waren eine Menge Kastenfahrzeuge unterwegs. Die Verschwörungstheoretiker vermuten, dass die Tiere da reingewandert sind.«

Jacky legte nach.

»Mal ehrlich, Jacky. Was hältst du davon?«

»Na ja.«

»Eben.«

»Andererseits, ausschließen kann man nix heutzutage. Vor dem 11. September hätte keiner gedacht, dass ein paar Irre Passagierflugzeuge kapern und in das World Trade Center steuern.«

Das war natürlich nicht von der Hand zu weisen. Minkin würde da mal ansetzen bei Gelegenheit. Erst mal musste er Zitrone und Reiskorn aus dem Glas fischen. Unnötig war das. Unnötig wie ein Kropf.

Alternativlösung eingestreut – wieder verworfen

Okay, jetzt aber mal schnell wieder ein bisschen nachgedacht, damit die Hauptsache vorangeht. In Sachen Horst hatte Minkin schon weit mehr erreicht, als geplant war für einen Tag. Und die Liste? Im Grunde lag der Fall mit der Liste auf der flachen Hand, die Lösung des Falles. Meergans hatte was mit der Blondine am Laufen. Die wiederum hängt mit Fuentes zusammen. Sie verhindert durch gezielten Einsatz ihres Körpers, dass Meergans den Brauerfall genauer unter die Lupe nimmt. War sie das wert? Er würde ihn fragen müssen. Oder sie. Oder irgendjemand anderen. Was dann tun? Meergans ordentlich unter Druck setzen. Druck erzeugt Gegendruck. Meergans kramt in Minkins Vergangenheit und findet Schmutz. Oder nichts.

Beides keine Perspektive. Erst mal ruhen lassen. Die Blondine unter Druck setzen? Sie verpfeifen an einen Modeblog wegen ihres mopsgrauen Kostüms? Das wäre nicht okay. Zumal er, Minkin, auch nicht gerade textiler Trendsetter war. Der Hauptanteil seiner Garderobe bestand immer noch aus Sachen, die ihm seine Mutter kaufte. Das meiste davon Schwaigern. Wer im Glashaus sitzt, sollte nicht mit S. Oliver werfen. Das war eine einfache Wahrheit. Minkin hatte etwas übrig für einfache Wahrheiten. Wenn sie stimmten. Wer säuft, kann auch nachdenken. Also weiter.

Der Zufall könnte helfen. Goldbergs Liste wird von Schödlbauer auf einer TGV-Fahrt im Bordbistro liegengelassen. Ein Spiegel-Redakteur findet die Liste und will die Sache online stellen. Dann ist klar, was passieren würde. Die Verbraucher wären extrem verunsichert. Kaufen nur noch unverfälschtes Bier. Warsteiner, Becks, Schöfferhofer gehen Pleite. Die Kleinbrauer haben zweistellige Zuwachsraten. Das wäre im Grunde eine schöne Lösung. Aber zu einfach, zu einfach. Warum haut das nicht hin? Wegen einer Horde Russen aus Biberach. Die sind unterwegs auf der Strecke Biberach – Barcelona. Im IRE. Junggesellenabschied. 20 Russen. Der Redakteur trifft die Truppe im Zug nach Ulm. Wollen weiter zum International Airport Memmingen. Flug nach Barcelona. Geben dem Redakteur einen Wodka Feige aus. Bleibt nicht bei einem. Der Redakteur hat gerade eine Krise. Entscheidet in Ulm kurzerhand, dass er mit nach Barcelona fliegt.

»Mit 20 Russen auf ein Junggesellenwochenende nach Barcelona?«, fragt ihn seine Frau am Telefon.

»Ja, sind alle so zwischen 20 und 25. Echt nette Kerle.«

»Wenn du meinst.«

»Bis Montag. Ich hab dich lieb.«

Na ja um es kurz zu machen, die Liste käme in dieser Fallvariante abhanden. Der Redakteur ebenfalls. Alles müsste wieder von vorne anfangen. Das muss doch anders gehen!

Seriös arbeiten. Disziplin, Disziplin, wie es die Schlaumeier sagen. Die hatten immer Ideen, immer Angebote. Minkin hatte keines von beiden. Für heute konnte man ohnehin nichts mehr machen. Paar Kristall drauf schütten. Früh schlafen gehen.

Fluch der Zitrone

Es war ein guter Schlaf gewesen. Am nächsten Morgen erwachte Minkin erfrischt. Sollte es an der Zitrone gelegen haben?

Müsste man mal empirisch etwas genauer unter die Lupe nehmen. Vielleicht ist da was dran.

Gab so viel unnützes Wissen. Und Sachen, die man wirklich brauchen konnte? Gab es viel zu wenig.

Über Wulle zum Beispiel sagt man, es macht einen ordentlichen Schädel.

Bier auf Wein, das lass sein,
Wein auf Bier, das rat ich dir.
Hefeweizen setzt an.

Wenn man die paar Regeln beherrschte, war es kein Nachteil. Wenn nicht, war das auch okay.

Es war Dienstag. Schödlbauer hatte einen Termin mit der Fuentes Ltd. in der Brauereigaststätte Dinkelacker. Ein Tag mit einer Aufgabe.

»Navigator, Navigator, rise up and be strong, the morning is here and there is work to be done.« Shane MacGowan hatte das mal ganz schön treffend formuliert.

Raum für Weiterdenker

Es war kurz nach zehn, als Minkin vor die Haustür trat. Er musste die U-Bahn nehmen. Bis Rotebühlplatz. Den Rest zu Fuß. Durch frischen Baustaub. Die ganze Ecke um die Paulinenbrücke hatten sie abgerissen. Die Stuttgarter reißen gerne ab. Schlösser, Bahnhöfe, historische Kaufhäuser. Abrissweltmeister. Ist im Grunde nichts gegen zu sagen. Hin und wieder was Neues hinstellen. Schon okay. Nur meistens sieht das, was kommt, noch scheußlicher aus als das, was vorher da war. Pest wird durch Cholera ersetzt. Bei dem platt gemachten WGV-Gebäude am Österreichischen Platz würde es heftig schwer werden, die originäre Unansehnlichkeit zu übertrumpfen. Aber wer weiß, man sollte die Architekten und Stadtplaner besser mal nicht unterschätzen. Die hatten sich das eine oder andere Mal schon selbst übertroffen. Die hatten es in der Hinsicht drauf.

Warum konnten sie den ganzen Platz nicht einfach so lassen? Zum ersten Mal sah der Österreichische Platz annähernd wie ein Platz aus. Und die Kirche dahinter? Sah ganz anders aus. Das konnte auch den Stadtplanern nicht entgehen. Wenn sie nur hinsehen würden. Wenn die alten Baumeister Kathedralen bauten, hatten sie immer auch ein Auge dafür, wie sich das Bauwerk in den Raum einfügt. Die Raum-Platz-Wirkung. Das hier war gut gedacht. Damals.

Schon hatte dort, wo das Versicherungsgebäude stand, ein Projektträger einen Bauzaun errichten lassen. Er plante dort einen »architektonischen Meilenstein«. Da hatte die PR-Abteilung das ganz große Fass aufgemacht. Ein »Landmark-Building« sollte es wieder werden. Einen »Raum für Weiterdenker« wolle man schaffen. Vor dem Weiterdenken steht begriffsnotwendig, dass man mit dem Denken anfängt. Daran fehlte es. Der Projektträger drohte ernsthaft damit hier neue Büroflächen zu errichten. Bürofläche? Das war es offensichtlich, was in der Stadt immer noch am meisten fehlte. Büroflächen, H&M-Filialen, Fitnessstudios, das war es, was uns in der Stadt noch fehlte. Minkin empfand den Kommerz zwischenzeitlich als so erdrückend, dass er dem Teilzeitcomedian Günther Oettinger im Geiste zunickte. So ein Krieg könnte helfen. Oder um es mit dem Humoristenkollegen von Günther Oettinger, Rainald Grebe zu sagen, 70 Jahre Frieden sind zu viel.

Minkin hatte die Kirche passiert und war überrascht, wie stimmig das Ensemble durch den Abriss wirkte. Mit dem Grün, der Raum-Platz-Wirkung. Die Brauerei Dinkelacker dahinter drückte sich in den Hang hinein. Ein alter Bau. Klinkerstein und Klassizismus. Verzweigt. Beengt. Braustätte, Gaststube, Lager, Fuhrpark. Das Brauen sah mühsam aus. Von außen nicht gerade Hightech. Minkin mochte das semifunktionale Erscheinungsbild der Brauerei. Er mochte das Bild mehr als das Bier. Respekt, okay, den musste man dem Inhaber dafür zollen, dass er die Brauerei vor einigen Jahren wieder zurückgekauft hatte von einem großen internationalen Braukonzern und unter den suboptimalen infrastrukturellen Rahmenbedingungen seine Sude braute. War vermutlich nur eine Frage der Zeit, bis die »Weiterdenker« auch hier den Versuch unternehmen würden, einen weiteren »architektonischen Meilenstein« zu setzen. Eine »Benchmark«, wie sie gerne sagten. Das Braugelände in einen Businesspark für die Kreativwirtschaft umwandelten. Muss immer der ganz große Wurf sein. »They try to built a new Jerusalem and ended up with New York«. Bruce Cockburn. Wenn es wenigstens New York wäre.

Es war halb zwölf. Von Schödlbauer war nichts zu sehen. Minkin betrat die Brauereigaststätte. In 20-30 Jahren könnte das hier Atmosphäre haben. Mit den schweren, alpenländischen Holzmöbeln. German Gemütlichkeit. Ge-

genwärtig war es nicht endgemütlich. Zu hell, zu freundlich, keine Patina. Die Räumlichkeiten an sich waren in Ordnung. Ecken, Nischen, Raumteiler. Nicht das kathedralenhaft einschüchternde einer tschechischen Bierhalle. Eben auch nicht das tschechische Bier. In der Gaststätte gab es unterschiedliche Höhenebenen. Gut für die Observation. Gut für Minkin. Das Gasthaus leer. Bis auf ein paar Omis. Hatten alle schon einen Trollinger vor sich stehen. Ein Rentnerviertele. Das Rentnerviertele war eine durch und durch menschenfreundliche Sache. Das sollten die da oben in Berlin endlich mal kapieren und gesetzlich regeln. Rentnerviertele für alle. Nicht immer diese unsinnigen Rentenerhöhungen die von der Inflation aufgefressen werden. Steuersenkungen, die im Grunde nur zu neuen Staatsschulden und zu höheren Steuern führen. Einen staatlich garantierten Preis für das Rentnerviertele. Sagen wir 1,00 Euro. Wie in Italien der Espressopreis. Gesetzlich geregelt. Nicht mehr als 1,00 Euro darf der Espresso in der klassischen Stehbar kosten. Eine Unverschämtheit war der Preis hier in Deutschland. 1,50 Euro, 2,00 Euro, bisweilen sogar 2,50 Euro. Für was eigentlich? Ein paar Tropfen Wasser. Eine Handvoll Bohnen. Würde Minkin jemals eine politische Partei gründen, würde der Fixpreis für das Rentnerviertele in der Geburtsurkunde stehen. Die Wiedereinführung einer echten Halben genauso. 0,4 Liter als Halbe zu verkaufen - wenn das nicht Irreführung der Verbraucher war, was dann? Die Fußballstadien würde er wiedertaufen lassen. Die Commerzbank-Arena würde Waldstadion heißen, die Mercedes-Benz-Arena Neckarstadion. Vor allen Dingen würde er diese Plastikkarten abschaffen, mit denen man in den Stadien zahlen musste, wenn man eine Rote haben wollte. Erst Plastikkarte kaufen, Guthaben anlegen, dann Rote kaufen. Das dann Fancard nennen. Das war dreist. Hatte nur den Sinn, den Fans noch mehr Geld aus der Tasche zu ziehen. Mit dem Schlummergroschen. Hatte sich der an und für sich respektable Erwin Staudt von einem Unternehmensberater aufschwatzen lassen. Idioten. Allein deshalb ging Minkin gelegentlich zu den Kickers auf die Waldau. Da ergab das alles noch einen Sinn, waren Fußballspiele keine Verkaufsfördermaßnahmen. Marketingaktionen. Über solche Schweinerein konnte Minkin sich ärgern. Davon bekam er Hunger. Minkin war sauer. Er bestellte einen Teller mit Wurstsalat, Ochsenmaulsalat und Bratkartoffeln. Mit ordentlich Essig dran. Was dem Braumeister schmeckt, konnte auch für ihn nicht verkehrt sein.

Als er seine Bestellung aufgab, öffnete sich die Eingangstür. Herein kam Schödlbauer. Nach einer kurzen Unentschlossenheit nahm sich der umsichtige Kellner seiner an und führte ihn an einen Tisch, den die Spanier offensichtlich reserviert hatten. Die hatten an alles gedacht. Tischreservierung. Die sind schlau. Respekt! Kurz darauf öffnete sich die Tür erneut. Es war wenig originell. Minkin war dem Gähnen nahe. Aber wie immer wenn Türen aufgehen, war die Blondine mit im Spiel. Diesmal mit einem dicken dunkelhaarigen Kleinwüchsigen mit reichlich Nasenhaar. Viel deutete auf einen Spanier hin. Minkin versuchte erst gar keine Erklärung zu finden für den Auftritt der Blondine. Das würde sich klären. Oder auch nicht. Das Trio saß am anderen Ende des Raumes. Unmöglich etwas zu verstehen. Auch nicht notwendig. Schödlbauer würde ihm den Gesprächsinhalt ohnehin wiedergeben. Minkin sah, wie der kleine dicke Spanier etwas aus seiner Aktentasche holte. Sah aus wie Endlospapier. Hatte er lange nicht gesehen. Modern war anders. Anderseits hatte die ganze moderne Kommunikation auch ihre Risiken. Datensicherheit? Fehlanzeige. Snowden, NSA. Wikileaks. Eine Papierliste in der Cloud? Eher weniger.

Minkin hatte inzwischen das Dreierlei Saures vor sich stehen. Ochsenmaulsalat war eigentlich nicht so sein Ding, aber die Bratkartoffeln hatten ihn gereizt. Die Kartoffeln dünn geschnitten. Immerhin. Knusprig, fast schwarz angebraten bei speckiger Konsistenz. Das waren Bratkartoffeln, immerhin. Nicht die Bratkartoffeln der Brauereigaststätte Reindler in Jochsberg. Das nicht. Dort gab es die besten Braureigaststättenbratkartoffeln der Welt. Eine glatte Zehn.

Der Wurstsalat war so mittel. Immerhin machten sie hier nicht den Fehler, Fleischkäse in den Salat zu packen. Das war eine der größten Sauereien. Das hatte er vom Pianisten gelernt. Wurstsalat nie mit Fleischkäse machen. Warum machten die das? Das war kein Wurstsalat, sondern Fleischkäsesalat. Hatte da keiner dran gedacht? Oder war das denen egal. Dann noch Balsamico aus Modena drüber und fertig ist der Scheiß. Nein, so ging das nicht. Das würde Minkin ein andermal klären. Am spanischen Tisch hatte sich was getan. Er sah, wie sich Schödlbauer über die Liste beugte und Notizen machte. Das ging eine ganze Weile so. Dann kam das Essen. Keine Ahnung, was das war. Tapas vielleicht. Gab inzwischen auch »Schwäbische Tapas«. Machten die Penner. Hatte Minkin auf einer Werbetafel gelesen. Das war definitiv ein Grund, um einen großen Bogen um das Lokal zu machen. Lokale mit schwäbisch-mediterraner Küche sind dem Herrn ein Gräuel. Das Problem dieser Crossover-Küche war nicht nur die bescheuerte Beschreibung. Nein, der Hauptfehler bestand immer darin, dass sie weder das eine noch das andere beherrschten. Ein Pizzaservice, der von einem Iraner oder einem Inder betrieben wird. Jetzt mal ohne Migrantenbashing, aber das schmeckt einfach beschissen. Oder American Sportsbars, die Pizza, Pasta, Steak, Wok-Gemüse, Tomatencremesuppe und Kaiserschmarrn auf der Karte haben. Hat irgendjemand Zweifel daran, dass das schief geht? Wer es nicht glauben mag, der fahre nach Fellbach. Gibt dort eine Sportsbar, auf der sie das alles unter größtmöglichem Einsatz von Geschmackverstärkern auf das Übelste zusammenbrutzeln.

Das Tischgespräch am spanischen Tisch ging nun schon fast anderthalb Stunden. Minkin war müde. Gut, dass es ans Bezahlen ging. Der Spanier übernahm die Zeche. Immerhin. Die Parteien verabschiedeten sich. Kein Bussi, Bussi. Einfach weg. Minkin hatte es eilig. Wollte nicht, dass Schödlbauer den Fehler machte, hier wieder aufzukreuzen. Minkin trat vor die Gaststätte. Weder Schödlbauer noch die andern beiden waren zu sehen. Minkin ging die Tübinger entlang Richtung Stadtmitte. In der Ferne erkannte er die Umrisse Schödlbauers.

Er holte auf. Minkin war jetzt neben ihm.

»Schau nicht zu mir. Kopf unten halten. Tu so, als ob du mich nicht kennst.«

Minkin näherte sich seinem Vorbild aus der Bourne Reihe mehr und mehr an. Keine Sau war in der Nähe. Es war vollkommen lächerlich.

»Wir treffen uns in der Herrenabteilung bei Karstadt.«

Dann war Minkin weg.

Die Dinosaurier, werden immer trauriger

Wenige Minuten später standen beide vor den Strickwesten. Karstadt war berühmt für seine Strickwesten. Karstadt war wie die übrigen verblieben Warenhäuser ein Dinosaurier, dessen Lebenszyklus sich dem Ende zuneigte.

Minkin, dem Grunde nach kein großer Käufer, war dankbar im Warenhaus alles zu finden. Vom Nassrasierer über die Unterwäsche bis hin zur Butterdose. Er war froh, wenn er nicht in eine diser neuen Shopping-Malls im Speckgürtel der Stadt musste. In das Ikea-Labyrinth, der schwedische Variante eines hochkommerziellen Irrenhauses. Als kafkaesk hat OB Kuhn das gerade im Werden befindliche Europaviertel hinter dem Hauptbahnhof bezeichnet. Erstaunlich viel Klarheit für einen Berufspolitiker.

Werden sehen, ob er in seiner Amtszeit nicht den gleichen Müll baut wie seine Vorgänger. Ein Milaneo II. Wer gibt den architektonischen Monstranzen diese euphemistischen Namen? Wer lässt das durchgehen? Milaneo? Sollte das eine Referenz an die Mailänder Galerie Vittorio Emanuele sein? Die schwäbische Antwort? In Stuttgart exklusiv mit international anerkannten Textildiscountern. Danke auch dafür! Vittorio Emanuele würde sich im Grabe umdrehen. Da waren Minkin die alten Warenhäuser lieber. Kunden wie er waren in der Minderheit. Eine aussterbende Art.

»Dachte du wolltest da sein?« fragte Schödlbauer nach.

»Ich war da.«

»Respekt.«

»Übung.«

»Angeber.«

»Ihr hattet ja einen ausführlichen Plausch.«

»Kennenlernphase. Die Spanier sind vorsichtig. Das dauert bei denen.«

»Und die Blondine?«

»Gefällt sie dir?«

Die Frage war Minkin unangenehm.

»Sie ist mir jedenfalls suspekt.«

»Das ist ein Anfang. Sie hat übersetzt. Der Spanier spricht kein Deutsch.«

»Ist er der Boss?«

»Nein, denke ich nicht. Da muss es noch einen anderen geben.«

»Namen?«

»Keine Ahnung. Er hat sich mir nicht mal vorgestellt. Alles sehr geheimnisvoll. Dann haben Sie mir eine Liste mit Brauereien gezeigt, die ich in den nächsten Wochen besuchen soll. Ich musste mir die Adressen von Hand abschreiben. Keine Excel-Tabelle. Keine EDV. Nix. Die Daten seien supersensibel. Der Wettbewerb. Sehr seltsam.«

»Kann ich die Liste sehen?«

»Klar.«

Gerade wollte Schödlbauer seine Notizen auspacken, als Minkin ihn unterbrach.

»Nicht hier.«

»Treffen uns in der Umkleide.«

»Spannend.«

»Es sind die Umstände, die unser Leben spannend machen.«

Ein Satz, den Minkin aus den neunziger Jahren herüber gerettet hatte. Drei Wochen Sozialpädagogikstudium an der FH Esslingen. Sollen wir drüber reden? Besser nicht. Bei der Gelegenheit Minkins Lieblingspädagogenwitz aus den Neunzigern eingestreut.

Warum braucht es immer zwei Sozialpädagogen um eine Glühbirne einzudrehen?

Einen, der die Glühbirne reinschraubt, den anderen, damit die beiden anschließend drüber reden können. Das waren die Neunziger. Es war nicht alles schlecht.

Wenig später standen die beiden in einer Umkleidekabine. Wer es nicht besser wüsste, könnte Vermutungen anstellen. Minkin las die Liste nicht ohne Bewunderung. War das Originellste was die südwestdeutsche Braulandschaft zu bieten hatte. Hirsch-Bräu aus Böhringen. Braut ein schlankes Helles, das eher nach München als nach der Schwäbischen Alb schmeckt. Pfister aus Weigelshofen. Ein Hefeweizen aus biologischen Zutaten, das einen ganzen Laib Brot ersetzt. Kronenbräu aus Tettnang mit der Hopfenzucht vor der Haustür. Palmbräu aus Eppingen, Adler aus Zuzenhausen. Kraichgaubiere. Heimatbiere. Alles Kleinbrauereien auf der Liste. Was war mit den großen? Sollte der Spanier am Ende Geschmack haben? Oder hatte er die schon? Und das hier war der Rest. Die gallischen Dörfer? Was hatte der Tod des Brauers aus Trunkendorf mit der ganzen Sache zu tun? Warum musste Caesar sterben?

Was machte eigentlich Michael Schanze? Jahrelang nichts mehr von ihm gehört. 1,2 oder 3 war ganz groß damals. Minkin hüpfte als Kind vorm Fernseher mit. Das war eine Show. So was entwickeln die heute gar nicht mehr. Ist ja kein Geld da bei den öffentlich-rechtlichen Sendern. Haben gerade mal ein paar Milliarden im Jahr zur Verfügung. Was soll man da Neues entwickeln? Oder der SWR. Hat eine knappe Milliarde an Etat. Das reicht vorne und hinten nicht.

»Was ist das eigentlich genau, was du da verticken sollst?«

»Ein Zusatzstoff für Getränke?«

»Für Bier?«

»Ist Bier ein Getränk?«

Die Mutter aller Getränke.

»Keine Bedenken wegen Reinheitsgebot und so«?

»Minkin, der Vertrieb hat seine eigenen Gesetze.«

Schödlbauer war ordentlich korrumpiert. Hatten die ihn schon umgedreht?

»Was soll der Zusatzstoff bringen?«

»Verstärkt den natürlichen Geschmack. Das Hopfige wird hopfiger. Das Weizige wird weiziger. Sagen die Spanier.«

»Und was sagst du?«

»Man kann das so sehen oder so. Ist wie mit den Globoli.«

»Und deshalb bringen die Leute um? Wohl kaum? Da muss es noch was anderes geben. Und der junge Manolo wusste das. Caesar ahnte es. Deshalb sind beide tot.«

Schödlbauer war mit dieser Variante nicht glücklich.

»Wenn das so ist, dann will ich es nicht wissen.«

Als ob Unkenntnis jemals vor Strafe geschützt hätte.

Ich muss mit der Blonden sprechen, dachte Minkin. Sie kann Licht in die Sache bringen. Über Meergans kam er an die Blonde ran.

Er nahm sein Handy und wählte Jan Schmids Nummer.

»Hallo Jan.«

»Hallo Minkin.«

»Ich muss Meergans treffen. Genauer gesagt seine Freundin.«

»Er hat eine Freundin?«, entgegnete Schmid überrascht.

»Nichts Ernstes. Bettgeschichte.«

»Immerhin. Das ist schon mal ein Anfang. Hat er mehr als wir beide.«

»Auch wahr.«

»Eine Idee, wo ich ihn treffen kann? Zufällig?«

»Beim Hoffest der Staatsanwaltschaft. Übermorgen Abend.«

»Gut.«

»Eins noch.«

»Was?«

»Sei früh, Minkin. Gegen zehn ist er nicht mehr ansprechbar.«

»So schlimm?«

»Schlimmer.«

Man könnte sagen, Oberstaatsanwalt Meergans habe ein Alkoholproblem. Das würde die Sache nicht treffen. Saufen und Justiz war nicht per se ein Widerspruch. Allerdings war es bei Meergans einzig der Tatsache seiner Funktion als Oberstaatsanwalt geschuldet, dass er nicht schon längst aus dem Verkehr gezogen wurde. Hatte sein Leben irgendwie im Griff. Abgesehen davon, dass ihm seine Frau davon gelaufen war. Und die Kinder weg waren. Aber das passiert auch anderen. Muss man nicht saufen. Obwohl es die Sache beförderte.

Das Hoffest der Staatsanwaltschaft war ein Highlight im nicht gerade üppigen Eventkalender der Justiz. Rote Wurst satt. Der schöne Gasgrill und die Band Crimestop heizten den feierwütigen Staatsdienern ordentlich ein. Welche feine Ironie, dass die Band Crimestop aus Polizisten bestand. Die können nicht nur Wasserwerfer sondern auch Gitarre, Schlagzeug und Bass. Das muss man den Leuten doch mal sagen. Man hat da gerne ein völlig falsches Bild von der Truppe. Hätte man den Polizeikorps und die Crimestopper damals im Schlossgarten musizieren lassen, hätte man die Schüler und jugendlichen Demonstranten mit friedlichen Mitteln vertreiben können. Da hatte der halslose Pforzheimer seinerzeit was dagegen. Energisches Vorgehen, harte Hand und so was. Die Pforzheimer Linie. Nun gut, wer die Stadt kennt, der weiß, dass man dort übel drauf kommt. Pforzheim ist die Stadt von René Weller, falls das hier noch jemand was sagt.

Das Hoffest war ungefähr das Gegenteil von der Pforzheimer Linie. Einmal im Jahr ließ man es schön krachen. Zwanglos schwofen, schöne Mucke, Bierchen in der Hand. Feiern bis die Polizei kommt. Minkin mochte derartige Feste im Grunde. Sie waren weitestgehend frei von Allüren und Prahlerei. Von Bussi-Bussi, Chi-Chi und anschließender Veröffentlichung der Partybilder im hiesigen People-Magazin. Auf den Society-Seiten der Tageszeitungen. Wenn er noch eine Weile drüber nachdenken würde, fing er sogar an sich auf den Abend zu freuen. Das kam Minkin reichlich seltsam vor.

Das Hoffest

Als Minkin den Hof der Staatsanwaltschaft betrat, dachte er an zwei Dinge. An das Hoffeld in Degerloch und an den Wilhelm-Geiger-Platz in Feuerbach. Und an die Klausuren zum 2. Staatsexamen, die er vor etlichen Jahren hier geschrieben hatte. Das waren streng genommen drei Dinge. Keine der Assoziationen war angenehm. Aber auch nicht völlig furchtbar. Immerhin war das hier die Neckarstraße, der Osten. Hier war der SWR mal untergebracht. Kein Wunder, dass die noch Jahre danach ein traumatisiertes Programm spielten. Angeblich soll der verstorbene Dichter und Literaturnobelpreisträger Samuel Beckett hier aus-und eingegangen sein. Irre, die Vorstellung. Samuel Beckett in der Neckarstraße beim Rundfunk. Um Hörspiele aufzunehmen. Wie geil war das denn? Heutzutage stellt Olli Pocher seine Autobiografie beim Rundfunk vor. Hat er selbst geschrieben. Ein Sternekoch gibt das Geheimnis seiner Gemüsemaultaschen preis. Fleischlos. Oder grillt im Radio. Wahnsinn, was die machen beim Rundfunk. Was früher Erkenntnisgewinn war, sind heute Gewinnspiele. Das waren die alten Zeiten, jetzt sind es die neuen Zeiten.

Das Hoffest hatte diese natürliche, betonale Entspanntheit, die exklusiv für Behördenfeten reserviert war. Fete. Schönes Wort auch. Fete, geile Fete, ich fall gleich aus der Tapete, singt der Grebe. Man musste ihn lieben für solche Sätze. Wenn er nur nicht versuchen würde funky music zu machen. Überhaupt war alles schön hier. Der Hof amtlich geteert. Kein unnötiges Grün. Wozu? Sollen Kriminelle verfolgen. Soll kein Landaufenthalt mit Pferden und Schafen sein.

Minkin ging Richtung Bierstand. Riesenschlange. Als Minkin an der Reihe war, spürte er eine Hand auf seiner

Schulter. Nicht die kalte Hand des Teufels. Kein Vampirmist.

»Minkin«. Klang nach Meergans. War Meergans.

»Binnicherfreutdichhierzusehen!« lallte Meergans tatsächlich schon zur frühen Stunde.

»Ganz meinerseits. Eins mitbringen?«

»Ichhörmichnichtneinsagen.«

Es war kurz nach 19.00 Uhr.

»HastduschonHeimwehnachdenGuten?«

»Trifft man die hier?«

War natürlich ein Elfmeter. Den musste er machen. Bisschen Aggro schüren.

»So was in Richtung Heimweh«, schob Minkin nach.

»IndieRichtung?«, blaffte Meergans.

Minkin könnte warten, sicher. Später mit der Sprache rausrücken. Später macht nicht klüger. Meergans wurde nicht eben nüchterner. Gleich zum Punkt.

»Es gibt da eine Sache, wegen der ich hier bin.«

»WasfüreineSache?«

Der Dialog klang nach Ronja Räubertochter. Lange her. Räuberhauptmann Mattis. Und der Borka. Dialog geht ungefähr so:

»Wäre gerne früher gekommen. Aber da war noch eine Sache.«

»Was für eine Sache?«

»Ein Gedicht.«

»Was für ein Gedicht?«

»Klagelied über einen toten Borkaräuber.«

Dramaturgisch große Kunst, das Hörspiel. Beckettsch. Überhaupt, die alten Sachen. Sängerkrieg der Heidehasen, James Krüss. Astrid Lindgren. Große Kunst. Machen die heutzutage nicht mehr. Hello Kitty. Filly. Prinzessin Lillifee. Das Musical. Das machen die für die Kinder heutzutage. Was soll man sagen? Kein Wunder, dass sich die Kids mit zwölf ins Koma saufen.

»Ich bin da an so einer Sache dran.«

»Wiedran?«

Meergans war echt schwer von Begriff. Guter Mann eigentlich. Aber der Suff. Tzz tzz. Macht alles futsch. Soll nicht überheblich klingen.

»Bisschen nachforschen. So was halt.«

»Undwashatdasmitunszutun?«

»Gab da diesen toten Brauer.«

Meergans wurde nüchterner. Weitermachen, dachte Minkin. Weiterbohren. Klinge ist drin, jetzt schön rumdrehen.

»In Trunkendorf. Ihr habt da ein wenig rumermittelt.«

Meergans gefror der Bierschaum am Maul.

»Der von seinem Hund erschossen wurde. Kommt es wieder?«, legte Minkin nach.

Meergans verdrehte die Augen auf eine Art, die Minkin ein wenig Angst machte. Er erinnerte ihn an Klaus Kinski. In diesem Film, in dem Kinski ein Boot über grünen Hügel ziehen will. Minkin war kein Cineast, aber dieses Bild war haften geblieben. Urwald, Hügel, Kinski, Boot, Wahnsinn, Scheitern. Das Scheitern hatte in diesem Film etwas Episches.

Meergans war weit weg von Epik. Entweder er würde platzen oder kotzen. Schlimmstenfalls beides auf einmal.

»Rumermitteln, du Arschloch. Was glaubst du, was wir hier den ganzen Tag machen?«

Besser mal nichts sagen da drauf. Die Frage war rhetorischer Art.

»Rumermitteln. Hau ab, du Penner, ehe ich dich vom Hof werfen lasse. Ich kann deine Fresse nicht mehr sehen«

Cooler Auftritt. Der olle Pofalla hätte es nicht besser sagen können. Meergans drehte sich ohne ein weiteres Wort der Reue oder Verärgerung um und zog ab. Was ein Wording. Meergans hatte damit kein Problem. Um seinen Ruf machte er sich keine Sorgen. Cooler Hund, eigentlich.

Das war Hallschlag. Paar Leute standen bei dem Disput drum herum und grinsten verlegen dämlich. Das war nicht cool. Das war Baden-Baden. Erst jetzt nahm Minkin die Truppe war. Gab keinen, den er sonderlich mochte. Mit dabei war auch die Bachmann. Mein Gott die Bachmann, dachte Minkin. Vergessen hatte er sie. Was hatte die ihn im Studium genervt. Minkin hatte ein loses Interesse an einer Freundin der Bachmann. Interesse wurde nicht erwidert. Stattdessen hatte er Jahre lang die Bachmann an der Hacke. Rief immer an. Lud ihn zu Geburtstagen ein. Minkin war nicht gut im »nein« sagen. Hatte ihn Abende gekostet. Stunden. Bis die Bachmann endlich ein wehrloses Opfer gefunden hatte, das sie heiraten konnte. Im Grunde hatte Minkin eine Heidenangst vor solchen Frauen. Die genau wussten, was sie wollten. Die dran blieben. Die von Mutter Natur nicht mit strahlender Schönheit geschlagen waren. Denen nichts geschenkt wurde im amourösen Bereich. Die mussten sich das hart erarbeiten. Gras fressen. Beißen. Immer wieder nachsetzen. Die hatten so einen Willen. Manndecker. So hießen die im Fußball. Guido Buchwald war so einer. Im WM-Finale 1990. Ist dem Maradona auf Schritt und Tritt gefolgt. Das ging dem ganz schön auf die Eier.

Ganz anders die filigranen Brünetten. Mit Sommersprossen. Und Locken. Oder die Blonden. Mit der hellen, blassen Haut und den melancholischen Augen. Engel. Die konnten im Grunde tun und lassen, was sie wollen. Alles schien so mühelos. So leicht. Sie schwebten. Denen fehlte oft jedes Ziel, jeder Ehrgeiz. Am Ende standen sie immer oben auf dem Podest. Wo die Bachmänner nie hinkamen. Die Bachmann gehörte mit ihrer männischen, unförmigen Bauweise nicht in die Kategorie der Elfen. Im Grunde musste man die Bachmann schon wieder bewundern für ihre Zähigkeit, ihre Ausdauer. Genauso wie man Vereine wie den 1. FC Kaiserslautern oder den FC St. Pauli dafür bewundern musste, dass sie es trotz ihrer spielerischen

Limitiertheit immer wieder schafften in die 1. Bundesliga aufzusteigen.

»Mingin, Schätzle, was machsen du do?«

Schon hatte sie sich linkisch bei ihm untergehakt und ihm einen Kuss auf die Wange verpasst. Wie er das hasste. Was hatte das mit der kontinentaleuropäischen, germanischen Tradition zu tun? Nichts, rein gar nichts.

»Hasch den Meergans ganz schön uff die Palme gejagt. Um was ging's denn?«

»Um den toten Brauer aus Trunkendorf.«

»Der mim Hund?«

»Yep.«

»Des war a Ding.«

»Weißt du was drüber?«

»Finds raus, mein Liewer.«

Die Bachmann sagte das auf eine laszive Art, die einer Monroe zu Lebzeiten gut gestanden hätte. Nicht einer riesenhaften, krumm gewachsenen Damensperson mit Heilbronner Dialekt. Diesem zwitterhaften Kunstdialekt, der sich aus dem badischen, dem schwäbischen und dem fränkischen Idiom die schlimmsten Teile herausgepickt hatte. Vom badischen den nervigen, langsamen Singsang, vom schwäbischen das Ungehobelte, Bäuerliche und vom Fränkischen das knödelhaft Dumpfe. Die Gegend um Heilbronn nannte man das Unterland. Das war kein Jota untertrieben.

Bei der Bachmann war das Laszive einfach nur lächerlich. So peinlich wie seinerzeit der Versuch Westerwelles Außenminister zu spielen. Er war der miserabelste Außenministerdarsteller seit Langem. *Ever.* Da waren wir echt mal nicht gut aufgestellt, wie es die Berater sagen würden. Auch schon wieder Geschichte. Die Frage ist, warum durfte ein Laienschauspieler über vier Jahre lang Deutschland in der Welt vertreten, ein Mime, den seine eigene Splitterpartei nicht mehr haben wollte? Andererseits, die

Bachmann schien was zu wissen. Da war er doch ganz Opportunist, der Herr Minkin.

»Drink?«

»Scho mal ein Oafang, Mingin Schätzle.«

Klang nach Drohung.

»Nun, ich darf dich erinnern, dass du verheiratet bist, meine Liebe.«

»War, Mingin, war. Ich bin wieder frei. Zu haben. Isch des net subbr?«

Scheiße, dachte Minkin. Sicher, die Not war groß bei ihm, aber so groß? NO! NO! NO! Eher würde er doch mal die bereits erwähnte Weißweinschorlespur verfolgen.

»Tut mir leid, das mit der Scheidung.«

»Koi Thema, mein Ex war schwul, war mehr so eine Scheinehe.«

»Ab wann?«

»Bei ihm von Oafang an. Bei mir ab dem Zeitpunkt, als ich ihn dehoam mit seim Lover erwischt hab.«

»War es schlimm?«

Nicht das es Minkin sonderlich interessierte. Aber irgendeine Form von Interesse musste er an dieser Stelle heucheln.

»Geht so. Weisch ja Mingin-Baby, bin ein Stehaufmännle.«

»Das bist du Bachmann, das bist du.«

»Was willsch'n du denn über den toten Brauer wissen?«

»Keine Eile. Hol uns erst mal was zu trinken. Was nimmst du?«

»En Aberol.«

Grundgütiger. War der Sprizz also auch auf dem Hof der Staatsanwaltschaft angekommen.

»Bin gleich wieder da.«

Schon einige Jahr her, sicher mehr als zehn. Muss Ende der Neunziger gewesen sein. Minkin war in Venedig. Besuch beim Venezianer. Jeden Abend zur Einstimmung einen Sprizz auf der Piazza genommen. Schöner Brauch. Minkin kannte den Sprizz bis dahin nicht. Ein absolut kompatibler Starter für einen feuchten Sommerabend in der Lagune. Der Sprizz war ein venezianisches Getränk mit einem deutsch klingenden Namen. Hatten wohl die Österreicher mit in die Republik Venedig gebracht. So hatte es ihm der Venezianer erklärt. Im restlichen Italien kennt man den Drink auch als Veneziano. Jetzt gibt es den Drink überall. An Tankstellen, bei Neujahrsempfängen der IHK und auf dem Hoffest der Staatsanwaltschaft. Das war ernüchternd.

Ortswechsel

Spanien war mal echt weit weg zu diesem Zeitpunkt. Dort nahm die Geschichte ihren Ursprung. Dort gab es diese Spur. Eusebio. Der kleine Spanier aus dem spanischen Mittelfeld. Genauer gesagt aus der spanischen Bar.

Eusebio saß an der Bar. In etwa zur gleichen Zeit als Minkin gerade den Sprizz orderte, bestellte sich Eusebio eines dieser kleinen, eiskalten Biere. Ein Cruzcampo. Hätte Eusebio geahnt, dass es sein letztes Getränk werden sollte - wer weiß? Hätte er vielleicht ein großes genommen. Zu spät. Aus. Vorbei. Was war passiert? Na ja, er setzt zum Schluck an. In dem Moment Kugel in den Kopf. Glas fällt aus der Hand. Gäste springen auseinander. Eusebio knallt vom Hocker. Ende. Die spanische Polizei ist jetzt nicht so super hinterher alles aufzuklären. Beziehungstat. Das Opfer hätte was mit einer verheiraten Frau gehabt. Ist klar. So ist er der Spanier. Klang definitiv nachvollziehbar. Elvis lebte ja auch lange nach seinem angeblichen Tod in

Südamerika und baute gemeinsam mit dem greisen Adolf Hitler Haschpflanzen an. Zu gegebener Zeit würde Minkin diese ganzen Sachen aufklären. Je nachdem, ob es für die Aufklärung seiner Sache von Relevanz sein sollte oder nicht. Was war das noch mal? Liste finden. Die mit den Brauereien drauf.

Hatte Meergans tatsächlich gefragt, ob ihm die Guten fehlen würden? Wer waren die Guten? Das war immer die Frage. Wer pfuschte beim Essen? Wer panschte das Trinken? Wer betrog in der Politik? Die Zeiten waren relativ. Ziemlich relativ. Alles war irgendwie miteinander vernetzt. Das Gute und das Böse flossen ineinander wie auf einem Aquarellbild. Der Teufel trug ein Priestergewand. Lidl verkaufte faire Milch von freilaufenden Bauern. Der Fußballverein aus Cannstatt setzt auf die eigene Jugend und hat seit Jahren im Wesentlichen nur noch talentfreie Legionäre in der Bundesligamannschaft. Kinder und Alte werden von der Polizei mit Wasserwerfern aus einem Park gejagt. Wo ist der gute alte Schutzmann an der Ecke hin? Man muss diese Widersprüche nicht verstehen. Hin und wieder mal in Erinnerung rufen, das muss man. Wer war für diesen Part noch vorgesehen in unserer institutionalisierten Gesellschaft? Kirchen? Gewerkschaften? Parteien? Diese Institutionen waren Teil des Problems, nicht der Lösung. Am ehesten noch die Bild-Zeitung oder der ADAC. Der ADAC war inzwischen weg von der Liste. Bleibt nur noch die Bild. Kein schöner Gedanke war das. Die katholische Kirche war wieder am Aufholen seit der Südamerikaner am Steuer war. Der machte das nicht ungeschickt. Man war fast geneigt Applaus zu spenden. Anderseits hatten die eine Menge Minuspunkte gesammelt. Brauchte eine Weile, bis sie die Sauereien der letzten Jahrhunderte wieder annähernd ausgeglichen hatten. Mal einen Krüppel in den Arm nehmen reicht kaum aus, Franz.

Minkin hatte längst aufgehört irgendeiner öffentlichen Verlautbarung Glauben zu schenken. Einer Pressemitteilung. Das stand drin, was die da oben gedachten dem Volk mitzuteilen. Relevant war, was da nicht drin stand. Wir haben die Laufzeit der Atomkraftwerke verlängert, weil die Versorgungssicherheit nicht gewährleistet ist. Nichts stand drin von den Zuwendungen der Energiewirtschaft an die handelnden Parteien. Minkin war gelegentlich gedanklich nahe an den Verschwörungstheoretikern dran. Waren keine Theorien mehr. Die Netzwerke waren einfach so. Ortswechsel, genug sinniert. Zurück auf den Hof der Staatsanwaltschaft.

Sprizz ist alle

Minkin stand in der Schlange der »Bar jeden Rechts«. So hatten die Staatsanwälte die temporäre Schankstelle getauft. Das war fast schon Humor, gar nicht so übel. Irgendwo hatte er das schon mal gehört. Klang nach einem Kabarettprogramm. Lustig war es allemal. Generell zeigt der Jurist bei solchen Gelegenheiten die ganze Palette seines Humors. Besonders gefiel Minkin die Headline des Ulmer Justizfaschings. »In dubio Prosecco«. Das war Humor. Endhumor.

Minkin war nun an der Reihe.

»Einen Sprizz, bitte.«

»Sorry, Aperol ist alle. Geht es auch mit Campari?«, entgegnete der diensthabende Staatsanwalt. Er kannte ihn. Musberg.

Es war jetzt halb acht. Der Aperol war alle. Dass bei den Juristen ordentlich geschluckt wurde, war klar. Aber halb acht, war das nicht ein bisschen früh für Aperolnotstand?

»Gut, dann mit Campari.« Bei der Bachmann spielt es keine Rolle, dachte Minkin.

»Und eine Weißweinschorle.« Nachtigall, ick hör dir trapsen.

Zurück bei der Bachmann. Ihr schnell die Sache mit dem Aperol erklären? Der Bachmann besser nicht.

»Zum Wohl.«

»Auf uns«, erwiderte die Bachmann. Das war keine Verheißung.

»Was war da mit dem Brauer?«

»Gibt seltsame Todesursachen in unseren Akten. Aber das war der Abschuss. Fast schon eine komische Tragik. Hund erschießt Mann mit Jagdgewehr im Lada.«

»Soweit bin ich schon. Hund wird verhaftet und eingeschläfert. Aber warum ging es nicht weiter. Der Hund hatte vielleicht Helfer?«

»Mingin, wenn wir so ein Ding schnell abschließen können, machen wir die Akte zu. Und wenn der Chef sagt, gibt da nichts zu ermitteln, gibt keinen Anfangsverdacht, dann wird das eingestellt.«

Minkin war nach Spott zumute.

»Mingi Baby, du weißt es doch. Wir prüfen ein bisschen rum. Anfangsverdacht und so. Das kann man dann so oder so entscheiden. Wenn dann ein Hinweis kommt, dass da nichts sein sollte, dann ist des halt so.«

Aufrichtig war die Bachmann. Minkin war im Grunde froh, dass er nichts mehr mit der Scheiße zu tun hatte, mit der Falschheit, der Vielschichtigkeit, der Verwobenheit, der Abhängigkeit der Justiz von der Politik und umgekehrt. Das waren nicht die wilden 50er Jahre des vorigen Jahrhunderts. Das war gerade mal drei, vier Jahre her. Noch präsentes Wissen. Der Spitzenkandidat der »Liberalen« bei der letzten Landtagswahl war gleichzeitig Justizminister. Oberster Dienstherr der Richter und Staatsanwälte. Seine Splitterpartei wollte ja bekanntlich den Tiefbahnhof, war für die Räumung des Schlossgartens. Sie war auch Teil der Regierung, die den Kauf der Schrottmeiler in Neckarwestheim wollte. Konnte der ernsthaft den Mund aufmachen und sagen: «Jungs, das ist doch alles scheiße, was ihr da abzieht?« Konnte er nicht. Erst die Partei, dann ich und dann lange nichts.

Tief drinnen wusste der Minister, dass seine Regierung Mist baute, dass die Sache unverhältnismäßig war. So borniert, so geistesabwesend hatte Minkin ihn nicht kennengelernt. So borniert konnte kein Mensch sein. Okay, er war Berufspolitiker. Das relativierte die Sache.

Teil der Prüfung der Verhältnismäßigkeit ist am Ende immer die Abwägung der widerstreitenden Interessen, der Güter, die sich gegenüber standen. Dort das Recht eines Bauherrn auf Errichtung eines Bauzaunes, auf Einrichtung einer Baustelle. Auf der anderen Seite das Recht auf körperliche Unversehrtheit der Alten und Kinder, der Jugendlichen. Das Recht auf zwei Augen, die funktionieren. Was wiegt mehr? Das war mal eine echt schwierige Frage. Kann man nicht auf die Schnelle beantworten. Muss man ein Gutachten einholen. Ein Rechtsgutachten. Mit dem absoluten Anschein der Seriosität. Rechtsgutachten. Wenn der Herr Professor rausfurzt, dass es legitim sei einem Alten das Augenlicht auszuschießen, damit ein Bauzaun hingestellt werden kann, dann wird das schon so sein. Der Herr Professor wird es schon wissen. Die Konservativen hatten in jenen Tagen ihren Hausgutachter. Der schrieb gerne mal was zusammen, aus dem die Regierenden dann zitieren konnten. Die Zeitungen schrieben das geflissentlich ab. Und die Vollprofis der Kanzlei sind auch verbrannt, seit die den Atomschrottmeilerkauf durch den Pforzheimer super beraten haben. Für einen Spottpreis. 2,7 Millionen haben die bekommen. Keine Drachmen – echte deutsche Euros. Trotzdem eine Schnäppchenberatung bei einem Gegenstandswert von fünf, sechs Milliarden. So viel haben die Anteile am lokalen Energieversorger gekostet. Ist inzwischen auch schon wieder eine Milliarde weniger wert, das Unternehmen. War ein Riesendeal. Die haben echt was verstanden von Wirtschaft. Wie viele Meter Kölsch hätte man dafür im Bier-Eck vernichten müssen? Was hätte man da verdienen können? Diese Vollidioten.

Im Grunde war Minkin ein apolitischer Mensch. Keine Ahnung, warum ihm der ganze Stoff durchs Hirn flashte.

»Dann werdet ihr den schwarzen Donnerstag auf sich beruhen lassen?«

»Im Wesentlichen, Mingi Baby. Paar Strafbefehle verschicken und gut. Den einen oder anderen hat es erwischt. Sollte reichen.«

»Gutes Gefühl dabei?«

»Kein Gefühl, Mingi-Baby. Gerechtigkeit ist der Ort, an den die Justiz nie gelangt.«

»Schöner Satz.«

»Hat mir mein Ausbilder beigebracht. Gleich am ersten Tag.«

Dürrenmatt hatte offenbar bei Bachmanns Ausbilder abgeschrieben.

»Der Versuch, Bachmann…«

Bachmann unterbrach Minkin.

»Können mir jetzt mal des Thema wechsle? Was soll das ganze Gequatsche. Machsch du jetzt auf Che Guevara für Arme? Hat dich doch früher a net indressiert.«

Bachmann ging das Gespräch auf die Nerven. Das gefiel Minkin.

»Vielleicht lief es früher auch noch nicht ganz so krumm.«

War natürlich Unsinn.

»Oder mir haben es oifach net gmerkt.«

Da hatte sie sicher Recht. Wir hatten Glück früher, wir haben einfach gar nicht mitbekommen, wie sehr die uns verarscht haben. Heutzutage hatte sich das gedreht. Als junger Mensch, als Student, stand man immer etwas außerhalb des Systems. Hat das Ganze belächelt. Jetzt war man irgendwie Teil des kapitalistischen Ausbeutungssystems. Mal war man Beute, mal Jäger. Hundert Prozent geil fühlte sich beides nicht an.

Minkin ließ das große Thema ruhen.

»Eine Ahnung, warum der General was gegen Ermittlungen im Fall des toten Brauers hatte?«

»Nicht so unmittelbar«, zögerte die Bachmann.

»Und mittelbar?«

»Na ja. Sei Frau ist ihm abgehauen. Hat die Kinner mitgenommen. Den Kevin und die Jessica. War echt schlecht drauf. War schon mittags immer voll. Und dann hat er jemand kennengelernt.«

»Die Blondine?«

»Du kennst Sie?«, fragte die Bachmann irritiert.

»Einmal gesehen. Ganz hübsch.«

»Business-Schlampe.«

Die Schönheit der anderen Frauen war mit ihrer eigenen Unzulänglichkeit nur schwer in Einklang zu bringen.

»Wenn du meinst.«

»Die Einstellung der Ermittlungen im Brauerfall war zeitgleich mit dem Auftritt seiner neuen Flamme.«

»Und du glaubst, das ist kein Zufall?«

»Ich glaub nicht an Zufälle, Mingi Baby. Glaubst du, dass wir uns nur zufällig wieder getroffen haben? Des isch Fügung,« hauchte sie schmerzhaft hinterher.

Oder simples, unverziertes Pech, dachte Minkin. Heute alleine nach Hause zu kommen würde kein Selbstläufer werden. Wären das schöne Aussichten? Mitnichten wären das schöne Aussichten.

Minkin ging derweil mal einen zweiten Sprizz mit Campari holen. Irgendwie musste es ja weitergehen. Es ging weiter. Die Bachmann wurde betrunkener. Trotz ihrer Körpergröße hauten die Dinger bei ihr ordentlich rein.

Was sie noch über die Blonde wusste, wäre durchaus von Erkenntniswert gewesen. Minkin hatte am nächsten Morgen nur keine Erinnerung mehr daran.

Kraichgau

Zwei Tage später rief er Schödlbauer an.

»Was dagegen, wenn ich dich im Vertrieb begleite?«

»Wenn du mir nicht ins Handwerk pfuscht, kein Problem.«

Handwerk, dachte Minkin, was hat das mit Handwerk zu tun. Das Handwerk bestand darin, den Leuten sinnlosen Mist aufschwatzen, ohne den es garantiert besser ging. Das war fast schon wie die Gelben Engel vom ADAC. Drehten den Vereinsmitgliedern Autobatterien an, obwohl die alten Batterien eigentlich okay waren. Minkin selbst war vor ein paar Jahren darauf reingefallen. Starthilfe hatte er bekommen mit seinem alten Benz vom Gelben Engel. Der hat dann mit seinen Apparaturen die Spannung der Batterie gemessen. Schüttelt den Kopf. Das könne jederzeit wieder passieren. Zufällig hätte er eine neue Batterie dabei. Man könne auch mit EC-Karte zahlen. Die Entsorgung der Altbatterie inklusive. Man ist bei einer Panne in einer psychologischen Ausnahmesituation. Ist dem Mann vom ADAC verbunden. Einen Vertrauensvorschuss hat er ohnehin, da er die Karre wieder ans Laufen gebracht hat. Dann ist man fast dankbar, dass man ihm eine neue Batterie abkaufen darf. Man hat mal so was von keine Zweifel an der Redlichkeit. Heute weiß man mehr. Dass der Gelbe Engel schön mitverdient hat an dem Malheur. Da tut die Abzocke im Nachhinein doch weh.

Tags drauf saß er neben Schödlbauer im Auto. Schödlbauer hatte seine Auftraggeber über die Tagestour informiert. Auch darüber, dass Minkin heute mitfuhr. Teil des strengen Reportings. Fuentes gab die Kundekontakte pro Tag vor. Die Kontaktdauer. Den Gesprächsleitfaden. Das System Fuentes war perfektioniert. Außendienst 2.0.

Allein die kleinen Brauer auf dem Land tickten anders. Analog. Dort saßen keine Marketingexperten, Vertriebsleiter. Dort saßen echte Menschen die einen Bezug hatten zu dem, was sie herstellten. Die ihr Gebrautes ungern abgaben. Bei Fuentes hatte man die Rechnung ohne den Wirt gemacht, um hier mal eine Floskel treffend einzustreuen. Schödlbauer holte ihn am Bahnhof Eppingen ab.

»Was genau drehst du den Leuten an?«

»Wir haben doch schon darüber gesprochen.«

»Ich kann es mir nicht so recht vorstellen, wie genau funktioniert das?«

»Minkin, bin ich Chemiker? Ich verticke das Zeug, wie es funktioniert weiß ich nicht.«

»Hast du das Zeug dabei?«

»Unsinn. Ich mach die Akquise. Die Lieferung machen die Spanier direkt. Wollen uns da raushalten.«

»Hast du das Zeug schon mal gesehen?«

»Nein.«

Schödlbauer dreht den Leuten etwas an, von dem er weder wusste wie es aussah noch wie es funktioniert. Ungewöhnlich war das freilich nicht. Die Derivatenhändler machten nichts anderes. Minkin musste etwas darüber erfahren, ob und wie so etwas funktionieren konnte. Ein Wirkmultiplikator. Etwas, das ein Lebensmittel so außergewöhnlich machte, dass man es immer wieder haben musste. Ein Suchtstoff. Vor Jahren hatten sie das von der Zigarettenindustrie behauptet. Bewiesen wurde es wohl nie. Minkin würde jemanden fragen müssen, der Ahnung hatte von der Materie. Der schlanke Holländer war sein Mann. Wim war mit Minkin zur Schule gegangen. Im Kraichgau. Er arbeitete in einem Institut im Stuttgarter Westen. Wenn er nicht arbeitete, trank er in Rosis Pinte am Hölderlinplatz.

Auf dem Plan standen einige Brauereien im Kraichgau. Eppingen, Zuzenhausen, Bad Rappenau, noch ein paar in der Ecke. Alte Bekannte. Gab kaum mehr was zu holen in der Region. Die meisten Braustätten waren dicht. Wie fast überall hatten die Menschen hier in den siebziger, achtziger Jahren des vergangenen Jahrhunderts ihre Lust am Verzehr industriell gefertigter Nahrungsmittel entdeckt. Gaben ihre Landwirtschaft auf, ihre Gemüsegärten, ihre Felder. Kauften die Wurst und das Gemüse im Supermarkt, beim Discounter. Mehr Frische, mehr Geschmack. Die Kunden glaubten dem Versprechen. Wo kein Supermarkt war, kam der Bofrostmann. Niemand hatte den Menschen erzählt, was sie beim Discounter auf der grünen Wiese nicht bekamen. Was verloren ging. Von Entfremdung, Entwurzelung, Kälte schrieben die nix auf der Verpackung. Klang nach Marx für Arme. Musste jetzt eben mal raus aus dem Minkin. Die ganze Entwicklung führte schleichend zur Auflösung der dörflichen Gemeinschaften, der sozialen Strukturen. Die Läden auf dem Land wurden geschlossen. Kein Plausch mehr mit der Kassiererin. Hie und da versuchten sie die Entwicklung zurückzudrehen. Klappte in den seltensten Fällen. Als Minkin mit Schödlbauer durch die hügelige Kraichgaulandschaft fuhr, schoss ihm einiges an Erinnerung durch den Kopf. An den Ort seiner Kindheit. Keine sonderlich schöne Kindheit. Kein sonderlich schöner Ort. Auch nicht eben schlimm. Gab dort zwei Metzgereien, einen Bäcker, zwei Lebensmittelläden, drei Gaststätten, zwei Haushaltswarengeschäfte, zwei Getränkeläden, Bauern, die Milch verkauften und ein Lagerhaus, bei dem Minkin jeden Winter zwei Zentner Kohlebriketts kaufte und mit dem Leiterwagen nach Hause fuhr.

Soviel Angebot für gerade mal 1000 Seelen. Heute gibt es davon nichts mehr. Der Markt hatte das geregelt. Kein Bauer verkaufte dort mehr Milch. Minkin hatte von seiner Mutter gehört, dass so etwas wie ein Dorfladen geplant war. Das war gut gemeint, würde die Discounter auf der grünen Wiese in den umliegenden Dörfern kaum beeindrucken. Wer war schuld an diesen Entwicklungen? Die Handelskonzerne natürlich, die Bürgermeister, die Gemeinderäte mit ihrer kurzsichtigen Ansiedlungspolitik. Vor allem waren es die Bewohner selbst und ihre Anfälligkeit für den Tand, den Plunder, das Glitzern, die Bequemlichkeit.

Minkin hatte sich darüber nie Gedanken gemacht. Als junger Mensch sind die Städte faszinierend, nicht das Land. Die Zerstreuung, nicht die Ruhe. Die Ablenkung, nicht die Kontemplation. Jetzt, da Minkin bald sein vierzigstes Lebensjahr vollenden sollte, erinnerte er sich an die Phänomene seiner Kindheit. Man musste sich als Kind entscheiden, ob man seine Süßigkeiten in dem kleinen SPAR-Laden oder im V.I.V.O. kaufte. Minkin hatte nie kapiert, für was diese Abkürzung stand. Er hatte auch nie wieder von einem solchen V.I.V.O. gehört. Jedenfalls standen diese Lettern über dem Laden. Da sich die beiden Betreiberfamilien der Läden nicht grün waren, musste man sich als kindlicher Kunde auf eine Seite schlagen. So empfand es zumindest Minkin damals. Beide Läden waren schon lange geschlossen. Genau wie alles andere. Das war der Preis dafür, dass dieses Land von den Ratingagenturen mit einem AAA+++ eingestuft wurde. Einem Triple A. Unser Land war schlank geworden. Effizient. Unweigerlich hatte man seit Jahren den Eindruck, das ganze Land sollte für einen Börsengang hübsch gemacht werden. Der Staat hatte sich aus dem flachen Land zurückgezogen. Die Postfilialen waren dicht, die Bahnhöfe geschlossen. Minkin war regelmäßig mit der Bahn unterwegs. Nach Oberschwaben, Hohenlohe, mit der Gäubahn Richtung Schwarzwald. Eine

Schande war es, die alten Bahnhofshallen zu sehen. Wie sie nach und nach verfielen. Vernagelte Türen, gesplitterte Scheiben. Ein Fahrkartenautomat. Warum musste ein subventioniertes Staatsunternehmen um jeden Preis profitabel sein? Warum konnte man nicht in jeden Landbahnhof einen echten Menschen setzen? Der mit den Alten sprach, wenn sie ihre Fahrkarte kauften. Der ein Auge auf die Kinder hatte, wenn sie zur Schule fuhren. Was war so schlimm daran, wenn sich diese Sache nicht rechnete. Wurde nicht tagtäglich genug Kohle für Prestigedreck rausgeblasen? Musste das Großkapital jedes Jahr mit Milliarden subventioniert werden? Waren Banken systemrelevanter als Postfilialen und Bahnhöfe? Wie mochte das wohl in Ländern wie Griechenland sein? Minkin war noch nie in Griechenland. Zu heiß. Und dann den ganzen Tag Ouzo saufen, das war nichts für Minkin. Die hatten wahrscheinlich noch in jedem Dorf eine Post, einen Schalterbeamten. Sie waren pleite, aber hatten jemanden, mit dem sie drüber reden könnten. Wir waren liquide, aber konnten diesen Wohlstand mit keinem mehr teilen. Die Flucht ins Private. Das war die Idee, die hinter den ganzen Privatisierungen steckte. Wir waren unter uns. Jeder für sich. Außer bei der Fußballweltmeisterschaft. Ein Volk, ein Reich, elf Spieler. Brot und Spiele, damit gelang es denen da oben immer noch uns ruhig zu stellen. Die Fanmeile war das beste und einzige Parteiprogramm. Das Zeppelinfeld der Gegenwart.

Nach und nach hatten sie das Menschliche abgeschafft und durch Automaten ersetzt. Die waren zweifelsohne billiger. Aber was bedeutet das für eine Gruppe? Was sollten Fahrkartenautomaten zum Zusammenhalt einer Gesellschaft beitragen? Metallkästen ohne Herz? Die noch dazu regelmäßig defekt waren. Das alte System war möglicherweise teurer, aber verlässlich. Minkin wurde aus diesen sentimentalen Gedanken herausgerissen, als Schödlbauer den A3 stoppte. Sie hielten vor der kleinen Kronenbrauerei in einem Eppinger Ortsteil. Schödlbauer hatte einen Termin beim Inhaber. Zumindest glaubte er, mit ihm tags zuvor gesprochen zu haben. Minkin stieg mit Schödlbauer aus. Sie standen vor einem alten, verwitterten Gebäude. Gebaut aus einem weichen Sandstein. Hatten die früher mal im Überfluss hier. Der Sockel schon ordentlich ausgewaschen. Das Gebäude mochte 200 Jahre auf dem Buckel haben. Würde wohl noch ein paar Jahrhunderte halten. Hatten das früher ernster genommen mit dem nachhaltigen Bauen. Neben dem Gebäude ein riesiger Torbogen, der zum Hof führte. Das Gasthaus war verschlossen. Das Hoftor stand offen.

»Hallo, jemand zu Hause?«

Von irgendwoher rumpelte es. Es kam aus den Untiefen einer Scheune, die sich an das Wohn-und Gasthaus anschloss.

»Hallo?«, rief Schödlbauer lauter.

»Bin ich taub?«, raunte es aus der Scheune. War nicht als Frage gemeint. Das war die Begrüßung. Die Scheune war ein monströses Abenteuer. Tief, undurchdringlich. Als Kind hätte man hier seine Nachmittage verbringen können. Ohne eine Sekunde Langeweile. So voller Winkel, Ecken und schwarzen Löchern. Kein Computerspiel der Welt würde dieses Level erreichen, diese Dimension. In einer Ecke stand ein Traktor, Kramer T 16. Ein grauer Class Mähdrescher mit schmalem Mähwerk. Vermutlich aus den Fünfzigern. Ein Heuwender, ein Kartoffelernter. Sachen, die Minkin lange nicht mehr gesehen hatte. Sachen, die das alte Kraichgau repräsentierten. Die Gegend wurde erst in den Siebziger Jahren des vergangenen Jahrhunderts entdeckt. Lange nach der ersten Mondlandung. Von Missionaren. Oder Außerirdischen. Weiß man nicht so genau. Für die Theorie mit den Außerirdischen spricht der Weltraumschrott und die ausrangierten Flugzeuge an der Autobahn A6. Die Sachen waren auf einmal da. Über Nacht. Die Ureinwohner wussten nichts damit anzufangen und nannten es deshalb Museum. Auto- und-Technikmuseum. Alles womit die Ureinwohner nichts anfangen konnten, steckten sie in ein Museum. Oder man sagt ihnen, das sei der Fortschritt. Drum herum haben die Missionare McDonalds-Filialen errichtet und Autohöfe und solche Sachen. Vor ein paar Jahren waren die Außerirdischen nochmal da. Haben diesmal ein Fußballstadion liegenlassen. Dort wo früher Gerste und Weizen wuchs. Nun, das war das neue Kraichgau. Der Brauer hatte sich nicht eingefunden in diese Zeit. Würde wohl auch nichts mehr werden. Ging streng auf die achtzig zu. Sah auch kein bisschen jünger aus, als er seiner Höhle entstieg. Es gab sie noch, die alte Ausgabe. Abgewetzte blaue Latzhose, schwarze Gummistiefel, grüner Cordhut auf dem Kopf.

»Was gibt's?«

Schöne Eröffnung. Nicht zu höflich, nicht zu lang. Schödlbauer war an der Reihe mit der Kaltakquise.

»Schödlbauer, mein Name. Hab Sie gestern angerufen. Sie erinnern sich. Wollte mit Ihnen über eine Sache sprechen. Sie wissen, den neuen Wirkstoff.«

Stirnrunzeln beim Alten.

»Und?«

»Ja, äh wir, haben diesen Getränkezusatzstoff entwickelt. Ist eine Weltneuheit. Eine Sensation. Sind Marktführer. Und sie können partizipieren, also teilhaben. Ich hab mir mal im Vorfeld Ihre Zahlen etwas angeschaut. Ihre BWA. Machen keinen Benefit mehr. Im Grunde sind Sie ein Sanierungsfall, wenn ich das mal so offen sagen darf.«

»Ein Sanierungsfall?« Der alte Mann kratzte sich am Kopf.

Schödlbauer fing mit diesem irren Unternehmensberaterdeutsch an.

Wird hier draußen wenig nützen in der echten Welt, dachte Minkin.

»Ja, sehen Sie es mir nach. Sie sind ganz schlecht aufgestellt. Ihr Rohertrag, negativ.«

»Schlecht aufgestellt?«

Der Brauer kannte diese Universalvokabel nicht.

»Ja, seit Jahren stagnieren sie bei rund 1.000 hl Jahresausstoß. Unsere Berechnungen und das sind konservative Prognosen, haben ergeben, dass Sie ihren Umsatz mit Hilfe unseres Wirkstoffes locker tripeln könnten. Verdreifachen, verstehen Sie? Nicht doublen, tripeln.«

»Verdreifachen«, übersetzte Minkin, dem die Sache unangenehm wurde.

Der alte Mann war noch nicht hochgradig begeistert.

»Warum?«

Schödlbauer hatte Mühe mit der Frage des Alten.

»Warum was?«

»Warum sollte ich das wollen?«

»Was wollen?«

»Den Ausstoß verdreifachen?«

Kam überraschend für Schödlbauer. Stagnation war nicht vorgesehen in einer auf Wachstum programmierten Wirtschaft. Wachstum war in der übersättigten Welt im Grunde nichts anderes als Verdrängung. Aber ganz Profi, der Schödlbauer. Immer weiter auf der Leiter.

»Marktanteile, es geht um Markanteile, dem Wettbewerb Anteile abnehmen, verstehen Sie? Der Wettbewerb schläft nicht.«

»Schläft nicht? Das tut mir leid.«

Das hier war nicht Lakonien, nicht die Peloponnes, nicht Sparta. Allein die trockene, schmucklose Antwort hätte den Bewohnern Lakoniens alle Ehre gemacht. Im alten Griechenland drohte König Xerxes vor der Schlacht an den Thermolysenden den Spartanern ordentlich Prügel an.

»Legt eure Waffen nieder! Wir sind euch so sehr überlegen, dass wir euch in kürzester Zeit überrennen.«

Die Antwort der Lakonier war einfach.

»Kommt und holt sie euch.«

Der Kraichgau war das Lakonien Germaniens. Vielleicht nicht ganz so poetisch.

Mit der Antwort des alten Brauers hatte Schödlbauer jedenfalls ähnlich Mühe wie König Xerxes.

»Gut, ja, aber sie wollen doch wachsen. Mit uns. Cashflow erhöhen, Eigenkapitalquote. Wir garantieren, hören Sie, wir garantieren ein zweistelliges Wachstum in den ersten drei Jahren.«

»Warum sollte ich wachsen?«

»Alle wollen wachsen.«

Schödlbauer hörte sich an wie eine Mischung aus Rainer Brüderle und Stromberg. Falls jemand noch weiß, wer Rainer Brüderle war. Der dirndlfixierte FDP-Rentner aus der Pfalz.

»Hören Sie, bin jetzt achtundsiebzig, ein paar Jahre mache ich das noch. Kinder hab ich keine, und dass ich für diese Art von Betrieb einen Nachfolger finde, ist ausgeschlossen. Ein paar Jahre werde ich noch brauen, wie ich es seit fast fünfzig Jahren mache, wie es mein Vater gemacht hat und davor dessen Vater. Beschwert hat sich noch keiner.«

Minkin verspürte Durst, großen Durst auf das, was der Mann hier anrührte. Mag die Region hier seltsam geworden sein, der Brauer ein alter Zausel. Minkin hatte Bierdurst. Es war kurz vor 11.00 Uhr.

»Gaststätte schon offen?«, schaltete Minkin sich ein.

»Kann man aufsperren.«

»Wären zwei Bier drin?«

»In einer Brauereigaststube? Wohl machbar.«

Schödlbauer schien nicht begeistert. Er war der Fahrer. Das war die erste Station. Der Wirt schloss umständlich die Stube auf. Sah sehr alt aus. Dunkles Holz auf dem Boden und an den Wänden. Schwere Tische. Ein gusseiserner Ofen.

Sah nicht aus wie bei Ikea.
»Schönes, altes Gasthaus.«
»Den Jungen ist es zu alt.«
»Kann ich mir denken.«
War nun mal keine Lounge mit Sitzmöbeln aus schwarzem Lederimitat, keine indirekte Halogenbeleuchtung, kein mediterranes Flair. Keine Erlebnisgastronomie. Es hatte sich noch kein Einrichtungsberater vom Hotel -und Gaststättenverband dran zu schaffen gemacht. Zum Glück für uns, dachte Minkin.
»Sperr nur noch bei Bedarf auf.«
Das schien nicht allzu oft zu sein.
»Gibt's ein Alkoholfreies?«, fragte Schödlbauer.
»Klar, gibt's das. Aber nicht hier.«
»Dann ein kleines«, schob Schödlbauer nach.
»Für mich eine Halbe.«
Dauerte nur eine Minute, dann standen zwei betaute Gläser auf dem Tisch. Schönes Trübes, nicht alles rausgefiltert, was für die Note verantwortlich ist. Kaum Schaum. Muss nicht sein. Außer bei Guinness. Der erste Schluck. Ein Laib Bauernbrot. Der Leib Christi. Ein Gerstenfeld im Hochsommer. Kurz nach der Ernte. Trockenes Stroh. Rissige Lößboden. Wildblumen. Solche Sachen halt. Diametral entgegengesetzt von dem, was die Fernsehbierklemptner zusammenrührten. Rüttelt die Lebensgeister ordentlich durch. Setzt sich fest.
»Gut«, gab Schödlbauer zu Protokoll.
»Besser«, steigerte Minkin.
Nein, Waldi, kein Paulaner.
»Jeder Zusatz würde es verschlechtern. Lass den Mann in Ruhe.«
»Ist was dran.«
Schödlbauer ist im Grunde nicht verkehrt. Wusste so ein Getränk zu schätzen. War da in was hineingeraten, was er offensichtlich nicht ganz überschaute. Bei dem er aus wirtschaftlichen Gründen gegen seine Überzeugung handeln

musste. Ein innerer Konflikt. Ein Dilemma. Judas. Aber diese Rolle hatte der große Erzähler für ihn vorgesehen. Gab es noch Hoffnung? Hoffnung gab es immer. Wusste schon der Hipster Aragorn aus dem Herr der Ringe vor der Schlacht um Helms Klamm, als er diesem jungen Burschen beibrachte mit dem Schwert umzugehen.

Minkin und Schödlbauer tranken aus und bezahlten 4,00 Euro für die zwei Biere. Beschämend wenig. Sie stiegen ins Auto und machten sich auf zur nächsten Niederlage.

Klinsmann auf Russisch

Der Tag war ernüchternd. Vertriebstechnisch. Insgesamt. Nicht für Minkin. Er hatte überall probiert. Für Schödlbauer war es nicht so der Bringer. Zwei Kunden hatten Interesse gezeigt. Kein echtes Interesse. Mehr so dieses abwimmelnde Interesse.

»Lassen Sie uns die Unterlagen da. Wir melden uns.«

Gab keine Unterlagen. Genauso wenig, wie es einen Anruf geben würde. Die übrigen Brauer waren geradewegs ablehnend. Schroff ablehnend. Teils mit absurden Begründungen. Die Leute wollen wieder das Natürliche. Kann man nix machen. Schuld seien die Grünen, der Kretschmann. Und so weiter. Selbst Dinkelacker hatte jetzt wieder ein Naturtrübes aufgelegt. Das Jubiläumsbier. Es lief in die andere Richtung. Tatsächlich gab es inzwischen überall Wahnsinnige, die in Hinterhöfen, Garagen ihre Sude ansetzten. Nannten es Craftbeer. Es lief. Aller beschissenen BWLer-Logik zum Trotz. In Stuttgart gab es seit wenigen Jahren die Cast-Brauerei. War nicht immer alles 100 Prozent nach Minkins Geschmack, was sie dort brauten. War aber immer ganz weit weg von dem Dreck aus der industriellen Massenbierhaltung.

Als Minkin und Schödlbauer am späten Nachmittag im A3 durch die hügelige Kraichgaulandschaft rollten, folgte ihnen eine Mülltonne auf Rädern. Bei genauem Hinsehen konnte man darin einen schwarz-gelben Smart erkennen. Weder Minkin noch Schödlbauer bemerkten die Verfolger. Jason Bourne wäre draufgekommen. Zumal so ein Fahrzeug farblich eher auffällig daherkommt. Dengler aus den Schorlau-Krimis hätte es bemerkt. Selbst den beiden Kommissaren aus dem Stuttgarter Tatort, deren Namen Minkin ums Verrecken nicht einfallen wollte, wäre das aufgefallen. Waren Profis. Minkin war keiner.

Minkin war im Grunde nicht mal Anfänger. Minkin war interessierter Laie. Er stieg am Bahnhof Gemmingen aus Schödlbauers Wagen, als der schwarz-gelbe Mülleimer auf den Bahnhofsvorplatz einbog. Es war spät geworden. Halb zehn Uhr abends. Stadtbahn nach Heilbronn, dann weiter mit dem letzten Zug Richtung Stuttgart. Der Bahnhofsplatz war leer gefegt. So leer wie aufgelassene Provinzbahnhöfe um diese Uhrzeit waren. Schödlbauer machte, dass er weg kam. Genug für heute. Minkin studierte den Fahrplan. Immerhin für gedruckte Fahrpläne gab die Bahn noch Geld aus. Werden die irgendwann abschaffen. Dann gibt es die Auskünfte nur noch elektronisch auf mobile Geräte. Schön für die Jugend, die ihr Geld in mobile Geräte investiert. Weniger für die Alten, die das Zeug nicht bedienen konnten. Machen die, da war sich Minkin sicher. Minkin hörte Schritte. Er drehte sich um. Der erste Faustschlag kam unvermittelt. Mitten auf die Zwölf. »Please to meet you. I hope you guess my name.« Keine Ahnung hatte er, wer da mit ihm reden wollte. Minkin ging sofort auf die Matte. Weder großer Kämpfer noch Stehvermögen.

»Halt dich aus Sachen, die wo nichts angehen. Sonst bist tot.«

Minkin nahm es undeutlich wahr, aber er nahm es wahr.

Der Akzent. Osteuropa? Ukraine? Thüringen? Klang wie Jürgen Klinsmann auf Russisch. Jedenfalls war klar, was er meinte.

»Noch eins verpassen, Vic?«, fragte der Schläger seinen Kollegen.

»Schnauze, du Arsch. Der soll meine Name nicht wissen.«

»Sorry, Vic.«

Dumm waren sie. Aber dumm kickt gut. Beim nächsten Tritt an die Schläfe verlor Minkin das Bewusstsein. Als Minkin erwachte, dachte er, er wäre tot gewesen.

»Keine Sorge, Sie waren nur ein paar Tage weg. Künstliches Koma,« sagte die junge Ärztin. »Koma?« Immerhin, klang besser als tot. Fühlte sich aber an wie die letzte Haltestelle vor dem Tod.

»Wie lange bin ich hier?«

»Vier Tage, seit man Sie vor dem Bahnhof gefunden hat«, entgegnete die Ärztin mit dem blonden Pagenkopf.

»Verstehe nur Bahnhof?« Minkin versuchte witzig zu sein. Versuchte er immer in Gegenwart von Damen. Ging häufig daneben. Der Sprachwitz mit dem Bahnhof war schon eher einer der gelungenen Scherze Minkins. Der Pagenkopf verzog zumindest das Gesicht.

»Ihren Humor haben Sie nicht verloren.«

Viel gab es nicht zu verlieren.

»Mal sehen was mit dem Rest los ist. Sie wurden ordentlich verhauen. Gehirnerschütterung, Prellungen, Platzwunde am Kopf. Alles in allem nichts Ernstes.«

»Nicht Ernstes?«

Minkin hatte eine andere Wahrnehmung.

»Ja, Glück gehabt.«

Aus dem Mund der jungen Frau im weißen Kittel klang die Diagnose fast freundlich. Die Vokabel »Verhauen« war mild. Ihm schien die Zustandsbeschreibung untertrieben.

Dann stand der Polizist in seinem Krankenzimmer. Er stellte sich als Cop Schneider vor. Wenn das kein Irrer war, wer dann.

»Minkin, schöne Scheiße, was Ihnen da passiert ist. Erzählen Sie mal!«

Informelle Begrüßung. Mit den Formalien hielt sich Cop Schneider nicht lange auf.

Minkin kramte nach den Erinnerungen an den Abend. Tour de Kraichgau. Vertreterbesuche. Bahnhof Gemmingen, dann zwei Kerle. Puff. Peng. Koma. Das in etwa die Kurzfassung für Cop Schneider.

»Sonst nichts?«

Nichts, was der Leser nicht schon wüsste. Cop Schneider wusste es noch nicht. Dabei hätte es bleiben können.

»Da war was«, dachte Minkin laut.

»Was, Minkin.«

»Vic, einer von den Kerlen hieß Vic.«

»Vic?«

»Zumindest hat ihn der andere so genannt. Es klang nach Osteuropa. Wie Jürgen Klinsmann mit Putins Akzent.«

Das klang für Cop Schneider überzeugend. So einen Scheiß denkt sich keiner aus.

»Eine Ahnung, warum die hinter Ihnen her waren?«

Minkin könnte jetzt einen auf Geheimnis machen. Keine Ahnung, was die von mir wollten. Wer weiß, die Bullen stecken mit drin. Verschwörungstheorie. Den dunklen Ermittler geben, der keinem traut. Nach alldem war Minkin nicht zu Mute. Er war niedergeschlagen, antriebslos, erschöpft. Und er war Anfänger.

Er erzählte drauf los. Nicht das Klügste. Aber er stand am Beginn seiner Karriere.

»Gibt da diesen Typen, nennt sich Goldberg. Für den soll ich eine Liste finden.«

»Was für eine Liste?«, fragte Cop Schneider.

»Eine Liste. Keine Ahnung, was drauf stehen soll. Hab

die noch nicht. Könnte was mit Brauen zu tun haben. Bier brauen. Irgendwas, das die da rein mischen wollen. Schödlbauer soll das Zeug an den Mann bringen. Aus dem Grund war ich mit ihm unterwegs. Kraichgau, alte Heimat. Paar Braustätten abgeklappert. Nix verkauft. Und dann lädt mich Schödlbauer am Bahnhof Gemmingen ab. Bevor ich mich richtig orientiere, gab es ordentlich auf die Fresse. Und jetzt bin ich hier.«

Ordentlich auf die Fresse. Was ein Ausdruck. Sollte nach Street Credibility klingen. Klang, wie wenn die Merkel über das Internet sprach.

»Dieser Viktor, wie sah der aus?«

Hatte ich was von Viktor gesagt? Minkin konnte sich nicht daran erinnern. Er sprach von Vic. Könnte alles heißen. Viktor. Vico. Ludovico. Wie kam Cop Schneider auf Viktor? Vielleicht habe ich schon zu viel erzählt, dachte Minkin. Reden ist Schweigen, Silber ist Gold.

»Keine Ahnung. Es war dunkel. Ich hatte etliche Halbe im Kopf. Eh ich mich richtig umschaue, gingen die Lampen aus.«

Cop Schneider kaufte es.

»Gut, das reicht fürs Erste. Erholen Sie sich. Und dann melden Sie sich bei uns auf dem Polizeipräsidium.«

»Danke, Herr Schneider.«

Minkin sah Cop Schneider beim Verlassen des Krankenhauses zu. Draußen telefonierte er.

»Ziehen Sie Viktor und den anderen Trottel ab. Sofort. Die sind zu dumm zum Scheißen.«

Minkin konnte das hinter den neuen Doppelglasfenstern des Kreiskrankenhauses nicht hören. Sonst wäre die Sache anders gelaufen.

Nach weiteren drei Tagen war Minkin soweit wieder auf dem Damm, dass er das Kreiskrankenhaus verlassen konnte. Die junge Ärztin hatte in den letzten Tagen keinen Dienst mehr gehabt. Was schade war. Minkin dachte, er hätte da was gespürt bei der Frau. Ein Interesse, das über das Medizinische hinausging. Musste man bei Gelegenheit mal Nachhaken. Oder sich die Enttäuschung ersparen.

Home and dry

Minkin überlegte kurz wohin. Er könnte zu seiner Mutter. Paar Tage ausspannen. Besuche bei seiner Mutter waren das Gegenteil von Ausspannen. Besser in seine Unterkunft. Mehr war das nicht. Minkins Wohnstätte sah aus wie eine ungepflegte Junggesellenbude. Lag daran, dass er kein sonderlich gepflegter Junggeselle war.

Seine Unterkunft bestand aus einem Wohnschlafschreibtischzimmer und einer Küche, in der sich ein Handwaschbecken mit fließend Warmwasser befand. Das Wasser nahm es weder mit dem Fließen noch mit der Wärme sonderlich ernst. Die Badewanne mit Brause befand sich überm Flur. Was in der kalten Jahreszeit kein Vorteil war. Der Kühlschrank war ein alter Linde. Solide aber laut. So was bauen die heute nicht mehr. Heute ist alles leise, aber verreckt nach ein paar Jahren. Machen die Hersteller der Verbrauchsgüter so. Ist kein Geheimnis. Ist Anweisung von oben. Von ganz oben. Müssen die. Wegen Konsum und Wirtschaftswachstum. Wenn das Zeug ewig halten würde, könnte »Geiz ist geil« einpacken. Das System wird dadurch am Laufen gehalten. Der Chinese produziert wie irre, der Elektronikfachmarkt verkauft wie irre, der Verbraucher schleppt das Zeug heim wie irre und der Müllmann transportiert ab wie irre. Ohne Sollbruchstellen wären Hundertausende Arbeitnehmer beschäftigungslos. Insofern macht das schon Sinn mit den Sollbruchstellen. Minkin war das

Wegschmeißen zuwider, solange das Gerät noch halbwegs funktionierte. Der Herd war im Grunde auch so ein Kandidat. Unkaputtbar. Abgesehen davon, dass nur eine Platte richtig heiß wurde. Bei Gelegenheit würde er sich drum kümmern müssen. Geheizt wurde die Küche gar nicht. Der Rest mit einem Gaseinzelofen. Die oberen Luftschichten waren in dem Zimmer winters immer bollig warm. An den Füßen war's ordentlich frisch. Weshalb sich Minkin nicht von den Lammfellhausschuhen trennen mochte. Hatte ihm seine Mutter zu Weihnachten geschenkt. Musste noch zu Studienzeiten gewesen sein. Hatten auch ihre guten Seiten. Innen Fell, außen Leder. Eine Haushaltshilfe würde der Wohnung gut tun. Noch kam ihm das dekadent vor. Aber das dachte er auch von einer Weißweinschorle. The Times they are a changin.

Die Wohnung lag Tiefparterre/EG. Je nach Sichtweise. Näherte man sich der Wohnung von der Straße, lag sie Tiefparterre. Näherte man sich dem Haus von der Rückseite, lag die Wohnung im EG. Kompliziert? Manche Wohnungen sind so.

Als er die Tür aufschloss, hatte er das Gefühl, dass es eine gute Entscheidung war hierher zu kommen. Wie weitermachen? Bisher lief alles so einigermaßen. Abgesehen davon, dass er nichts gefunden hatte von Relevanz. Dass man ihn verdroschen hatte. Dass die Sache mit der Blondine nicht ins Rollen kam.

Er griff zum Hörer und wählte Schödlbauers Nummer.

»Schödlbauer, hier Minkin.«

»Minkin, wo hast du den gesteckt?«

Minkin war irritiert.

»Man hat dir nichts gesagt?«

»Was gesagt?«

Schödlbauer war tatsächlich ahnungslos.

»War im Krankenhaus?«

»Erzähl keinen Scheiß.«

»Nach dem du mich abgesetzt hast, hab ich Bekanntschaft gemacht mit einem talentierten Amateurboxer. Nicht so angenehm.«

Minkin schmückte seine Leiden ein wenig aus. Männer die auf die Vierzig zugingen, waren im Ausschmücken ihrer Wehwehchen ganz gut. Als ob sie nie was anderes gemacht hätten. Obwohl sie das Gesundheitsthema bis dahin in der Regel komplett ignorieren.

Minkin war diese Entwicklung bei einigen Freunden aufgefallen. Wortkarge Zeitgenossen. Eigentlich. Da fingen die auf einmal aus heiterem Himmel das große Jammern an. Über ihre labile Gesundheit. Die Blasenschwäche. Dass sie nachts raus mussten. Lernen, das Wort Prostata fehlerfrei auszusprechen. Orakeln über familiäre Vorbelastung. Bei ihren Leidensgeschichten kommen sie ins Reden. Da ist eine Erkältung plötzlich keine Erkältung mehr; da konnte die Laufnase schon Vorbote des Todes sein. Ein unbestimmtes Ziehen in der Brust deutet den bevorstehenden Herzinfarkt an. Zugegeben, er, der Minkin hatte auch schon die Idee, einen Gesundheitscheck beim Hausarzt machen zu lassen. Zahlt die Krankenkasse ab dem fünfunddreißigsten Lebensjahr. Alle zwei Jahre. Sei hier nur mal so erwähnt. Das große Blutbild dazu muss man selber zahlen. Ist aber nicht die Welt. Für unter 30,00 Euro ist man dabei. Das Problem ist, irgendwas finden die Ärzte immer. Entweder ist der Blutdruck zu hoch. Oder er ist zu niedrig. Oder er ist ganz normal. Das ist dann auch wieder suspekt. Da muss man dann mal genauer nachschauen, was dahintersteckt. Eine Vierundzwanzig-Stunden-Messung machen. Blutdruck, EKG. Dann ab zum Kardiologen. Der ist sich nicht ganz sicher und überweist ins Nierenzentrum. Oder zum Virologen. In ganz seltenen Fällen kann normaler Blutdruck durch eine Viruserkrankung verursacht werden. Der Virologe findet natürlich nichts, rät aber allgemein zur Vorsicht. Gerade den normalen Blutdruck müsse man engmaschig kontrollieren.

Engmaschige Kontrollen. Das müsse man beobachten. Dranbleiben. Gerade in dem Alter. Die Männer zwischen Ende dreißig und fünfundfünfzig seien im Hinblick auf Gefäßerkrankungen besonders gefährdet, sagen die Ärzte. Statistisch gesehen. Risikopatienten! Risikopatient zieht immer. Minkin hatte tatsächlich schon mal drüber nachgedacht deshalb seine Ernährung umzustellen. Bewusste Lebensführung. Sport, frische Luft, weniger Fett, weniger Fleisch. Mehr Gemüse. Mehr Obst. Weniger Alkohol.

Die Bierchen weglassen? Kein Tülpchen, keine Molle mehr? Bei aller Angst vorm verfrühten Abgang; das war Unsinn. Das war nix für den Minkin. Dann kann man die ganze Sache gleich ganz sein lassen. War dann nur konsequent. Das schoss ihm mal eben so durch den Kopf, als er mit dem dicken Schödlbauer telefonierte.

»Scheiße nein, Minkin. Ich hatte keine Ahnung.«

Keine Ahnung! Davon hatte Minkin ebenfalls genug.

»Wer um Gottes Willen hat man dich vermöbelt, Minkin?«

»Ob es Gottes Wille war, weiß ich nicht. War eher jemand, der nicht will, dass ich dich begleite bei deinen Vertriebsaktivitäten.«

»Unsinn, hat doch nichts mit mir zu tun.«

»Zumindest hat man mir mit dem letzten Tritt mitgegeben, ich soll mich aus der Sache raushalten. Und mit der Sache war dein Thema gemeint.«

»Scheiße, das tut mir leid.«

»Mir auch. Auf so Zeug bin ich nicht vorbereitet.«

War es noch nie. Minkin war stets schon der physisch labile Akademiker. Körperlichen Anfeindungen begegnete er mit weglaufen.

»Solltest doch über einen Jobwechsel nachdenken.«

»Welchen Job sollte ich wechseln?«

Auch wieder war. Er hatte keinen.

»Sagt dir der Name Vic oder Victor was.«

»Warum?«

»Das war einer der Schläger.«
»Nein, sagt mir überhaupt nichts.«
Wenn das mal nicht gelogen war, Schödlbauer.

Vertrauen ist gut, Anwalt ist nicht besser

Wem konnte Minkin trauen? Dem Pfarrer? Ja. Jan Schmid? Immerhin hatte er das Verfahren damals eingestellt. Sprach formal gegen ihn. Der Bachmann? Die wollte ihn doch nur in die Kiste kriegen. Luder, schamloses. Caesar war tot. Mausetot. Dem Redakteur? Medienleute sind im Allgemeinen topseriös. Den Kickern? Einer inhomogenen Auswahl an Gelegenheitskickern mit einem ausgeprägten Hang zu Jäger–Bull und Hefeweizen. Anwälte, Banker, Bauingenieure. Die Mitte der Gesellschaft. Wenn das die Mitte war, dann lief die Mitte reichlich neben der Spur. Vielleicht war die Mitte insgesamt so geworden. Ausgefranst an den Rändern. Ein ausgetretener Flokati. Zynisch, kriegsscheu, dauermüde, konsumgewillt.

Minkin nahm sich vor demnächst wieder mitzumischen. War Monate her seit seinem letzten Spielchen. Bisschen Bewegung würde ihm gut tun. Gab noch den Pianisten und den mürrischen Saarländer. Immerhin verlässliche Seelen. Minkin würde jemanden einweihen müssen. Die Geschehnisse spiegeln, wie man das neuerdings nannte. Spiegeln, reflektieren.

Erst mal ablegen. Klinik war ganz schön anstrengend.

Minkin erwachte am späten Nachmittag. Es dämmerte. Er wusste, was er zu tun hatte. Meergans wusste, wie das alles miteinander verbunden war. Meergans hatte den Schlüssel, konnte die Geschichte auflösen. Würde er den Schlüssel freiwillig herausgeben? War nicht damit zu rechnen. Musste man nachhelfen. Ihn provozieren. Mit was? Mit der Blondine? Ihn eifersüchtig machen. Vermutlich würde es ihn kaum jucken. Mit seiner Frau, Ex-Frau? Schon eher. War doch wie immer in diesen Konstellationen. Meergans genoss es, eine jüngere Geliebte zu haben. Tatsächlich hing er nach wie vor an seiner Frau, seiner Familie. Würde für immer so bleiben. Blut war dicker als andere Körperflüssigkeiten. Wer gemeinsam ein Kind zur Welt gebracht hatte, es aufzog, der hing für immer zusammen. Änderten auch die straffen Brüste einer Fünfundzwanzigjährigen nichts daran. Zumindest war es das, was Minkin als Unbeteiligter dachte. Die Statistiken über Zweitehen besagten freilich etwas anderes.

Cop Schneider

Cop Schneider hatte nicht das Format eines Batic, eines Leitmayr. Cop Schneider war die schwäbische Variante eine regionalen Ermittlers gewesen. Suchte nach dem toten Taucher im Trollingerfass. Oder nach hingerichteten Hefezopfbäckern in Hedelfingen. Immer schön was Alliterarisches mit schwäbischem Idiom. Das war Cop Schneiders bräsige Welt. Bis er das erste Mal tötete. Danach war alles anders.

Als er Schödlbauer gegenübersaß, war er die Staatsmacht. Irres Muskelzucken um die Augen. Gesund sah er nicht aus. Sah aus wie ein fluoreszierender Bacchant. Egal, was er nahm, es bekam ihm nicht. Cop Schneider hatte Schödlbauer zum Verhör einbestellt. Er stellte die Fragen.

Er wollte Antworten.

»Sie haben Minkin am Bahnhof in Gemmingen abgesetzt?«

»Ja. Sicher, das wissen Sie ja bereits.«

»Und dann?«

»Nichts und dann. Bin ich nach Hause gefahren.«

»Wie spät war es?«

»Genau weiß ich es nicht mehr. Nach 21.00 Uhr würde ich sagen.«

»Sie haben niemanden gesehen?«

»Nein, hätte ich was mitbekommen, wäre ich sicher nicht einfach heimgefahren.«

Schien Cop Schneider zu überzeugen.

»Minkin erzählte etwas von einem Vic oder Victor. Sagt Ihnen der Name was.«

Schödlbauer dachte nach.

»Nein, nicht in diesem Zusammenhang.«

»Nicht in diesem Zusammenhang? In welchem dann?«

Cop Schneider, der Ex-Regioermittler war wach.

»Na ja, der Name Viktor ist jetzt nicht so ungewöhnlich. Viktor Worms zum Beispiel. Hat die ZDF Hitparade moderiert. Nach Dieter Thomas Heck.«

Das Gespräch drohte ernsthaft zu kippen.

»Erinnere mich. Hatte eine scheiß Haarfrisur auf dem Kopf.«

»Auch das, ja.«

»Gibt es die eigentlich noch?«

»Wen?«

»Ich stelle hier die Fragen?«

Das war wohl wahr. Verstehen musste man es nicht.

»Über was reden wir hier, Schödlbauer?«

»Die ZDF Hitparade?«

Schödlbauer war irritiert. Wer wäre das nicht.

»Genau. Also – dann beantworten Sie gefälligst meine Frage.«

»Nicht das ich wüsste. Obwohl man munkelt…«

»Was munkelt man?«

»Na ja, nach dem man Dalli Dalli exhumiert hat. Ich meine, die öffentlich-rechtlichen Sender müssen den erhöhten Rundfunkbeitrag rechtfertigen. Können nicht nur Gewinnspiele veranstalten, in denen sie Flugreisen verlosen. Oder Wintergrillen mit einem Promikoch. Brauchen mal wieder was Frisches. Content. Eine Innovation. In dem Zusammenhang soll wohl auch das Wort Hitparade gefallen sein.«

»Mehr haben Sie zu der Sache nicht?«

»Nein.«

»Vermutungen. Das reicht nicht, Schödlbauer.«

»Mehr habe ich nicht.«

»Ich behalte Sie im Auge. Wenn Sie was hören, Sie wissen, wo Sie mich finden?«

»Hier?«

»Genau, Sie Schlaumeier.«

Damit verließ Schödlbauer das Polizeigebäude. Unorthodoxe Befragung, das war es, was Schödlbauer dachte. Oder total sinnlos. Sicher, man sollte diesen Cop Scheider auf keinen Fall unterschätzen. Das Gegenteil wäre vermutlich genauso wenig angebracht.

Russische Eier

Minkin hatte Bettina Meergans gelegentlich bei behördlichen Anlässen getroffen. Einmal privat. Minkin hatte Meergans nach einem nachmittäglichen Behördenumtrunk nach Hause gefahren. Möglicherweise war es auch ein Betriebsausflug. Minkin war jedenfalls der Einäugige unter den Blinden. Familie Meergans wohnte in einem hübschen Haus mit Garten. In einem Fildervorort. Was das Ganze relativierte. Frau Meergans servierte »Russische Eier«. Minkin kannte das entfernt aus seiner Kindheit. Dort gab es das an Silvester. Frau Meergans war jetzt nicht der ganz große Knaller, aber eine gute und einfühlsame Köchin. Soviel stand fest. Ein Rätsel, was sie an dem versoffenen Fettsack Meergans fand. Sicher war sie sexuell frustriert. Und Meergans hatte daran seinen Anteil.

Es war ein dämlicher, verhuschter Morgen, an dem Minkin mit einer Schachtel »Mon Cherie« vor dem Haus in der Tulpenstraße mit der Nummer 9 stand. Verhuscht und dämlich war weniger der Morgen als die Umstände, das Auftreten Minkins. Es fühlte sich an wie die Gegend. Filderig. Ostfilderig an. Wie sollte das jetzt laufen?

»Hallo, ich bin der Minkin. Schachtel Pralinen, dann lass uns mal hochgehen.«

Das war ziemlich bescheuert. Wusste Minkin natürlich. Bessere Ideen waren rar gesät. Pralinen waren ein Klassiker. Zumindest im Kraichgau brachten die Tanten das immer mit. Mon Cherie oder Schnapsbohnen. Überbleibsel aus der alkoholaffinen Wirtschaftswunderzeit. Für Kinder? Völliger Blödsinn war das. Inzwischen waren wohl andere Sachen angesagt, die man mitbrachte, wenn man Damen im mittleren Alter besuchte. Weleda Pflegeprodukte. Das Granatapfel Sortiment. Die Ringelblumen Linie. Naturkosmetik. Da konnte und wollte Minkin nicht mitspielen.

Nach zwei Mal Klingeln öffnete Bettina Meergans im Morgenmantel die Haustür. Es war kurz vor zwölf. Kein Problem, dachte Minkin. Bin der Letzte, der daran was auszusetzen hätte.

War nur so, dass Minkin nicht mit einer derangierten Frau Meergans gerechnet hatte. Wunder geschehen. Ich hab's gesehen.

»Ja, äh, guten Tag. Minkin mein Name, ein ehemaliger Mitarbeiter, Kollege Ihres Mannes.«

Bettina Meergans war sichtlich überrascht.

»Sicher, der Herr Minkin. Erinnere mich. Haben Sie nicht meinen besoffenen Mann mal hier abgeliefert?«

»Abgeliefert ja, besoffen, weiß nicht...«

»Warum sonst hätten sie ihn bringen sollen?«

»Auch wahr.«

Minkin wollte weg von der Suff-Schiene, war ihm unangenehm.

»Nicht vergessen hab ich ihre Russischen Eier, Frau Meergans. Hab ich nie wieder so gut gegessen.«

»Nicht wahr?«

War rhetorisch. Sie wusste, was sie drauf hatte, diese Kitchenbitch.

»Hab danach nie wieder welche gegessen.«

»Das relativiert die Sache.«

»War nicht so gemeint.«

Minkin hatte das Talent, es sich bei Frauen zu versauen. Konnte er ansatzlos. Wollte witzig sein, das Gegenteil war der Fall.

»Schon okay. Darf ich Ihnen welche anbieten?«

»Haben Sie die Eier vorrätig?«

»Sicher, der Ullrich liebt Russische Eier.

Das war groß. Den Typen rausgeschmissen, aber trotzdem jeden Tag Russische Eier im Kühlschrank. Nur für den Fall, dass er wieder nach Hause kommt.

Minkin begleitete Bettina Meergans ins Wohnzimmer. Möbel Rieger hatte ganze Arbeit verrichtet. Eine Polstergarnitur in der Größe eines Mittelgebirges. Offener Wohn-Essbereich. Machen die heute so. Und die Esstische. Monster. Esstische für Fußballmannschaften. Dabei werden die Familien immer kleiner. Minkin hatte in der unabhängigen Zeitung für Baden-Württemberg gelesen, dass mehr als die Hälfte aller Familien in Stuttgart Ein-Kind-Familien waren. Hätte er nicht gedacht, so massiv wie die Kleinen in der Außengastronomie auftraten. Die Familien wurden kleiner, die Esstische in den Wohnungen wurden größer. Die Esstische waren schon ein ganze Weile das Statussymbol in der autofreien, urbanen Oberschicht. Der Riesentisch war der Cayenne des Hipsters. Inzwischen auch auf den Fildern. In der

Mittelschicht. Einmal mehr Entzauberung. Minkin nahm einen der acht freien Stühle. Nach wenigen Minuten kam Bettina Meergans mit einem Tablett. Darauf Russischer Eier und Salzbrezeln. Das perfekte Menü zum Herrengedeck.

»Bier?«

»Zu früh.«

War Unsinn, aber sollte sie ihn für einen Säufer halten? So wie sie daherkam, war ihr das ziemlich egal. Scheiß drauf.

»Ich nehme eins.«

Bettina Meergans servierte Herrenpils. Auf dem Korkuntersetzer. Obacht, der Tisch. Aus feinstem Tropenholz.

»Was führt Sie her?«

»Nun, das ist schwierig.«

Minkin entschied sich für die Wahrheit. Die volle Wahrheit. Da war er ganz Wulff. Dann erzählte er die komplette Story nebst Provokationsplan.

»Ich soll also ihr Köder sein, um meinem Mann Informationen über einen spanischen Bierpanscher zu entlocken, der Agent Provocateur?«

»Ja, so in der Art.«

»Warum sollte ich mitmachen?«

»Na ja, wenn es gut läuft, kriegen Sie ihren Mann wieder.«

»Und wenn es schlecht läuft?«

»Dann nicht.«

»Vielleicht ist mir das lieber, wenn dieser Scheißkerl aus meinem Leben ein für alle Mal verschwindet.«

Natürlich wussten alle, wirklich alle, die hier zuhörten, dass das blanker Unsinn war. Eine rein rhetorische Schutzbemerkung. Das hatte Minkin schon das eine oder andere Mal mitbekommen. Diese totale Ablehnung, dieses »der Kerl kommt mir nicht mehr ins Haus.« Wie oft hatten sich Mitstudentinnen, Arbeitskolleginnen, weibliche Tresenkräfte, ja sogar die Fleischereifachverkäuferin im örtlichen Supermarkt bei ihm ausgeheult. Er gehörte offensichtlich zu der Art Mann, dem eine Frau ihre privatesten Beziehungsprobleme jederzeit bedenkenlos anvertrauen konnte, ohne dass die Frau Gefahr lief, dass er die Situation schamlos ausnutzen würde. Der einzige Versuch, den Minkin unternahm, um Kapital aus einer solchen Situation zu schlagen, endete im Fiasko. Die betroffene Haarfachkraft brach in schallendes Gelächter aus und schnitt ihm ins Ohr. Das blutet wie Sau.

Na ja, jedenfalls besaßen die Aussagen der verlassenen Geliebten in dem Kontext meist nur eine äußerst geringe Halbwertszeit. Eine verlassene Ehefrau die jeden Tag Russische Eier vorbereitet, die hatte noch genügend Zuneigung für mindestens zehn weitere Ehejahre übrig.

»Vielleicht ist es Ihnen lieber, wenn er von der Bildfläche verschwindet, aber wenn nicht, sollten wir es probieren.«

Bettina Meergans dachte nach. Nicht lange. Ungefähr eine Sekunde. Oder weniger.

»Gut, wie machen wir es?«

»Na ja, wir treffen ihn. Zufällig. Und dann lassen wir die Sache laufen.«

»Müssen wir uns küssen?«

»Ich denke, das wird nicht erforderlich sein.«

»Das wäre auch nicht in meinem Sinne.«

Minkin wollte über diese Bemerkung nicht weiter nachdenken.

Meergans vs. Meergans

Wie arrangiert man eine zufällige Begegnung? Gute Planung war alles.

Die Laufwege des Gegners einstudieren. Der Juristenstammtisch könnte eine Gelegenheit sein. Jeden Freitag in der Weinstube »Semsagrebsler« im Osten der Stadt. Vor

Jahren war Minkin mal da gewesen. Amtliches Teil, ordentlich Patina, Butzenscheiben, damit man die Weinsäufer von außen nicht erkennen kann. Was beim Juristenstammtisch nervte, waren die Juristen. Egal, nun musste Minkin es so organisieren, dass er und Bettina zufällig in der Nähe waren. Das war insgesamt eine maue Idee, auch ermittlungsmäßig nicht gerade skandinavisch. Sollte aber für unsere Zwecke reichen, dachte Minkin.

Minkin und Bettina Meergans verabredeten sich für den nächsten Freitag im Semsagrebsler.

Machten auf Paar. Es funktionierte leidlich. Bettina Meergans sah immer noch nicht umwerfend aus, eine Schönheit würde sie nicht mehr werden. Aber sie machte das Beste aus ihren Möglichkeiten. Kein Vergleich zu ihrem zerstörten Auftritt vor ein paar Tagen. Trug ein rundherum knapp bemessenes Sommerkleid mit dirndlhaftem Ausschnitt. Man kam nicht umhin, da hinein zu schauen. Wenn es schon bei Minkin funktionierte, was mochte erst der alte Meergans sagen.

»Für mich einen Salat mit Putenstreifen und einen leichten, italienischen Weißwein.«

Bettina Meergans war auch eine aus der Toskana-Fraktion. Keine gute Wahl im Semsagrebsler. Minkin hatte irgendwie mehr erwartet, hatte sich einlullen lassen von ihren Russischen Eiern. Man konnte einfach keinem mehr trauen. Schon gar keiner verlassenen Ehefrau.

»Salad mit Putenstroife, gibt's net.«

Die Bedienung sprach astreines Neckarschwäbisch. Unfreundlich dazu. Hatte man was anderes erwartet?

»D'r Italiener kommt bei uns aus Cannstatt.«

Der Semsagrebsler hatte der Versuchung widerstanden seine Karte zu mediterranisieren. Für Bettina Meergans lief es auf einen Wurstsalat und ein Cannstatter Zuckerle hinaus. Strafe muss sein! Minkin nahm die sauren Kutteln mit Bratkartoffeln, dazu ein Herrenpils. Mit den Kutteln flutschte das Herrenpils.

Dauerte nicht lange, dann füllte sich der Stammtisch. War schon kein Tisch mehr, sondern ein ganzes Stammzimmer, das die Judikative ausfüllte. Wenn es ums Saufen ging, dann ließ sich der Berufsstand nichts nachsagen. Die sauren Kutteln kamen, mit ihnen Meergans. Er stand in der Tür. Schwitzend, rotgesichtig. Durchgescheuerter Anzug. Die Erscheinung nachlässig bis zum Anschlag.

Bettina Meergans verschluckte sich an einer Zwiebel, begann furchtbar zu husten. Minkin dachte kurz über einen Notarzt nach.

War unnötig. Showhusten. Meergans drehte sich zu ihr. Die Blicke der beiden trafen sich.

Klar war, dass das hier nicht komplett harmonisch verlaufen würde. Die beiden hatten sich über ein Jahr nicht gesehen und nur noch über die Kinder kommuniziert. Ein Scheidungsverfahren hatte bisher keiner in die Wege geleitet. Was immer das bedeutete. Versöhnung? Andererseits, das hat der ostdeutsche Pfarrer auch nicht. Trotzdem nahm er sich die Freiheit, seit Jahren mit einer anderen Frau zusammenzuleben. Einer Journalistin aus Bayern. Er meinte vor allen Dingen wohl diese Art von Freiheit, wenn er immer von Freiheit faselte. War ein gutes Beispiel dafür, dass es nicht zwingend wieder klappen musste mit der Versöhnung, nur weil man sich nicht scheiden ließ. Aber was sollte man erwarten von Joachim Gauck. Moralisch. Der Mann war Pfarrer. Und Berufspolitiker. Kann man das toppen?

»Bettina!«

Meergans war baff. Überraschung gelungen.

»Du? Was machst du hier?«

»Was essen.«

Meergans ließ es sacken. Dauerte eine Minute.

»Und was will der hier?«

Meergans deutete auf Minkin.

»Auch was essen.«

Bettina hatte sich schnell wieder gefasst.

»Und was mein Liebesleben anbelangt, bin ich dir wohl kaum Rechenschaft schuldig. Interessiert mich auch einen Scheiß, was du mit deiner blonden Schlampe treibst.«

Sie hatte das Wort Liebesleben benutzt. Hab ich ganz deutlich gehört, dachte Minkin. Diese Vokabel war mal echt alt. Liebesleben, das war frühes 20. Jahrhundert.

Das musste Meergans erst mal wegstecken.

»Kann ich mich setzen?«

Bettina Meergans nickte. Minkin hatte das Gefühl, er sei inzwischen nicht mehr anwesend.

»Stimmt doch, das mit deiner Schlampe, oder?«

Sie hakte nach. Bettina interessierte sich Null für das Liebesleben ihres Mannes. So was von Nullinger.

»Nichts Ernstes.«

»Wie lange geht das schon?«

»Na ja, kurz nachdem wir uns getrennt hatten, habe ich sie kennengelernt.«

»Ging ja schnell.«

»Bettina, so ist es nicht, das weißt du.«

»Wie hast du die Schlampe kennengelernt?«

»Hör auf sie Schlampe zu nennen.«

»Wie hast du deine Freundin kennengelernt?«

Bettina Meergans sprach Freundin so aus, dass es nicht minder abwertend klang als Schlampe.

»In der Straßenbahn. Zufällig. Saß mir gegenüber. Wir kamen ins Gespräch.«

Das war mal richtig großer Zufall, dachte Minkin.

»Was macht deine Neue?«

»Vertrieb, Außendienst.«

Bettina machte das richtig gut, wenn man noch dazu bedenkt, dass sie die Neue ihres Mannes überhaupt nicht interessierte.

»Vertraust du ihr?«

»Was ist das denn für eine Frage?«

Hatte ihn schön weich gemacht, die Bettina. Jetzt war Minkin dran.

»Könnte auch kein Zufall gewesen sein, die Begegnung mit ihr.«

Erst jetzt nahm Meergans wieder Notiz von der Anwesenheit Minkins.

»Was weißt du denn von solchen Sachen Minkin, was man so erzählt, ist dein Erfahrungsschatz in der Hinsicht überschaubar.«

Meergans schickte ein perfides Grinsen hinterher. Das tat weh.

Bettina legte ihre Hand auf Minkins Hand, was ihn verwirrte. Meergans ging es nicht anders.

»Ich kann mich über seine mangelnde Erfahrung nicht beklagen.«

Wirkungstreffer würde man im Boxsport dazu sagen. Meergans war angezählt.Weitermachen.

»Wir gehen davon aus, dass die Frau auf Sie angesetzt wurde.«

»Angesetzt? Von wem?«

»Fuentes International, spanischer Lebensmittelveredler. Wir gehen davon aus, dass die Spanier die Ermittlungen im Brauermord von Trunkendorf verhindern wollten.«

»Wir?«

Meergans suchte Boden unter den Füßen zu gewinnen.

Minkin benutzte dieses vielsagende »Wir«. Als ob er Teil einer großen Organisation wäre. Eines großen Ganzen. Meergans war damit kaum zu beeindrucken.

»Willst du mich verarschen, Minkin?«

Er hatte wieder Stand. Das Zeitfenster war am Schließen.

»Sagen Sie es mir? Zeitlich passt es zusammen. Der tote Brauer, das Ermittlungsverfahren, das Auftauchen der Blondine, die Einstellung der Ermittlungen.«

Eine Schweißperle rann in Zeitlupe an der Stirn von Meergans herunter. Angstschweiß? Kaum. Übergewicht? Eher.

»Unsinn. Hör auf mit dem Scheiß. Da gab es nichts zu ermitteln. Ein Unfall. Der Hund.«

»Guter Schütze.«

»War ein Jagdhund.«

»Das ist lächerlich, Meergans. Sie wissen das.«

»Selbst wenn ich es besser wüsste, wirst du nicht dahinter kommen, Minkin. Genau aus diesem Grund bist du nicht mehr bei uns. Weil du nicht mal eins und eins zusammenzählen kannst.«

»Und du«, zu seiner Frau gewandt, »lebst offenbar auch nicht wie eine Nonne. Also mach mir keine Vorwürfe, solange du dich von dem Bürschlein hier anfassen lässt.«

Weg war er. Meergans hatte Sinn für Dramaturgie.

Die Kutteln waren kalt. Kalte Kutteln sind dem Herrn ein Graus.

Bettina Meergans befand sich in einem Gemütszustand, den man mit Frustration, Explosion und Dunkelheit umschreiben konnte.

»Ich will nach Hause, Minkin.«

»Natürlich, gehen wir.«

Minkin streute einen Funken Erwartung in die Antwort.

»Allein, Minkin.«

»Nichts anderes hatte ich im Sinn.«

Das war gelogen.

Bettina Meergans stand auf und trollte sich in die milde Frühjahrsnacht.

Vage bleiben

Ein paar Tage waren vergangen, seit er Schwester Margret getroffen hatte.

Er hatte kurz die Verfolgung aufgenommen. Sehr kurz, um die Sache danach sacken zu lassen.

Pamela wirkte ungeduldig am Telefon.

»Minkin, Horst ist seit sechs Tagen verschwunden. Hast du was Neues?«

»Pamela, bin ich der liebe Gott?«

»Für Tante Margret liegst du knapp hinter ihm. Und sie kennt sich damit aus.«

Zwei Sätze von ihr und er fühlte sich schon wieder scheiße. Bravo, danke auch.

Irgendwas musste er erzählen. Dass er nichts unternommen hatte, war nicht eben eine gute Erklärung.

»Hör zu Pamela, es gibt da eine Spur.«

»Was für eine Spur?«

»Du musst deine Tante etwas fragen. Du musst sie fragen, ob bei ihr im Viertel eine Altkleidersammlung durchgeführt wurde.«

»Eine was?«

»Ja, du hast richtig gehört. Wurden Kleidersäcke eingesammelt. Frag sie das.«

»Warum?«

»Hörzu, es ist ein Spur. Mehr nicht. Hie und da verschwinden Katzen. Häufig dann, wenn die Kastenfahrzeuge die Altkleidersäcke einsammeln. Kann Zufall sein.«

»Katzenräuber? Das ist lächerlich.«

»Es ist eine Spur. Wir müssen alles in Betracht ziehen. Wir können nichts ausschließen.«

Minkin legte ordentlich Pathos rein.

»Man sagt, es gibt einen Markt für die Tiere.«

»Mein Gott, Minkin. Das wäre ein Skandal.«

»Wir haben Hinweise, Pamela. Wir nehmen das ernst. Kein Stammtischgerede.«

Minkin drehte weiter an der Pathosschraube. Es war nichts anderes als dummes Geschwätz, mehr war es nicht. Geschwätz, das man für ein Kristallweizen bekommt.

Pamela atmete durch.

»Es stimmt also, was die Leute sagen?«

»Was?«

»Du kümmerst dich, Minkin.«

Ehrlich wäre es gewesen dem zu widersprechen. Tat er es? Nicht im Traum hatte er die Absicht. Minkin hatte es in der Vergangenheit mit allen Frauen vermasselt, weil er dachte unbedingte Aufrichtigkeit wäre eine gute Geschäftsgrundlage. Diesmal wollte er nicht sofort alles verkehrt machen.

»Abwarten, Pamela.«

Minkin ließ das so stehen.

Diesmal hatte er mit seinem vagen Geschwätz beeindruckt. Den Moment musste er genießen. Mehr als einen Moment würde es nicht andauern. Auch nicht bei Pamela.

»Frag deine Tante. Es ist eine Spur. Nicht mehr.«

»Danke, Minkin, du bist ein Guter.«

Wer wollte was dagegen sagen.

Die berühmten drei Worte

»Liebst du mich?«

Meergans und die Blondine hatten Sex gehabt. Zumindest war es etwas, was in die Richtung ging. Keine Details. Schön war es für keinen von beiden.

»Ullrich, was ist das für eine Frage?« Die Frage war natürlich scheiße. Ein No Go. Aber eine Frage mit einer Gegenfrage zu beantworten war genauso scheiße. Bedeutete fast immer nein. Nein, sie liebte ihn nicht. Hatte Meergans das tatsächlich erwartet? Dass diese blonde Mitzwanzigerin sich in einen versoffenen aufgedunsenen Langweiler verliebt?

Ja; hatte er.

So sind sie, die Typen.

»Warum ich?«

Jetzt sind wir gespannt?

»Du bist so anders als die anderen Männer.«

Was ein schöner Allgemeinplatz. Keine schlechte Antwort auf die Frage. Bringt zumindest Zeit.

»Das ist der Grund?«

»Du tust mir gut, Schatz.«

Wo lernen die so was, solche Antworten? Restlos frei von Aussage. Trotzdem nicht ohne Schmeichelei für den Adressaten.

Das musste reichen, dachte Meergans.

Hatte er Zweifel? War da was dran, an dem was Minkin verzapfte? Wenn, war es egal. Er war nicht mehr jung. Schön war er noch nie. Wie oft würde ihm das noch passieren? Dass sich ein junges Ding ihn aussuchte. Es war nicht so, dass er eine falsche Selbstwahrnehmung hatte. Er wusste, dass es wenige Gründe für die Romanze gab. Die wenigen, die es gab, wollte er nicht wissen. So einfach war das.

Er weiß mehr, als er sagt

War das jetzt gut oder schlecht? Wie man es nimmt. Meergans hing da irgendwie mit drin. Er weiß mehr, als er sagt. Ziemlich guter Satz für einen Krimi. Müsste man sich patentieren lassen. Eventuell stammt der aus einer Derrick-Folge. Müsste man bei Gelegenheit mal prüfen. Bei Gelegenheit, noch arbeitete Minkin nach dem alten TAZ-Motto: «Warum recherchieren, wenn man schreiben kann.«

Meergans hatte das Ermittlungsverfahren damals eingestellt. Dachte, keiner würde nachfragen. Stimmte schon, Minkin war jetzt nicht eben brillant in dem, was er da tat. Er war auf eine Art engagiert. Langsam war er, das konnte man festhalten.

Meergans war nicht überrascht beim Namen Fuentes International Ltd. Er kannte den Panscher. Minkin musste an diese verdammte Liste kommen. Er musste wissen, was man noch trinken konnte und was nicht. Eigentlich ein Fall für Foodwatch, für Greenpeace. Aber die kamen nicht hinterher bei all den Betrügern. Deshalb musste er das hier richten. Wer kann helfen? Meergans wollte nicht reden. Noch nicht.

Schödlbauer war keine Hilfe. Zumal der nicht neutral war.

Jan Schmid. Minkin wählte Schmids Nummer.

»Hallo Jan, können wir uns sehen.«

»Warum?«

Das war jetzt nicht die Antwort, die Minkin gerne hörte.

Am Abend saß Minkin mit Jan Schmid im Café Weiß. Das hatte seine butzenbescheibte Unschuld zwar inzwischen gegen eine Beliebtheit eingetauscht, die für Minkins Geschmack aus der falschen Ecke kam. Offenbar war das Café Weiß in einschlägigen Reiseführern als Hotspot gelistet. Nur so ließen sich die Nordlichter mit den Digitalkameras am Nebentisch erklären.

»Ich hab Meergans getroffen und ihn mit dem toten Brauer konfrontiert.«

»Depp. Hatte ich dich nicht gebeten, dass du dich raus hältst? Das fällt mir auf die Füße.«

»Meergans wollte was vertuschen.«

»Was?«

»Die Wahrheit.«

»Liegt aufm Platz.«

»Drei Euro fürs Phrasenschwein. Nächste Runde geht auf dich.«

»Was habt ihr gefunden am Tatort?«
»Den toten Brauer, den heulenden Hund. Ein Gewehr. Blut. Überall. Schöne Sauerei.«
»Sonst nichts im Auto?«
»Nichts. Außer ein Kicker-Heft.«
»Ein Kicker-Heft?«
»Das Sonderheft zur Fußball-WM 2010.«
»Was hatte es damit auf sich?«
»Mit dem Kicker-Heft?«
»Ja!«
»Nichts, es war kurz vor der WM in Südafrika.«
»Glaubst du an Zufälle, Jan?«
»Na ja, sie sind weniger häufig als man glaubt.«
»Das denke ich auch.«
»Habt ihr das Heft noch?«
»Minkin, woher soll ich das wissen? Ich denke, nein. Nachdem klar war, dass es ein Unfall war, gab es keinen Grund irgendetwas zu archivieren.«
»Fotos vom Tatort?«
»Kann sein.«
»Zeig sie mir.«
»Schwierig, Minkin.«
»Wann passt es dir? Morgen?«
»Am Nachmittag, später Nachmittag ist besser. Muss dich nicht jeder sehen.«
Das musste man dem Café Weiß zu Gute halten. Lange bevor in der Stadt jemand auf die Idee kam, Augustiner oder Tegernseer in den Ausschank zu bringen, wurde hier Kulmbacher Bier aus Oberfranken gezapft. In dünnwandigen Gläsern. Allein deshalb musste man wieder kommen. Auch wenn der ehemalige Kellner und kurzzeitige Betreiber aus dem ehemaligen Jugoslawien mit seinem »Beste-Wodka-von-Welt-Geschwätz« und seinen Ritter-Sport-Spielen einem mächtig auf die Eier gehen konnte, wenn man nüchtern war. Das legte sich im Lauf des Abends. Gab

immer noch die Schlachtplatte im Café Weiß. Chips mit einer Haribo Schaumkuh obendrauf. Die neuen Betreiber und Erben hatten diese Tradition übernommen. Ein feiner Zug war das. Ging doch nicht alles den Bach runter in der Stadt.

Finale Lösung

»Meergans weiß Bescheid.«

»Wie kommst du drauf.«

»Er stellt Fragen, komische Fragen.«

»Was für Fragen?«

»Fragen, die man nicht einfach so stellt. Ob ich ihn liebe, ob das alles Zufall ist.«

»Und? Liebst du ihn?«

»Was ein Unsinn. Es gibt nur dich. Ich habe keine Lust mehr Meergans zu bedienen. Ich bin nicht deine Hure.«

Harte Worte.

»Darling, sag das nicht, was du tust, das tust du für uns.«

Der falsche Blonde legte seine Arme um die echte Blonde und küsste sie auf die Stirn. Fällt sie drauf rein? Aber hallo.

»Minkin war bei Meergans.«

»Minkin?«

»Ja, hat mal unter Meergans gearbeitet. Ermittelt jetzt privat. Für wen arbeitet er?«

»Wir wissen es nicht.«

»Er stört.«

»Dachte, wir hätten ihn gewarnt.«

»Offensichtlich hat er es nicht verstanden.«

»Wir lösen das Problem final.«

Ist so eine Sache mit den finalen Lösungen. Hat der Mappus damals auch vorgehabt. Im Landtagswahlkampf anno 2010. Da wollte er das Problem Ute Vogt final lösen. Um es mal mit einer gewitzten Binsenweisheit los zu werden. Wer zuletzt lacht, lacht am besten. Hochmut kommt vor dem Fall. Wer anderen eine Grube gräbt, fällt selbst hinein. Okay, das waren jetzt drei Weisheiten. Sei es drum.

Rosis Pinte

Minkin musste mehr erfahren über den Wirkstoff. Den schlanken Holländer hatte er treffen wollen. Vic kam dazwischen. Und ein paar andere Sachen. Minkin hatte das vergessen. Er nahm die Spur wieder auf. Zeit für den schlanken Holländer. Es war später Nachmittag. Minkin war am Hölderlinplatz im Stuttgarter Westen. Er hatte einen Termin beim Schuhhaus Metzner. Es gab neue Sohlen auf seine schwarzen halbhohen Lederschuhe, die er sich 1999 in Rom gekauft hatte. Hielten immer noch, die Treter. Inzwischen werden die italienischen Schuhe in der Gegend um Prato im Wesentlichen von asiatischen Unternehmen hergestellt, genauer gesagt mit dem Label »Made in Italy« versehen. Minkin hatte Zweifel daran, dass die neuen Unternehmer ein Interesse hatten, langlebige Schuhe herzustellen. Deshalb hielt er an den alten Dingern fest.

Minkin überbrückte die Wartezeit auf der anderen Straßenseite im Vicino mit einem Käsekuchenmuffin und einer systematischen Untersuchung und Bewertung der Transferpolitik des VfB der letzten Jahre. Die Inhaber machten großartigen Kaffee, keine aromatisierte Starbucksbrühe. Darüber hinaus waren sie profunde Anhänger der Roten und immer zu einer fachlichen Analyse der sportlichen Situation willens und in der Lage. Seit Jahren war das allerdings kein Spaß mehr. Kurz nach halb sechs konnte Minkin seine Schuhe abholen. Das Schuhhaus Metzner war ein einziger Raum. Tiefparterre. Vollgestopft mit Modellen aus der bundesrepublikanischen Epoche. Unwiederbringlich aus der Zeit gefallen. Gentrifiziert wie der Westen war, hatte er doch immer noch Platz für alteingesessene Betriebe. Rosis Pinte gehörte dazu, nur einen Steinwurf vom Schuhhaus Metzner entfernt.

Der schlanke Holländer stand am Tresen. Hatte ein Jahresabo.

»Minkin.«

»Wim.«

»Und?«

»Selbst?«

»Halbe?«

»Klar.«

Ein Mann nach meinem Herzen, dachte sich Minkin angesichts der knappen Begrüßung.

»Immer noch am Institut?«

»Was sonst?«

»Ist eine Weile her, seit wir uns gesehen haben. Kann man mal nachfragen.«

»Sicher, du hast ja auch die Branche gewechselt, wie man so hört.«

Die Verblüffung stand Minkin ins Gesicht geschrieben. Die Stadt war ein Dorf geblieben.

Konziliant legte der Holländer nach.

»Ist mir lieber so, Minkin. Du und der Staat. Keine stimmige Symbiose.«

»Magst du recht haben.«

»Im Rahmen meiner neuen Beschäftigung bräuchte ich deine Expertise.«

»Wenn ich helfen kann, gerne.«

Der schlanke Holländer war so ziemlich der klügste Kerl, den Minkin kannte. Er ging mit Minkin zur Schule. Danach ging er in die Vereinigten Staaten. Studierte am M.I.T, hatte zwei Doktortitel. Hätte eine ganz große Nummer werden können. Dann ist ihm seine Frau davon, dann kam der Suff. Möglicherweise war es auch umgekehrt. Minkin hatte den Holländer fast 20 Jahre nicht gesehen. Bis er vor zwei Jahren in Rosis Pinte neben ihm am Tresen stand. Seitdem hatten sie sich ein paar Mal hier getroffen.

»Gibt Gerüchte, die Lebensmittelindustrie würde ihren Produkten Sachen beimischen um uns abhängig zu machen.«

»Gerüchte.«

»Ja, Gerüchte. Gibt es so was, geht so was?«

»Du meinst, Suchtstoffe in Lebensmitteln?«

Der schlanke Holländer wollte sichergehen, ob Minkin das ernst meinte.

»Ja, genau.«

»Minkin, unsere Lebensmittel sind voll von Suchtstoffen. Tagtäglich nehmen wir Aufputschmittel, Stimmungsaufheller, Antidepressiva, Schmerzlinderer, Halluzinogene zu uns.«

»Mir neu.«

»Basilikum, Tomatenketchup, Käse, Bananen, Zitronen. Der reinste Drogencocktail.«

»Sicher, solange man keine Tonne davon isst, vermutlich ungefährlich. Ich rede von künstlichen Zusätzen. Sachen die nicht von Natur aus vorkommen.«

»Zucker, Salz, Fett, Koffein; gibt eine Reihe von Zusatzstoffen, die wirken über unser Belohnungssystem im Gehirn. Wir wollen mehr davon. Wenn wir es nicht bekommen, haben wir Entzugserscheinungen. Gibt wissenschaftliche Studien darüber, vor allem die Amerikaner haben einiges nachgewiesen. Haben Versuche mit Ratten im Labor gemacht. Und mit Studenten in der Cafeteria.«

»Du meinst da ist was dran?«

»Wen interessiert das, Minkin. Wird keiner an die große Glocke hängen. Hat keiner ein Interesse daran.«

»Angenommen jemand hantiert mit so einem Zeug. Mischt so was unter. Was für einen Stoff muss ich mir vorstellen?«

»Wen wir uns die klassischen Geschmacksverstärker anschauen, würde ich sagen einen kristallinen, farblosen Feststoff.«

»Kristalle?«

»Zum Beispiel, eine Möglichkeit.«

»Das ist doch mal ein Ansatz. Kann ich dich zu einem Kristall einladen?«

»Ohne Zitrone.«

»Warum?«

»Die Zitrone, Minkin, ist die Superdroge schlechthin. Lass ich die Finger von.«

Sag was gegen solch schlauen Unsinn.

Auf der Jagd nach dem verlorenen Kristall

Am nächsten Tag schlief Minkin bis zum späten Nachmittag. Die Treffen mit dem schlanken Holländer gingen länger. War diesmal nicht anders gewesen. Der Morgen dämmerte bereits, als er nach Hause kam. Lag an der Zeitumstellung. Die Zeitschieber klauten uns jeden Jahr ein Stück mehr Schlaf. Energie sparen sollte das. Fisimatenten waren das, was sie als Erklärungen freisetzten.

Minkin kramte in der rudimentären Küche nach einem Beutel Schwarztee. Er fand keinen. Winterlicher Adventszauber war im Angebot. Unangetastet. Hatte ihm sein Apotheker zu Weihnachten geschenkt. Es war Spätsommer. Nicht die Zeit für Adventszauber, aber besser als nichts. In zwei, drei Wochen würden die Discounter ohnehin wieder Schokonikoläuse in die Regale stellen. Was sollte es also. Minkin brühte sich einen Adventszauber im September. Es roch nach Nelken und Sternanis. Advent war immer.

»Hallo Roland.«

»Hallo Minkin. Was machst du?«

»Ich bereite mich auf die Ankunft des Herrn vor.«

Das war doch ein schönes Rätsel für einen Geistlichen.

»Das ist nie verkehrt, Minkin. Mit was bereitest du dich auf die Ankunft vor?«

»Sternanis.«

»Möge es nützen.«

Minkin hatte einen vagen Ansatz, einen Anhaltspunkt, seit er gestern mit dem schlanken Holländer gesprochen hatte. Was brachte der Spanier genau unter die Leute? Wusste Caesar mehr als er wissen durfte? War er deshalb tot?

»Roland, ihr seid in Caesars Wohnung gewesen.«

»Ja.«

Minkin hatte Roland durch sein loses Geschwätz ordentlich in die Sinnkrise gestürzt. Schlimm genug.

»Ich war anschließend da. Hab mir die Bude genau angeschaut. Gefunden haben wir beide nichts.«

»Was hätten wir finden sollen?«

»Ich vermute, Caesar besaß etwas, das er nicht hätte haben sollen. Mit dem er die Spanier in der Hand hatte. Ein Faustpfand im Tabernakel.«

»Was sollte das sein?«

»Ein Kristall.«

»Ein Kristall?« Roland, der Pfarrer hatte Mühe ihm zu folgen.

Minkin gab sein Bestes.

»Na ja, der Form nach. Ein kristallines Pulver. In Gläsern, Fässern. Was weiß ich, Roland. Vielleicht auch nur eine Probe, ein Röhrchen, etwas in der Art. Aber da war nichts in der Wohnung.«

»Vielleicht haben wir nicht richtig hingesehen, Minkin?«

Nicht wieder dieser esoterische Mist, dachte Minkin. Man sieht nur mit dem Herzen gut. In seinen schlechten Phasen klang Roland wie Joachim Gauck. Die Phasen waren zum Glück selten.

»Wir haben genau hingesehen.«

»Vielleicht nicht überall, Minkin.«

»Was meinst du Roland? Wir waren in seiner Wohnung, in seinem Büro, in seinem Lager. Wir waren überall.«

»Fast, Minkin.«

Roland machte es spannend.

»Was gibt es noch?«

»Caesar hatte ein Gütle.«

»Ein was?«

»Das Gütle, wie soll ich dir das erklären, als Zuwanderer. Er hatte ein Gartengrundstück. Mit Obstbäumen und einer gemauerten Behausung.«

Minkin kam aus Nordbaden. Dem Grunde nach ein anderer Kulturkreis.

»Ein Gartengrundstück?« Minkin war ernsthaft überrascht.

»Hat er mir nie von erzählt?«

»Wie lange kennt ihr euch?«

»Keine Ahnung, Roland. Fünf, sechs Jahre.«

»Kein Wunder, dass er dich noch nicht eingeladen hatte.«

Kränkung war das Mildeste, was Minkin in diesem Moment empfand.

Hybris ließ ihn glauben, er könne den Tod Caesars rächen. Jetzt war er nicht mal sicher, ob er das überhaupt wollte.

»Wenn Caesar wollte, dass man das Kristall nicht auf den ersten Blick entdeckt, wäre das Gütle eine gute Wahl.

Gibt dort eine Hütte, man muss wohl eher sagen ein Wochenendhaus. Ein Schwarzbau.«

»Wo liegt das Gütle, Roland?«

»Feuerbach, Hohewart.«

»Geht's genauer?«

»Du gehst die Hohewartstraße bis zum oberen Ende. Es kommen drei Abzweige. Du nimmst den mittleren Weg. Du kommst nach circa 500 Meter an einen Brunnen. Nach dem Brunnen ist es das erste Grundstück auf der rechten Seite. Ziemlich steil. Eine schmale Steinstiege führt zum Haus. Von unten siehst du das Gebäude nicht.«

»Wie komm ich rein?«

»Du wirst über den Zaun steigen müssen. Der Schlüssel für das Haus liegt unter der Fußmatte. Caesar war nicht der Originellste, wie du weißt, Minkin.«

»Hatte es gerne einfach. Hast du Lust mich zu begleiten?«

»Dein Ernst?«

»Nein, vergiss die Frage.«

Minkin hatte dem Pfarrer geraten sich aus der Sache rauszuhalten. Beistand wäre ihm trotzdem willkommen gewesen.

»Wann gehst du dorthin?«

»Heute Abend.«

»Minkin!« Der Pfarrer machte sich Sorgen.

»Was? Kommt jetzt wieder der Hinweis, dass ich vorsichtig sein soll?«

»Nimm eine Taschenlampe mit.«

Guter Tipp.

»Danke, Roland. Solltest du beruflich mal in einer Sackgasse sein, kannst du bei mir einsteigen.«

»Danke, komme bei Bedarf darauf zurück.«

Nachdem Minkin den Adventszauber unangetastet entsorgt hatte, kaufte er beim örtlichen Baumarkt eine Stabtaschenlampe. Chefmäßig sah das aus. Es war kurz nach sieben Uhr abends, als sich Minkin vom Wilhelm-Geiger-Platz aus auf den Weg machte. Die Dämmerung schien Minkin eine gute Zeit zu sein. Im Dunkeln ist gut munkeln. Nie verstanden, was das bedeutet.

Minkin hatte den ganzen Tag nichts gegessen und getrunken. Gut, Minkins Tag war nicht sonderlich lang gewesen. Änderte nichts daran, dass Minkin Hunger hatte. Minkin wohnte seit ein paar Wochen in Feuerbach. Nach wenigen Tagen hatte er das Vesuvio entdeckt. Mit reichlich Euphemismus konnte man das Vesuvio als Pizzeria bezeichnen. Tatsächlich war es ein schmuckloser, holzvertäfelter Raum mit dem Charme einer tschechischen Bahnhofskneipe und mit einer Durchreiche für die Pizzen. Die letzten Aufhübschungsversuche mussten Jahrzehnte zurückliegen. Sie waren schon damals misslungen. Minkin liebte diesen Ort von Beginn an. Er orderte die Pizza Tonno, dazu ein Kaiser Pils.

Nachdem er einen lächerlich niedrigen Preis für sein Abendmahl bezahlt hatte, machte er sich auf den Weg Richtung Hohewart. Er bog auf die Stuttgarter Straße, dann links in die Feuerbacher-Tal-Straße und rechts den Berg hoch. Minkin passierte eine Pils-Stube die sich genauso nannte. Pils-Stube. Kannte er nicht, würde er auf dem Rückweg ändern.

Am Ende der Hohewartstrasse gabelte sich die Straße. Roland hatte keinen Mist erzählt.

Nach zehn Minuten kam er an den Brunnen. Minkin sah sich um. Er sah Obstbäume, Brombeerhecken und Reben. Der Weg lag auf halber Höhe eines Tales, das ihn an die Provence erinnerte. Minkin war noch nie in der Provence. Aber so musste sie aussehen, exakt so. Egal in welche Richtung er blickte, es war nichts zu sehen und zu hören von fucking Feuerbach, bad Botnang. Nicht einmal den Fernsehturm sah man. Ringsherum war dichter Mischwald und Macchia. Minkin ging ein paar Schritte weiter. Das Grundstück mit dem Holztor musste es sein. Dahinter führte eine steile Steintreppe den Hang hinauf. Das traf auf die Beschreibung zu. Das Tor war nicht höher als ein Meter. Minkin war nicht in Topform. Sollte trotzdem zu schaffen sein.

Minkin sah sich um. Es war niemand zu sehen. Mit einem großen Satz war er auf der anderen Seite gelandet. Zügig ging er die Steintreppen hinauf. Von untern war kein Gebäude zu erkennen. Ungefähr nach der Hälfte der Stufen sah er ein rotes Ziegeldach. An dem Dach war ein gemauertes Häuschen dran. Mit einer kleinen Terrasse davor. Hier konnte man sicher manchen lauen Sommerabend verbringen. Mit Blick auf die Täler der Provence. Im Nachhinein war Minkin sauer auf Caesar, weil er ihm dieses Latifundium vorenthalten hatte.

Der Schlüssel befand sich unter der Fußmatte. Minkin wollte sich das Gut ansehen.

Licht gab es keines. Minkin hatte die Taschenlampe dabei. Kluger Schachzug.

Das Haus war vollgestellt mit abgewohnten Möbeln. Ein Sofa. Ein Küchenschrank. Ein Tisch. Drei Stühle. Minkin sah sich alles genau an. Durchsuchte den Schrank, die Schubladen. Viel gab es nicht an Stauraum. Außer Schwüle. Minkin fand nichts. Keine Hinweise. Minkin war mit dem Kopf schon in der Pils-Stube. Dann sah er auf dem Tisch die beiden Streuer. Einer mit Pfeffer, einer mit Salz. Der schlanke Holländer sprach von einem farblosen Kristall.

Minkin nahm den Salzstreuer in die Hand, als er das Geräusch hörte. Klang nach dem Schlagen einer Autotür.

Er schnappte Streuer und Lampe und ging zur Tür. Das Dämmerlicht war nahezu gänzlich der Dunkelheit gewichen. Männerstimmen kamen den Berg hinauf.

Minkins Puls schlug schneller. Angestrengt hatte er die steile Treppe im Blick. Wenige Sekunden später sah er die zwei Umrisse. Sie kamen die Steintreppe herauf in seine Richtung. Minkin ging blitzschnell um das Haus herum und kauerte sich auf die Rückseite.

Nach ein, zwei Minuten hatten die Männer die Terrasse des Gebäudes erreicht. Minkin sah den nervösen Schein einer Lampe. Er hörte die gedämpften Stimmen.

»Wir sind nicht die Ersten.«

»Nein, jemand war hier.«

»Wann?«

»Keine Ahnung. Jedenfalls hatte er es eilig. Hatte keine Zeit mehr die Türe zu schließen.«

»Vielleicht wurde er überrascht?«

»Von uns?«

Scheiße, die Tür, natürlich, dachte Minkin. Er musste weg.

Er glitt so gut er es eben konnte von der Rückwand des Gebäudes den Berg hinauf. Minkin sah nichts. Das war ein Vorteil, weil die anderen auch nichts sahen. Minkin hatte sich einige Meter den Berg hinauf gearbeitet. Zwanzig, dreißig Meter waren es vielleicht. Dann sah er den Kegel einer Lampe, die den oberen Teil des Geländes absuchte. Minkin warf sich instinktiv auf den Boden. Der Lichtkegel wanderte weiter.

Minkin arbeitete sich weitere zwanzig Meter weiter nach oben. Er hatte das Ende des Grundstücks und die Steinmauer erreicht. Nicht höher als 1,50 Meter. Minkin schwang sich auf, griff jedoch nach einem losen Stein. Der Stein gab nach. Minkin rutschte ab und landete krachend auf der Erde. Der Salzstreuer brach, der Inhalt sickerte ins Gras. Geschickt gemacht, Minkin. Der Schein der Lampe kam in seine Richtung. Minkin musste es noch einmal versuchen. Er nahm Anlauf und schaffte es auf die Mauer. Der Lichtkegel hatte ihn inzwischen voll erfasst. Als er die andere Seite der Mauer hinunterglitt, krachte ein Schuss gegen die Mauer. Danach ein zweiter. Sind die wahnsinnig? Minkin war Pazifist. Steinbrocken wirbelten durch die Luft. Minkin atmete Ziegelstaub. Der Schütze offensichtlich nicht. Dann lief Minkin los. Durch Dickicht, Brombeerhecken, Nadelbäume und das Wohngebiet Hohewart.

Er rannte wie ein Geisteskranker, Adrenalin ausschüttend, keuchend. Minkin kam vor der Pils-Stube zum Stehen. Wie ein gehetztes Tier. Der Schweiß lief ihm von der Stirn. Er atmete ein paar Minuten durch. Dann trat er ein.

Hinterm Tresen ein junger Punkbursche.

»Ärger gehabt?«

Jetzt erst spürte Minkin, dass sein Gesicht brannte. Er blutete.

»Nichts, was man mit einem Bier nicht runterspülen könnte.«

»Schon klar, alter Mann. Solltest dir trotzdem erst mal das Gesicht waschen. Ich mach dir unterwegs eine Molle.«

Minkin machte sich auf der Toilette einigermaßen zurecht. Gelang ihm nicht.

Zurück am Tresen stand ein schön gebautes Pils. Nicht so übel für einen jungen Punkburschen.

»Dein Pils, siehst besser aus.«

»Das ist gelogen.«

»Das stimmt.«

Immerhin ließ er diesmal den alten Mann weg. Minkin schloss den Kerl sofort in sein Herz.

Katzenklau

»Minkin, du hattest recht.«

Pamela war am Telefon. Eine Spur Resignation in ihrer Stimme.

»Sie waren da.«

Minkin hatte keinen Blassen. Wer sollte wo gewesen sein? Minkin war ein Wrack, er hatte sich gestern Abend komplett verausgabt. Erst die Hetzjagd, dann die Pilsstube.

Beides schädlich. Besser mal Pamela weitermachen lassen.

»Wer, Pamela?«

»Die Sprinter.«

Gott, die Sprinter, sicher. Die Sache schien sich allmählich zu verselbständigen. Drohte eine selbsterfüllende Prophezeiung zu werden.

»Wann?«

»Am Tag, als Horst verschwunden ist.«

Das war mehr als Minkin erwartet hatte.

»Ich hab es Tante Margret erzählt.«

Warum? Das war weniger als eine Spur. Es war nichts.

»Wie hat sie es aufgenommen?«

»Nicht gut.«

»Tut mir leid, Pamela, das wollte ich nicht.«

Ganz sicher wollte er das nicht.

»Minkin, du machst nur deinen Job.«

Machte Minkin nicht. Er machte gar nichts. Er trank im Wesentlichen, erfuhr dabei das eine oder andere. Was er sich merken konnte, bog er hin und gab es naturtrüb weiter. So entwickelten sich Sachen, die er nicht unter Kontrolle hatte. Die Leute sahen in ihm etwas, das er nicht war. Weiß der Geier, wie es schon so weit kommen konnte.

»Nein Minkin, es ist okay. Sie musste es erfahren. Besser so, als dass sie sich unnötig Hoffnung macht.«

Großartige Idee die Katzenräuberverschwörungstheorie ungesichert weiterzugeben. Eine alte Diakonisse einzuschüchtern. Gut gemacht, Vollidiot! Minkin machte sich Vorwürfe. Legal aus der Nummer rauszukommen würde schwer werden. Es war unmöglich.

Er würde seine eigene Theorie widerlegen müssen. Wer machte das schon gern, Sheldon Cooper.

»Die Hoffnung stirbt zuletzt, Pamela.«

Das war ganz tief aus der Zitatenkiste der Sportmoderatoren. Es sollte trösten. Tat es nicht.

»Danke Minkin, die Sache ist durch.«

»Warte mal, Pamela.«

»Der Tante Hoffnung machen, sie dann wieder enttäuschen, das wäre noch schlimmer.«

»Du kennst sie besser.«

War sinnlos dagegen anzuquatschen.

»Minkin, wie hoch ist dein Honorar?«

»Pamela, vergiss es.«

»Ich bestehe drauf.«

Minkin dachte an eine Einladung. Kino, Essen. Irgendetwas in Richtung Date. Schöner Gedanke. Ein Date mit Pamela. Schäbig wäre es gewesen.

»Ich überleg mir was und komm auf dich zu.«

»Sicher?«

»Sicher!«

»Danke, du bist ein Schatz.«

Pamela war der Knaller. Paar Jahre älter als Minkin, aber dermaßen top in Schuss. Hatte diese satten Locken; die aus der L'Oreal-Werbung. Dunkler Teint, wie ihn die Frauen aus dem Alpenraum gerne mal haben. Gereichte ihr nicht zum Nachteil. Trug ihr Herz auf der Zunge. Tick naiv war sie. War deswegen schon ein paar Mal reingefallen. Minkin wollte es sich nicht versauen mit ihr. Ließ das mit dem Schatz deshalb so stehen.

Treff 3000

Cop Schneider wartete auf Anweisungen. In Freiberg. Stuttgart-Freiberg. Cop Schneider wartete in seinem Penthouse. Er nannte es Penthouse. Freiberg besteht im Wesentlichen aus Betonburgen auf Stelzen, aus ein paar Resterampen, einer geistlichen Baracke der evangelischen

Minderheit, aus einem Getränkemarkt und einer Tankstelle mit Getränkemarkt. Auf Freiberg gab es im Grunde nur zwei Antworten. Springen oder Saufen. Oder Schizo. Das wären dann drei Antworten. Cop Schneider kannte alle. Wer plant so was? Da ist ein Hügelkamm. Weinberge. Im Tal ein ansehnlicher See mit kleinen Booten drauf. Der Neckar schlängelt sich entlang. Und dann platsch, lassen die aus Stahlbeton solche Stelzentrümmer hinsetzen. Wie bösartig, hinterhältig, menschenverachtend, naturfeindlich, abgrundtief dumm muss man sein, um das zu verantworten? Stuttgart, die Stadt mit der höchsten Architektendichte? Man sieht es ihr nicht an. Am wenigsten in Freiberg.

Im Treff 3000 lag an der Kasse eine Nachricht für Cop Schneider. Das war die Kommunikationsart seiner Auftraggeber. Cop Schneider ging jeden Tag am Treff 3000 vorbei. Stand der Langnese Mülleimer vor der Tür, gab es Post für Cop Schneider. Der Treff 3000 war der einzige Beweis dafür, dass die Globalisierung in Freiberg angekommen war.

»Waren, die von Sklaven produziert wurden, wurden an Arbeitslose verkauft.«

Gab es eine zutreffendere Beschreibung der Globalisierung? Auch wenn sie aus der falschen Ecke kam. Von der französischen Politikerin Marine Le Pen. Das war der Widerspruch bei den nationalen Bewegungen. Ihre Politik war auf Ressentiments und Menschenverachtung aufgebaut. Das hinderte sie nicht daran gelegentlich einen Treffer zu landen. Angst vor Überfremdung hatte im Grunde fast jeder. Außer der Berliner Elite. Die protestierte regelmäßig gegen die Schweiz, wenn die Einwohner in einer Volksabstimmung wieder einmal ihrem Unbehagen über rasante Veränderungen im eigenen Land zum Ausdruck brachten. Die Zuwanderung kontrollieren wollten. Wenn sie alles beim Alten lassen wollten. Ein Bedürfnis nach Sicherheit, nach Ordnung, nach Bewahrung kam darin zum Ausdruck. Das war nicht komplett verkehrt. Wer öffentliche Verkehrsmittel benutzte, kannte dieses Bedürfnis. Die Berliner Elite hatte Fahrer und Dienstwagen, sie benutzte keine öffentlichen Verkehrsmittel. Kennt nicht das latente Unbehagen, das den Fahrgast bisweilen befällt, wenn eine Horde Heranwachsender zusteigt, gleich welcher Ethnie. Mindestens mit lauten MP3-Playern, Smartphones. Mit saudummem Geschwätz. Man würde gerne für Ruhe sorgen. Dazwischen gehen. Zucht und Ordnung. »Beim Führer hätte es das nicht gegeben.« Das ist es, was die Alten dazu sagen würden. Die Berliner Elite würde das verurteilen. Auf das Schärfste.

Im Grunde meinten wir aber dasselbe, wenn wir auf Einhaltung der Spielregeln in der Öffentlichkeit pochten. Die Wortwahl ist scheiße. Sind deshalb alle Nazis? Das war es, was sich Minkin fragte, bei den Bewegungen, die für sich reklamierten sie seien das Volk. Vielleicht brachten wir alle die Voraussetzungen mit, dachte Minkin. Nazis waren wir deshalb nicht. Vermutlich war es so, dass die Tendenz zu Extremen verstärkt wurde, je weiter sich die Elite von denen entfernte, die sie repräsentieren sollte. Die französische Elite war darin offenbar ziemlich gut. Warum war Le Pen so erfolgreich? Mal sehen wie weit es Merkel in der Disziplin noch bringen würde. Noch war sie nah dran am Volk. Ließ sich gerne in der Kabine mit der Mannschaft fotografieren. Wie Minkin dieses Schmarotzen hasste. Was wollte sie uns damit zeigen? Sie ist eine von uns. Und wir? Kauften wir ihr das ab? Zu 100 Prozent.

Obwohl die Kanzlerin regelmäßig darauf schiss, was ihr Wahlvolk wollte. Gab im WM-Jahr diese Abstimmung in der EU über die Zulassung einer neuen Genmaissorte der amerikanischen Firma Pioneer. Frag die Leute draußen, ob sie ihren Kindern genetisch manipuliertes Essen auf den Teller packen wollen. Die wenigsten wollen das.

Was macht die Kanzlerinnentruppe bei der Abstimmung in der EU? Sie enthält sich. Damit fehlt die Mehrheit, um eine Einführung in der EU zu verhindern.

Der Kanzlerin kann es egal sein. Sie hat keine Kinder. Dem Minkin im Grunde auch, er trinkt kein Maisbier. Aber dem einen oder anderen da draußen ist es vermutlich nicht egal, wenn sich die Regierung bei so was raushält. Genau für solche Sachen werden die gewählt. Sollen den Schaden vom Volk abwenden; ihn nicht vergrößern. 19 von 28 EU-Staaten waren dagegen. Das Europaparlament war dagegen. Hatte aber kein Stimmrecht. Die Verbraucher waren dagegen. Und was macht der Regierungstross bei der Abstimmung in Brüssel? Fressen, Saufen, Huren; sich im Übrigen enthalten. Die Lobbyisten hatten vor der Abstimmung einen guten Job gemacht. Die Huren waren teuer. Vermutlich lief Lobbyarbeit heute subtiler ab. Huren, Urlaubsreisen, Armbanduhren, das war so was von gestern. Damit kam man bei Betriebsräten durch, bei ERGO-Versicherungsvertretern, bei FIFA-Funktionären, nicht mehr bei Abgeordneten. Die Lobbyisten machten das anders, lieferten fachlichen Input, wissenschaftliche Gutachten, gaben den objektiven Berater, sponnen Netzwerke. Wir brauchen diese Maissorte, nur so können wir den Hunger in der Dritten Welt effektiv bekämpfen. Das war ein durchaus rationales Argument im entsprechenden Kontext. Da gab es sicher schöne Tabellen dazu und Schaubilder und Wachstumskurven. Das war alles legal. Und doch nicht weniger perfide, da es den heimischen Interessen der Verbraucher diametral entgegenlief. Das Verbraucherinteresse war in der Regel nicht die Gewinnmaximierung der Konzerne. Im Fall der Abstimmung über den Genmais war Enthaltsamkeit ein »Ja«. Erklärt uns das mal bei Gelegenheit, dachte Minkin. Und twitter uns keine Fotos aus der Umkleidekabine der Nationalmannschaft mehr. Davon steht nichts in der Verfassung.

Wie gesagt, Mais war nicht sein Thema. Gedanken dieser Art unnütz, von unbestimmter Provenienz. Sollten sie es eines Tages mit gentechnisch veränderter Braugerste versuchen, würden sie auf der Hut sein müssen. Würde er den Flachwichsern aus Brüssel nicht durchgehen lassen.

Die Kassiererin im Treff 3000 war angewiesen, Cop Schneider einen verschlossenen Umschlag zu übergeben. Er kannte seine Auftraggeber nicht persönlich. Man hatte ihn kontaktiert. Lag ein gutes Jahr zurück. Er war der Mann für die groben Sachen. Fackelte einen Biergarten ab, wenn die Brauerei nicht kooperierte. Konnte mit der Schrotflinte umgehen. Fiel nicht auf, wenn er der erste am Tatort war. War sein Job. Wusste Spuren zu sichern und zu verwischen. Der perfekte Mann. Wie man auf Cop Schneider gekommen war? Er war labil, borderline und soff. Das reichte völlig.

Nicht ganz verkehrt, der Schneider. In einem anderen Leben, wer weiß. Hätte was mit einer Freundschaft werden können. So war es zwischen ihm und Minkin ausgeschlossen. Cop Schneider war der Antipode. Die Botschaft auf dem Zettel war spartanisch.

»Erledigen Sie Minkin.«

Cop Schneider las den Zettel. Er nahm ein Feuerzeug und ließ den Zettel in Flammen aufgehen. Das brennende Stück Papier warf er in den Mülleimer. Der Mülleimer fing Feuer. Störte es jemanden? Mülleimer, die nicht brennen sind in Freiberg verdächtig. Das hier nicht.

Das Attentat

Der erste Schuss traf ihn in den Hals. Der zweite am Schlüsselbein. Erst der dritte war tödlich. Mitten in den Kopf. Auf dem Weg in die Klinik verstorben. Shit happens. Aus die Maus. Geschichte zu Ende. Minkin erwachte aus einem Traum. Die Sache in Feuerbach wirkte nach, es war das erste Mal, dass man auf ihn geschossen hatte. Wenn Minkin träumte, waren es keine guten Träume. Meistens war er erleichtert, wenn er aufwachte. Gewahr wurde, dass es nur ein Traum war. So wie der Traum mit dem Attentat. Minkin hatte die alte Kennedy-Sache verarbeitet. Ging nicht um ihn, ging um JFK, den alten Schwerenöter. Gut, Jacky tröstete sich anschließend mit einem griechischen Reeder. Auch keine traurige Witwe.

Wer John F. Kennedy getötet hat, das haben die uns nie gesagt, dachte Minkin. Dieser Oswald? Ein Einzeltäter? Sicher. Hitler war ein Einzeltäter. Gab den Holocaust, den Nationalsozialismus, gab nur keine Nazis. Nach dem Krieg waren alle Nazis verschwunden oder im Widerstand gewesen. Der Mord an JFK ist die Mutter aller Attentate, aller Verschwörungstheorien.

Hätte er fast überlebt, der Kennedy. Hatte Pech. Trug an dem Tag ein Stützkorsett. Aus orthopädischen Gründen. Ein Stützkorsett! Hatte Rücken! Dadurch konnte er sich nach dem ersten Schuss nicht wegducken. Musste aufrecht sitzen bleiben. Und dann Peng und noch mal Peng. Was eine Scheiße, wenn man mal überlegt, dass er das hätte überleben können. Krummer Rücken, Hexenschuss ja, aber kein Todesschuss.

Anders bei Hitler. Das Attentat am 20. Juli 1944. Die Mutter aller gescheiterten Attentate. Da geht die Bombe hoch und es ist ein blödes Tischbein im Weg. Splitter werden abgelenkt. Der Führer kratzt sich kurz am Schnauzer, richtet den Scheitel wieder zurecht und weiter geht der Irrsinn. Was ist das denn für eine Organisation? Während der Schutzengel bei Hitler hellwach ist, pennt er bei Kennedy in aller Seelenruhe.

Minkin war durcheinander. Die Sache machte ihm mehr zu schaffen, als er gedacht hatte. Minkin wusste, dass man ihm auf den Fersen war. Keine Anfänger. Im Hintergrund rollte etwas auf ihn zu. Es wurde größer. Draußen wartete Skylla. Nicht in der Straße von Messina. Eher in der Feuerbacher-Tal-Straße. Minkin war kein Profi. Keiner, der mit dem Schlimmsten rechnet. Der immer schön auf der Hut war. So war er nicht. Minkin war unbekümmert. An und für sich ein schöner Wesenszug. Einen, den er jetzt nicht mehr gebrauchen konnte.

Wurstküche

In etwa zu derselben Zeit als Cop Schneider die Nachricht im Treff 3000 fand, saß Minkin am Schreibtisch bei Jan Schmid. Er hatte die Aufnahmen auf seinem Rechner. Das Wageninnere des Ladas glich einer Schlachtbank. Der Hund hatte gewütet wie ein Berserker. Die Windschutzscheibe war komplett mit roter Soße übersät. Hirnsuppe. Der Hund hatte dem Brauer vom Rücksitz aus den Kopf weggepustet. Ein umgekehrter Kurt Cobain. Das Szenario erschien immer absurder.

Das Schöne an der digitalen Aufnahmetechnik war, dass man die Bilder inzwischen rauf- und runterzoomen konnte. Das machte die Arbeit deutlich einfacher. Einfacher als zu meiner Zeit, dachte Minkin.

»Schöne Aufnahmen.«

»Die Justiz hat aufgeholt, Minkin.«

»Wenn ich denke, was wir damals hatten. Grobkörnige Schwarz-Weiß-Bilder. Kurz nach dem Krieg.«

Sollte in Witz sein. War nicht gut. Jan Schmid überging ihn.

Ein Kicker-Sonderheft lag auf dem Beifahrersitz. Ziemlich eingesaut.

»Mach das mal größer.«

Jan Schmid zoomte die Aufnahme hoch. Viel zu sehen gab es nicht. Ein Mannschaftsfoto. Die spanische Nationalmannschaft. Blutverschmiert. Das war nicht adäquat. Spanien begeisterte durch ausdauerndes Kurzpassspiel. Den Gegner zermürben. Nicht zertreten. Alles hat eine Bedeutung sagen die Esoteriker. Der Sinn dieser Aufnahme erschloss sich Minkin nicht. Leerer Bauch denkt nicht gern.

»Schon was gegessen, Jan?«

»Hunger wäre da. Die Wurstküche hat heute Schlachtplatte auf der Karte.«

»Hat sie das nicht immer?«

»Hab ich was anderes behauptet?«

»Nein.«

Wenig später saß Minkin mit Jan Schmid in der Wurstküche bei einer Schlachtplatte. Die Blutwurst rührte Minkin nicht an. Er mochte Blutwurst nicht über die Maßen. Heute schien ihm das noch abwegiger. Sah zu sehr nach Windschutzscheibe des Ladas aus.

»War der Brauer ein Fußballfan?«

Das Sauerkraut hatte Minkins Denkapparat wieder in Gang gebracht.

»Keine Ahnung. Nehme ich an.«

»Kann man jemanden fragen?«

»Eine Witwe hat er nicht hinterlassen.«

»Der Brauer war ungebunden.«

»Und sonst?«

»Da gab es eine Frau, die ihm den Haushalt machte, glaube ich. Eine Asiatin. Kim.«

»Haben wir eine Nummer?«

»In der Akte wohl.«

Nach der Schlachtplatte gingen Schmid und Minkin zurück in das Büro von Jan Schmid. Er kramte Kims Nummer aus der Akte. Minkin rief an.

»Guten Tag, spreche ich mit Frau Kim. Gut. Meine Name ist Minkin.«

Dauerte ein wenig, bis das Gegenüber begriff, was er eigentlich wollte. Um das abzukürzen.

»Nein, kein Fußball. Sind Sie sicher? Scheiß Millionäre. Gut, danke Frau Kim.«

»Kein Fußball, sagt Frau Kim. Warum dann ein Kicker-Sonderheft. Eine Idee, Jan?«

»Wohl kaum, weil er sich auf die Fußball-WM vorbereiten wollte.«

»Sonst?«

»Na ja, gab da noch etwas.«

»Was?«

»Diese Zahlenbuchstabenkombination.«

»Was für eine Kombination?«

Jan Schmid deutete auf ein Stück Papier in einer Klarsichtfolie.

2R.V.L.1357810 1R.V.L.24569D

Hat man ein paar Schritte vom Lada entfernt gefunden. Konnte sich nur keiner einen Reim drauf machen.

»Ein Zugangscode? Ein Passwort?«

»Möglich, Minkin.«

»Wir haben den Zutrittscode.«

»Prima, jetzt fehlt uns nur noch die Tür.«

»Das müsste einfacher sein als anders herum. Mal auf seinem Rechner nachgeschaut.«

»Rechner. Klar. Wir haben auf seinem Taschenrechner nur nichts gefunden.«

Hätte ich mir denken können, dachte Minkin. Der Brauer stammte aus der prädigitalen Welt.

»Es ist jetzt kurz nach sieben. Was dagegen, wenn wir raus fahren. Zur Braustätte.«

»Minkin, die Sache ist durch.«

»Nur interessehalber.«

»Ich fahr dich. Mehr kann ich nicht tun.«

»Das ist in dem Kontext eine Menge.«

Vom Umgang mit dem städtebaulichen Erbe

Kurz hinter Tübingen schlängelte sich die Straße durch Mais- und Sonnenblumenfelder.

Hübsch anzusehen für einen, dem der Sinn nach so was steht. Wem stand der Sinn nicht danach, wenn er in Feuerbach wohnte? Besonders die Sonnenblumen, die am Abend die Köpfe Richtung Westen hingen ließen, versprühten ordentlich Melancholie. Jetzt noch satter Landregen drauf. Bon Iver würde das Musizieren wieder anfangen. Nach einer halbstündigen Fahrt standen Minkin und Schmid vor der ehemaligen Brauerei Quast in Trunkendorf. Ein tiefroter Ziegelbau mit Terrakottabändern an der Fassade. Ein Muster an württembergischem Industrieklassizismus. Gibt immer mehrere Möglichkeiten mit solchen Industriebrachen umzugehen. Würde eine solche Brache in Stuttgart stehen, wäre sie abgerissen. Ein strategischer Projektentwickler hätte dort nachhaltige Büroflächen realisiert.

Das meiste in der Stadt, was an die Vergangenheit erinnert hat, haben die Dummköpfe abgerissen. Aus Stumpfsinn, Fortschrittsglaube, Gedankenlosigkeit. Manches aus Bösartigkeit. Das Kaufhaus Schocken. Ein vom Krieg unversehrtes Warenhaus im Bauhausstil. Erbaut in den 20iger Jahren des letzten Jahrhunderts. Gehörte den Gebrüdern Simon und Salman Schocken. Juden. Abgerissen! Nicht von den Nazis. Erst Jahren später. Im Jahre 1960. Gut, die Autos brauchten Platz. Passierte unter dem damaligen Bürgermeister Arnulf Klett. Heute erinnert eine unterirdische Einkaufspassage an ihn. Die Klett-Passage. Alles rächt sich irgendwann. The Empire strikes back. Wie sehr musste man die Schönheit hassen? Die wertvollsten Gebäude haben sie geschleift über die Jahre. Die Stadtverwalter reißen immer das Beste ab, aber sie merken nicht, wenn sie das Beste abreißen. Oder sie wollen es nicht merken. Oder sie merken es doch und machen es zum Trotz. Geben nicht eher Ruhe, bis sie dort einen weiteren kafkaesken Kerker aus Glas und Stein hingesetzt hatten mit einem Bankenabzeichen darauf. Weil sie die Menschen einschüchtern wollten. Das war es, was Minkin über die Misantrophen dachte, die in der Stadt für diese Sauereien verantwortlich waren.

Die zweite Möglichkeit bestand darin, die Brache einfach verrotten zu lassen. Wer konnte sich dem morbiden Charme einer verfallenden Industriebrache entziehen? Jemand der kein Herz besaß.

Die dritte Variante war die Umwidmung. Das war im Grunde in Ordnung.

Dort wo einst »Bürgerliches Brauhaus« an der Fassade prangte, stand »Kommunale Kultur- und Mehrzweckeinrichtung«. Die Gemeinde Trunkendorf hatte sich für die Umwandlung entschieden. Auf dem Land hatte man etwas mehr Respekt vor der Vergangenheit. Oder die Flächen waren für Investoren und Projektentwickler aus Düsseldorf und Luxemburg einfach nicht interessant genug. Noch nicht. Inzwischen gingen die ganzen Discounter auch raus aufs Land. War bald so, dass jeder Weiler seinen

Lidl, Netto, Penny oder Aldi hatte. Um die Landbevölkerung an den Produktinnovationen teilhaben zu lassen. Minkin war unlängst beim Jägermeisterkauf am Spirituosenregal auf einen Pink Hugo Sprizz2Go gestoßen. Ein Convenience Produkt mit Lifestyle-Charakter. Ein Proseccogemisch. Pink Hugo Sprizz2Go? Wer dachte sich so etwas aus? In der Tiefkühltruhe neben der Pizza die süßen Piccolinis von Wagner. Mini Pizzen mit Schoko-Nuss oben drauf. Daneben eine Pizza mit Pastabelag. Wie restlos gelangweilt mussten Menschen sein, die auf solche Ideen kamen? Die ernsthaft davon sprachen, sie hätten ein Produkt neu inszeniert? Am Ende glaubten die Lebensmittelmanager noch den Scheiß, den sie absonderten. Bekamen von der Lebensmittelrundschau einen Award für die Produktinnovation des Jahres. In der Regel hatten die Hersteller die Verpackung aufgehübscht, den Inhalt verkleinert und den Zucker in Glucose oder Fructose umbenannt. Innovationen auf dem Lebensmittelsektor gab es seit dem Salat Caprese keine nennenswerten mehr. Minkin wusste, dass es da oben jemanden geben musste, der diesen Scheiß nicht durchgehen ließ. Es gab ihn, den Gott des Gebrutzels. Minkin hatte den Glauben nicht verloren. Wenn nicht, würde er, Georg Minkin, sich der Sache annehmen, wenn die Zeit reif war. Keep the faith. Zieht euch schon mal warm an, ihr Brandmanager, ihr Produktdesigner, ihr Marketingdirektoren. Ihr Lebensmittelfaschos. Oder kehrt um und tut Buße.

Der Schamane Berthold

Anstatt einer gebrauten Halben wurden in der Kultur- und Begegnungsstätte Trunkendorf jetzt Kurse im experimentellen Ausdruckstanz und im gregorianischen Nachtgebet angeboten. In Kooperation mit dem katholischen Bildungswerk und der VHS Nürtingen. Nicht schön, das. Minkin stand vor der Eingangstür. Sie war nicht zugesperrt.

»Hallo?«

Keine Antwort. Dann entdeckte Minkin den Zettel an der Tür.

Liebe Schamaninnen, Schamanen und schamanisch Interessierte,
Visionssuche heute unter der Trauerweide im Garten.
Euer Schamane Berthold

Gut, das machte Sinn. Minkin hatte durchaus von den halluzinogenen Substanzen der Trauerweide gehört. Der Schamane Berthold war womöglich kein Scharlatan. Kein kompletter jedenfalls.

Minkin trat ein. Wer mochte, konnte noch den malzigen Geruch im Gebäude wahrnehmen, der an die ursprüngliche Funktion des Hauses erinnerte. Wer nicht, der dachte, was für ein Gestank. Die Kursräume waren verschlossen.

Nur die Toiletten waren geöffnet. Kein Nachteil. Minkin hatte Blasendruck.

Minkin würde Berthold, den Schamanen, befragen müssen. Das war eine fragile Angelegenheit. Wie oft trifft man einen Schamanen? In echt jetzt. Wie redet man ihn an? Auf schamanisch.

Herr Schamane, ist die Stunde günstig für eine Begegnung?

Während er beim Pinkeln diese Fragen wälzte, betrat ein grobkörniger Riese das Pissoir.

»Grüß Gott.«

»Ebenso.«

Minkin fragte sich inwieweit es opportun war, sich beim Wasserlassen mit seinem Nebenmann zu unterhalten. Der Knigge würde das ablehnen. Sagen wir mal so, das war jetzt nicht gerade die Situation zur Lebensbeichte am Pisspott, obschon es mitunter in die Richtung gehen konnte. Gerade zu vorgerückter Stunde, paar Drinks intus, den ganzen Druck rauslassen. Frauen wurden um diese Möglichkeit betrogen. Sich beim Pinkeln mit der Nachbarin unterhalten? Schwer vorstellbar, dass das über die Kabine hinweg möglich war.

Das Pissoirpalaver hatte ordentlich Wahrheit inne. Sofern das mit der Artikulation noch hinhaute. In Trunkendorf war das kein Problem. War noch heller Tag.

»Kann man helfen?«, fragte der Riese.

»Danke, noch geht's, sagt mein Urologe.«

Minkin hatte diesen Hang zum billigen Witz. Zur Standup-Comedy. Minkin liebte Woody Allen, hatte aber nur das Talent eines Oliver Pocher abbekommen. Das Scheißhaus war der angemessene Ort für dieses Niveau. Der Riese reagierte mit einem dreckigen Lachen.

»Das denk ich mir. Bist noch zu jung für ein Harnleiden.«

Harnleiden, das kannte Minkin aus der RTV. Der Fernsehprogrammzeitschrift, die weniger für Fernsehen Werbung machte als für Flusskreuzfahrten auf der Donau, Prostataprodukte und Treppenlifte. Die hatten ihre Kernkompetenz gefunden. Kein Lifestylescheiß mit Hochglanzfotos vom Hummeressen der C-Promis im Palazzo.

»Meine, ob du was suchst?«

»Ja, einen der die Brauerei kannte, den Braumeister, sein Bier?«

»Warum willst du das wissen?«

Die Laune des Riesen änderte sich wie das Wetter auf dem Pfänder. Der Riese war not amused. Könnte man jetzt irgendwas erfinden. Einen Mist labern. Das wäre Zeitverschwendung. Das war nicht minkinesk.

»Weil ich nicht an den Unfall glaube. Ich denke, der Braumeister wurde ermordet. Ich will wissen von wem.«

Der Mann der neben Minkin stand schüttelte ab.

»Ich bin Berthold.«

»Minkin.«

Berthold gab ihm keine Hand. Das war höflich.

»Komm mit.«

Der Riese schloss eine hölzerne Kellertür auf. Kühle strömte herauf. Sandsteinkühle die Minkin an evangelische Gotteshäuser erinnerte. Auch hier war ein Ort, in dem der Mensch Gottes komplexe Schöpfung verstehen konnte. Die Hefe, das Malz, die Verwandlung. Der Mensch war Nichts. Die Schöpfung war Alles.

»Hier saß ich mit dem Max jeden Freitagnachmittag«, fing der Riese an zu erzählen.

»Der Max hat unter der Woche keinen Tropfen angerührt. Arbeiten und Trinken verträgt sich nicht. Von Freitagnachmittag an hat er gesoffen bis Sonntagabend. Das hier war sein Bier. Ein Export. Ein leichtes Helles. Näher an München als an Stuttgart.«

Der Riese zapfte zwei Halbe aus einem Holzfass.

Minkin nahm es dankbar zur Kenntnis.

»Dachte die Braustätte ist geschlossen?«

»Ist sie auch.«

Zeit verging und spielte keine Rolle.

»Bis auf den Haustrunk. Für den Eigenbedarf. Und für den einen oder anderen aus dem Flecken. Auf dein Wohl, Minkin.«

»Auf deines, Berthold.«

Das also ist ein Schamane. Berthold erzählte seine Geschichte. Mit 16 damals angefangen bei dem Max. 30 Jahre ging das. Als Braugehilfe, Fahrer, Verkäufer, Buchhalter. Max, sein Chef war jetzt über zwei Jahre tot. Berthold, der Schamane, braute weiter. Schwarzbrauer und Schamane. War keine große Metamorphose erforderlich. Alle sechs Wochen einen Sud. 100 Hektoliter im Jahr. Für sich. Und ein paar Hundert Kunden. Zwei, drei Gaststätten, Sportheime. Aus dem Flecken. Oder aus dem Nachbarflecken. Gab keine Flaschenabfüllanlage. Nur in Fässern. Kannen. Kanistern. Im Sommer alle vier Wochen.

Eine kleine, feine Schwarzbraueridylle auf dem Land. Möglicherweise nicht ganz legal. Aber was machten die großen der Branche? War das legal? Eben erst war das Fernsehbierkartell aufgeflogen. Bitburger, Krombacher, Veltins, Becks und Warsteiner hatten jahrelang die Verkaufspreise abgesprochen. Die Sache war rausgekommen. Das Kartellamt hat ordentlich Bußgeld verhängt. Mehr als 100 Millionen. Machten die immer noch einen guten Schnitt. Sollen an die 400 Millionen Mehreinnahmen generiert haben mit der Sauerei. Becks kam ohne Strafe davon. Hat zwar mitgemacht bei der Sache. Als es eng wurde, hat Becks die Kollegen hoch gehen lassen. So was nennt sich Kronzeuge. Ob das so gut ankommt beim Kartell? Wer zahlt wohl das Bußgeld am Ende? Die Kunden von Bitburger, Krombacher, Veltins und Warsteiner. Minkin würde das nicht treffen, soviel stand fest. Die Kunden des Schwarzbrauers Berthold auch eher weniger.

»Und ich sage dir eins Minkin, es war kein Unfall. Der Hund war alt. Und blind. Der konnte keinen Abzug mehr in Bewegung setzen. Ganz abgesehen davon, dass der Max gar nicht mehr zur Jagd ging.«

»Warum hatte er dann ein Gewehr dabei?«

»Er hatte kein Gewehr mehr, seit er die Jagd aufgeben hatte. Der Max war ein Spinner, er war Vegetarier seit einigen Jahren. Mir komplett unverständlich, wo die Flinte herkam.«

»Vegetarier, das war der Führer auch. Eine Flinte hatte er trotzdem.«

»Scheiß Vergleich.«

»Sehe ich ein. Haben Sie der Polizei die Sache mit Max erzählt. Von wegen keine Flinte und so.«

»Sicher, aber dieser Irre hat mir überhaupt nicht richtig zugehört.«

»Welcher Irre?«

»Na ja, schien mir so, als ob der Polizist nicht mehr alle Sinne beisammen hatte. Ist ständig abgedriftet bei der Befragung. Und so ein Flattern um die Augen. «

»Weißt du noch wie er hieß?«

»Das kam noch hinzu. Er hat sich als Schneider vorgestellt. Cop Schneider. Ich meine, wie gestört ist das denn? Sind wir hier in den Staaten? Hat der zu viele US-Gangsterfilme gesehen?«

Das war es nicht. Cop Schneider hatte ernsthafte Probleme. Das machte ihn nicht gerade berechenbarer.

Jan Schmid hatte inzwischen den Keller betreten.

»Auch eine Halbe?«

»Hör ich mich nicht nein sagen.«

Das mochte Minkin an Jan Schmid. Diese beharrliche Inkonsequenz. Was interessiert mich mein Geschwätz von gestern. Undogmatisch. Geradezu beckenbaueresk.

»Sagen dir diese Zahlen und Buchstaben etwas, Berthold.«

Jan Schmid holte den Zettel mit der Kombination aus dem Hosensack.

Berthold sah sich die Sache an.

»Wo habt ihr das her?«

»Gefunden. Beim Lada.«

2R.V.L.1357810 1R.V.L.24569D/KDNR

»Gibt es ein Foto dazu?«

»Wieso ein Foto?«

»Na ja, im Grunde erinnert mich das an eine Aufstellung auf einem Mannschaftsfoto.«

Zweite Reihe von links, die Nummer 1,3,5,7,8,10. 1 Reihe von links, die Nummer 2,4,5,6,9.

»Ein Mannschaftsfoto?«

»Das spanische Team. Im Kickerheft. Das Mannschaftsfoto zur WM 2010. Das könnte es sein«, ergänzte Jan Schmid.

»Und das D? Was hat es damit auf sich?«

»Doping, darüber hat der Max vor seinem Tod viel gesprochen. Die Spanier, die die Fußballer dopen, wollten auch an sein Bier ran. Ich hab es als krudes Geschwätz abgetan. Ich meine, der Max hatte manchmal nicht mehr alle beisammen. Besonders nicht von Freitag bis Sonntag.«

Max, der Brauer hatte eine Liste mit spanischen Spielern, die bei der WM 2010 gedopt waren. Verschlüsselt in einem Mannschaftsfoto. Weiß der Teufel, woher er diese Info hatte. Er dachte es wäre seine Lebensversicherung. Das Gegenteil war der Fall. Caesar kannte die Liste. Er musste deshalb weg. Dafür schuldet ihr uns was, dachte Minkin.

Der Spanier war fällig. Wie heißt es im Krimigenre so hübsch: Rache ist ein Gericht, das man kalt servieren sollte. Danach stand Minkin nicht der Sinn. Man sollte eine Sache dann servieren, wenn man Hunger hat. Der Spanier war im Arsch. Definitiv im Arsch. Stand alles auf dem Mannschaftsfoto. Man musste es nur lesen können. Der Code sagte etwas darüber aus, wer gedopt war bei der WM. Gleichzeitig waren das die Kundenummern der Spieler bei der Fa. Fuentes International Ltd.

2R.V.L.1. Zweite Reihe von links, 1. Das war Xavi. 2R.V.L.1 war die Kundenummer von Xavi. Das war es. Fifa wir kommen. Die Fußballhölle existierte. Minkin, Berthold, Jan Schmid, sie hatten den Schlüssel gefunden. Spanien war weg vom Fenster. Aus der internationalen Fußballfamilie. Sepp Blatter würde solche Sauereien nicht durchgehen lassen. Nicht Sepp Blatter, noch weniger sein Nachfolger. Spanien war so was von im Arsch. Aberkennung des Titels, Ausschluss von allen relevanten Turnieren auf Jahre hinaus. War es das, was Minkin wollte? War es das, was seine Auftraggeber von ihm erwarteten? Das war es eher nicht. Ein Zufallsfund, mehr war es nicht. Spanien war gedopt und spielte den schönsten Fußball. Bis 2014. Wir schauten gerne dabei zu, dachte Minkin. Ob es Beschiss war, spielte keine Rolle. War im Radsport jahrelang nicht anders gewesen. Wenn der Ulle aus Rostock weitergesiegt und der vollgepumpte Ami nicht die besseren Mediziner gehabt hätte, wer weiß? Vielleicht wären die öffentlich-rechtlichen Sender nie ausgestiegen. Im Grunde waren wir neidisch, dass wir den Drogenmischern hinterherhinkten. Klar war, Minkin hatte eine Bombe scharf gemacht. Nicht die, die er sollte. Spanisches Doping war nicht sein Auftrag. Er hatte eine ganz andere Baustelle zu räumen. Eine tiefere Grube. Eine von echter Importanz.

Vielleicht ließ sich der Zufallsfund verwenden. Gab noch die andere Liste. Eine Liste die für die Menschen da draußen echte Relevanz besaß. Die Liste der gedopten Brauereien.

»Berthold, bist ein guter Schamane.«

»Trainer der Alten Herren reicht. Ich meine, das hier ist nicht gerade der Da Vinci Code.«

Genug Material um ordentlich Druck gegen die Spanier aufzubauen war vorhanden.

Man musste nur ran kommen an die Brüder. Die blonde Schwester war der Weg. So oder so war sie das Ziel.

Überlegungen zum Reinheitsgebot

Minkin und Jan Schmid fuhren zurück nach Tübingen. Die Sonnenblumen hatten Sperrstunde.

»Wollen das Bier dopen, gibt's das. Ich meine, Jan, haben die denn gar keinen Respekt mehr?«

»Die Welt ist verkommen, Minkin.«

»Die haben eine Menge Scheiße verzapft. Macht es den Leuten nicht leicht daran zu glauben, dass die ganzen Verordnungen Sinn ergeben.«

»Hast du gewusst, dass die EU den Verbrauchern untersagt hat, ihre ausgedienten Teebeutel auf dem Kompost zu entsorgen?«

Minkin wusste das nicht, aber dafür die Sache mit der Pizza.

»Den Pizzabäckern schreibt sie vor, dass die Pizza Napolitana maximal 35 cm Durchmesser haben und nicht dicker als 4 cm sein darf. Dem italienischen Pizzabäcker Vorschriften machen. Bring einem Hund das Fliegen bei. So ziemlich das Absurdeste, worauf man kommen kann. Aber das hier ist eine andere Nummer, Jan. Das Reinheitsgebot ist 500 Jahre alt. Da scheißt man nicht einfach drauf.«

Minkin ließ Jan Schmid an seinem unnützen Wissen teilhaben. Erzählte ihm, dass die heute als deutsches Reinheitsgebot bekannte lebensmittelrechtliche Vorschrift am 23. April 1516 durch die bayerischen Herzöge Wilhelm IV. und Ludwig X. in Ingolstadt erlassen wurde.

Die Vorordnung enthielt eine Bierpreisbindung. Vom 29. September (Michaeli) bis 23. April (Georgi) durfte eine Maß Bier für maximal einen Pfennig verkauft werden. Bis Michaeli waren es nicht mehr als zwei Pfennig. Coole Zeiten waren das.

Dann stand in der Verordnung das drin, was wir heute als Reinheitsgebot kennen. Zu keinem Bier sollen mehr

Stücke als allein Gersten, Hopfen und Wasser verwendet und gebraucht werden. Hefe war als Mikroorganismus noch unbekannt, weshalb sie in der Aufzählung nicht auftauchte. Gleichwohl hat man ihre Funktion genutzt.

Das Volk hatte es satt, schlechtes Bier zu trinken. Der Staat musste reagieren. Daneben ging es wohl auch darum die Lebensmittelversorgung sicherzustellen. Der wertvollere Weizen oder Roggen war den Bäckern vorbehalten. Deshalb gab es nur die Gerste fürs Bier. Gibt auch die These, dass die Brauer im Mittelalter ihrem Bier heidnische Ritualkräuter und psychoaktive Substanzen zugesetzt hätten. Tollkirsche, Schlafmohn, Wermut. Solchen Sachen. Hat dann vermutlich geschmeckt, wie die belgische Fruchtplörre heute.

Rauschmittel im Bier, man stelle sich das mal vor. Schöne Sauerei. Musste der Staat was unternehmen. Rauschmittel ging gar nicht.

Schließlich gibt es noch die verstiegene Theorie, dass das Reinheitsgebot den bayerischen Brauern Wettbewerbsvorteile verschaffen sollte. Die Norddeutschen, die Rheinländer setzten ihren Bieren Kräuter zu, die es in Bayern klimabedingt nicht gab. Die hatten damals kurz nach der Eiszeit noch von September bis Mai eine geschlossene Schneedecke. Diese Theorie erschien Minkin eher unwahrscheinlich. Gegenüber Kölsch und Jever brauchte das süddeutsche Bier keine staatliche Protektion. Das regelte sich allein über den Geschmack.

Eine Zeit lang ging es mit dem Reinheitsgebot so weit, dass ausländische Biere, die nicht nach den deutschen Regeln hergestellt wurden, in Deutschland unter der Bezeichnung »Bier« nicht verkauft werden durften. Der Europäische Gerichtshof hat das 1987 gekippt.

Seitdem glaubt die Jugend, Heineken und American Bud seien Biere. Großartige Leistung der EuGH-Richter. Die hatten es echt drauf.

Minkins kenntnisreiche Ausführungen endeten am Bahnhof in Tübingen.

»Endstation, mein Lieber.«

»Schon da? Gar nicht gemerkt, war so sehr in unser Gespräch vertieft.«

War im Kern kein Gespräch sondern ein Monolog. Ungewöhnlich für Minkin, der kein Schwätzer war. Gab zwei, drei Themen, bei denen er die Wortkargheit eintauschte gegen ein Mitteilungsbedürfnis. Wenn man die Themen kannte und mied, war alles gut.

»Wenn du dich beeilst, kriegst du den letzten Zug. Fährt in fünf Minuten.«

»Danke, Jan.«

»Was wirst du jetzt tun?«

»Die Blonde treffen. Dem Spanier ein Ultimatum setzen. 48 Stunden.«

»Wenn er sich nicht dran hält? Plan B?«

»Gibt keinen.«

»Dann mach hinne. Du weißt, wo du mich findest, Minkin.«

Der Zug kam ins Rollen.

48 Stunden

Jetzt musste es schnell gehen. Die ersten Stunden sind entscheidend. Minkin musste die Blonde im mopsgrauen Kostüm treffen. Schödlbauer hatte ihm Cinderella Maiers Nummer gegeben. Dann saß er ihr gegenüber. Auge in Auge. Sie war nicht Gottes Werk, auch nicht Teufels Beitrag. Sie war schlicht umwerfend. A natural born killer.

»Gib deinem Boss diese Zahlen. Er hat 48 Stunden, den Wirkstoff vom Markt zu nehmen. Den Scheiß zu vernichten. Ansonsten platzt die Bombe. Kapiert. Der Spanier wird das nicht mögen. Die FIFA wird das nicht mögen. Keiner wird das mögen. Nur 48 Stunden, hörst du.«

Minkin klang hart. Wie ein versprengter süddeutscher Clint Eastwood, dem man den Lack am Benz zerkratzt hatte. Der auf Rache aus war. Düster klang das, wenn man den Minkin nicht kannte. Lächerlich für denjenigen, der wusste, wer Minkin war.

Die Blondine blieb ungerührt. Trug wieder dieses mopsgraue Kostüm.

»Würden Sie mich küssen?«

Was war das denn für eine unangemessene Frage? Geht's noch? Mitten in einer knallharten Ermittlung. Wenn Minkin in Krimis etwas hasste, dann waren es Bettszenen, Kussszenen, erotische Ausmalbilder.

»Mal griff er fest, mal zärtlich in ihr Fleisch. Seine Lenden waren voller Leidenschaft. Rasend vor körperlicher Ungeduld untersuchte er ihren knabenhaft unschuldigen Leib bla bla.«

Etwa in der Art. Schwulst war das. Überflüssig wie ein Kropf. Das hatte mit der Lösung eines Falles nix zu tun. Er würde diesen Scheißdreck in seinen Recherchen zu vermeiden wissen. Nichts von alledem würde jemals in seinen kriminalistischen Erwägungen eine Rolle spielen.

Minkin wusste nicht, auf was er sich eingelassen hatte. Insgesamt, als er den Job übernommen hatte. Insbesondere jetzt wusste er es nicht. In diesem Moment.

Minkin hatte sich mit der Blondine im mopsgrauen Kostüm in der Vorhölle verabredet. Bei einem italienischen Systemgastronomen ihrer Wahl. Muss man das noch dazusagen? Der Systemgastronom war im Königsbau. Auch sonst war er ungut. Fehlte nur noch ein Pastagericht mit Bärlauchpesto. Wie er das hasste, dieses bohème Bärlauchbohei. Der Bärlauch war ein unerträglich stinkendes Kraut, das einem den Waldspaziergang im Frühsommer ordentlich versauen konnte, wenn man ein Waldspaziergänger war. Minkin war keiner. Konnte das Kraut trotzdem nicht ausstehen. Bärlauchpesto beim Systemitaliener? War das die Antwort auf die drängenden Fragen des 21. Jahrhunderts? Bärlauch.

Die Sache war zu wichtig in der entscheidenden Phase. Jetzt war verdammt nochmal nicht die Zeit für Befindlichkeiten. Jetzt müsste die Sache laufen. Oder sie lief nie. Oder irgendwann.

»Später«, wies er das Ansinnen der Blondine zurück. »Vielleicht, wenn die Geschichte hier auserzählt ist. Bis dahin tun Sie besser was ich sage. Ansonsten »fuck off« Spanien. Großes »fuck off«. Von Trafalgar wird danach niemand mehr sprechen. Trafalgar ist Kindergeburtstag dagegen.«

Minkin gefiel seine Rede. Er war nicht Lord Nelson. Er stand keiner spanischen Armada gegenüber. So war es nicht. Es ging um Fußball. Es war größer.

Schödlbauer hatte geplaudert. Er hatte die Adresse der mopsgraublonden Vertriebsassistentin Cinderella Maier. Dann war es ein Leichtes. Minkin wollte nur, dass der Scheiß aufhört, die Panscherei. Sofort. Mehr wollte er nicht. Das hatte er Cinderalla Maier deutlich mit auf ihren Weg gegeben. Sollte ihr Chef sehen, was er daraus macht.

Suicide by Cops

Cop Schneider hatte schon zuvor getötet. Es war leicht. Cop Schneider hatte darauf gewartet. Er war die Granate, die scharf war. Kein Präzisionsgewehr, eher die Schrotflinte mit dem abgesägten Lauf.

Der Kerl rief damals um kurz vor Mitternacht bei den Kollegen auf dem Revier an. Er habe eine Pistole. Damit würde er jetzt vor die Tür gehen. Auf die Straße. Und dann wird man sehen, was passiert. Er kannte das Steinhaldenfeld. Kein fruchtbarer Ort. Ein guter Acker um abzutreten. Schneider war der erste am Tatort. Da stand der Kerl. Als der Streifenwagen eintraf, ballerte er in die Luft.

»Waffe runter!«

Nichts geschah. Der Kerl machte weiter.

Zweite Warnung. Machte es dem Schützen was?

Im Gegenteil.

Schneider war nicht eben von großer Geduld gekennzeichnet.

Er wollte den Kerl nur treffen. Nicht töten. Wie gesagt, kein guter Schütze, der Schneider.

Am Ende stellten die Behörden es so dar, als ob der Kerl es drauf angelegt habe. Suicide by Cops. Ein Phänomen aus den Staaten. Exklusiv im Steinhaldenfeld. Suicide bei Cop Schneider. Ist ein paar Jahre her. Seither war der Polizeiobermeister Schneider nur noch Cop Schneider. Cop Schneider hörte es nicht ohne Stolz.

Seit der Zeit hatte Cop Schneider die Scheu davor einen Menschen zu töten verloren. Er hatte es wieder und wieder getan. Minkin stand auf dem Zettel.

Judas oder Jesus

»Wo steckt Minkin?«

»Bin ich Jesus?«

»Wird nicht frech, Kleiner.«

Jan Schmid war kein Riese, 1,70 Meter. Aber Kleiner? Das war unangemessen.

Meergans baute sich vor Jan Schmid auf. Es war nicht beeindruckend, eher beschämend. Meergans war ein Wrack und spielte sich auf wie der Kaiser. Oder Uli Hoeneß. Vorm Knast. Seine Knollennase war mit geplatztzten Äderchen geschmückt. Die roten Augen wollten nicht mehr in der Höhle bleiben. Meergans schwitzte, sein Resthaar klebte ihm im Nacken. Der Mann brauchte Hilfe, er war ernsthaft im Arsch.

»Ich weiß, dass du dich mit Minkin getroffen hast. Er war bei dir im Büro.«

»Privater Termin.«

»Privater Termin, ha. Dass ich nicht lache. Ihr seht Bildchen von alten Fällen auf dem Rechner an, zieht euch alte Akten. Das nennst du privat?«

Jan Schmid sagte nichts. Wer hatte dem alten Sack das gesteckt?

»Mein lieber junger Freund, das sind Dienstgeheimnisse. Du plauderst sie aus. Wegen so einer Scheiße bist du ganz schnell draußen, Schmid.«

»Also, wo steckt der Kerl. In seinem alten Loch in Botnang ist er raus. Unbekannt verzogen. Er hat sich nicht umgemeldet. Sag mir, wo er steckt und wir vergessen deine Regelverstöße.«

Schmid war an einer Biegung angelangt. Judas oder Jesus?

Minkin war nicht sein bester Freund, das war er nicht. Falls es bei Schmid überhaupt einen gab. Das mit der Bachmann hatte er ihm eingebrockt, allein deshalb hatte Schmid ordentlich Grund, um sauer auf Minkin zu sein.

Und Meergans? Ein verlassener Säufer. Hatte kein gutes Herz, von allen anderen Organen einmal abgesehen. Er mochte ihn nicht. Seine eigene Karriere stand auf dem Spiel. Sie hatten nicht ernsthaft was in der Hand. Minkin war bei ihm im Büro, das wussten sie. Dass er in alten Akten stöbert, war seine Sache. Er war nicht faul, das wussten sie auf der Behörde. Auch wenn sie sein Tempo nicht unbedingt schätzten. Seine Schnelligkeit machte die anderen langsam. Andererseits war Schmid keiner, der seine Sachen auf Kollegen abdrückte. Schnelles Arbeiten war auf Behörden nicht gern gesehen, aber den Scheiß wegdrücken, das möchte man noch weniger, störte das komplexe Ökosystem »Büro« noch empfindlicher. Man hatte die Kollegen gefressen, die ihre Akten, auf die sie keine Lust hatten, abdrückten, damit sie mehr Zeit für sich hatten. Um in Internet zu surfen. Oder um mit der Frau zu telefonieren. Oder Urlaube zu buchen. Das war den meisten Kollegen noch verhasster als übertriebener Fleiß.

»Keine Ahnung, wo der Minkin wohnt. Er meldet sich oder taucht auf. Und dann ist er auch wieder weg.«

»Das soll ich dir glauben, Burschi. Erzähl keinen Scheiß.«

»Ihnen wird nichts anderes übrig bleiben.«

»Machst hier auf loyal, Schmid. Das wird dir noch leid tun.«

»Hören Sie, ich hab keine Ahnung, wir sind keine besten Freunde. Wir kennen uns, aber er ruft hier nicht täglich an und teilt mir seinen Aufenthaltsort mit, okay?«

So halb war das sogar in ungefähr die Wahrheit. Die Adresse hatte Schmid nicht. Das mit Feuerbach hatte Minkin wohl erwähnt.

»Hat er ein Stammlokal?«

»Eins?«

»Hör mir zu Schmid, du musst hier nicht auf Sphinx machen. Man will Minkin nur ein paar Fragen stellen. Er ist einigen Leuten auf die Füße getreten. Mächtigen Leuten, Schmid. Ziemlich auf die Füße. Diese Leute stehen über dem, was wir hier tagtäglich tun. Schmid, ich kann Minkin nicht schützen, sag ihm er soll seine Säufernase da raushalten, hörst du?«

Meergans sprach von Minkins Säufernase. Bruder, du siehst den Splitter im Auge des anderen, aber nicht den Balken im eigenen Auge. Um noch mal auf Jesus zurückzukommen.

»Werde es weitergeben.«

»Das ist das Mindeste, was du für deinen Freund tun kannst.«

Damit verschwand Meergans aus dem Zimmer.

Schmid riss das Fenster auf. Der Gestank, den dieser Kerl hinterlassen hatte, war unerträglich.

Wo steckt Minkin?

Schneider ließ das Telefon dreimal klingeln.

»Schneider?«

»Hier Meergans.«

»Und? Wo steckt der Kerl«

»Wir wissen es nicht.«

»Seine alte Bude ist geräumt. Umgemeldet hat er sich nicht. Schmid sagt nichts.«

»Soll ich ihn besuchen?«

»Lass es, vielleicht weiß er es wirklich nicht. Würde zu Minkin passen. Hat es nicht so mit der Verbindlichkeit.«

»Wo fangen wir an zu suchen?«

»Sie fangen an, Schneider.«

Meergans wollte der Vollständigkeit halber die Hierarchie klar stellen.

»Fangen Sie in Botnang an, in der Waldklause. Da war sein Wohnzimmer.«

Botnang, dachte Cop Schneider. Geht es noch pittoresker? Wer in Freiberg residierte, hasste Orte wie Botnang. Das feindliche Grün. Die Reihenhäuschen mit den Schaukeln dahinter und den Blumenkübeln davor. Nicht mal ordentliche Hochhäuser hatten die in der Schlafstadt.

Wenn er sich da mal nicht täuscht, der Herr Schneider.

Groteske Hochhäuser sind kein Freiberger Privileg.

Waldklause

Cop Schneider fuhr mit der U 2 bis Haltestelle Lindpaintner Strasse. Direkt gegenüber der Haltstelle befand sich die Waldklause.

Waldklause. Wie das klingt. Cop Schneider erwartete das Schlimmste. Dunkles Vollholz, Hirschgeweih, Jägerzaun, Tannenbaum. Alpenländische Schönheit. Wie er das hasste.

Kam anders. Die Waldklause war eine Räucherkammer mit Tresen, Dartautomat, Flachbildfernseher und kränklichen Zimmerpflanzen. Zugig im Abgang, Gar nicht mal so übel, dachte Cop Schneider. Kann kein Ungläubiger sein, der Minkin, wenn das hier mal sein Wohnzimmer war. Cop Schneider setzte sich an den gebrauchten Tresen. Der kleine Mann dahinter hatte ihn registriert.

»Was willst du?«

Viel Aufheben machte der Mann nicht. Die Klause wurde Cop Schneider immer sympathischer.

»Eine Halbe.«

Halbe Minute später stand sie da. Flankiert von einem Ouzo aufs Haus.

»Danke, guter Service. Hat Minkin nicht zu viel versprochen.«

Der Mann am Tresen horchte auf. Sagen wollte er dazu nichts.

Der Mann war in den Fünfzigern. Eher in der den schlechten Fünfzigern. Klein und wenig Haare. Der Ouzo machte ihn zum Griechen. War das eine Überraschung? Im Gegenteil. Alles andere wäre eine gewesen.

»Kommt er noch ab und zu hierher, der Minkin?«

Geht es noch ungeschickter, Herr Kommissar? Vielleicht erwähnst du noch, dass du ihm das Licht auspusten willst.

»Bist du ein Freund?«

»Freund wäre zu viel gesagt. Das muss noch wachsen. Wir haben die gleichen Interessen, verfolgen ähnliche Ziele.«

Der Wirt ließ es sacken.

»Er war schon lange nicht mehr hier. Wohnt nicht mehr in Botnang.«

»Das habe ich gehört. Weiß man, wohin er verzogen ist?« Cop Schneider legte einen 100 Euro Schein auf den Tresen.

»Stimmt so.«

Bisschen viel für eine Halbe.

Der Wirt runzelte die hohe Stirn. Dachte kurz nach und gab Cop Schneider 97,00 Euro zurück.

»Keine Ahnung.«

»So tickst du also.«

Die Griechen hatten nicht immer den besten Ruf. Völlig zu unrecht. Der hier war jedenfalls nicht korrumpierbar.

»Auch gut. Das hier ist meine Telefonnummer auf dem Präsidium, falls es dir doch wieder einfällt. Bis dennewitz.«

Cop Schneider hatte sich diese Floskeln zu Eigen gemacht. Tschüssikowski. Bis dennewitz. Märchensteuer. Büroangestelltenhumor. So Sachen halt. Sollte witzig sein. War es nicht. Hatte ihm nur noch keiner gesagt.

Die Waldklause ruft an

»Hallo Minkin, hier ist die Waldklause.«

»Das ist ja ein Ding. Was gibt's?«

»Die Polizei sucht dich?«

»Mich? Warum?«

»Sag du es mir.«

»Keine Ahnung.«

»Was machst du gerade?«

»Bisschen ermitteln, Sachen finden.«

»Du bist ein Privatdetektiv? So wie Kojak.«

Gelächter auf der Gegenseite.

»Gibt's da zu lachen?«

»Nix gegen zu sagen, tschuldigung, meine nur. Hast die Sachen bisher eher auf dich zukommen lassen.«

»Daran hat sich nicht viel geändert.«

»Dann ist ja gut, alles andere ist nicht dein Stil.«

War das Anerkennung oder Spott? Oder machte das hier überhaupt keinen Unterschied?

»Danke.«

Nicht klar, ob Minkin das ernst meinte.

»Besser du lässt dich eine Weile nicht mehr hier blicken.«

»Ist das ein Hausverbot?«

»Ein Schutzverbot.«

»Meinetwegen, die Sache ist bald durch. Dann schau ich wieder rein.«

»Der Ouzo ist kaltgestellt.«

»Willst du mich vergiften? Stell den Tzipouro kalt, hab ich mehr von.«

Das war mal unbestreitbar.

Fiasko

Was geschah, nachdem Minkin Cinderella Maier ordentlich unter Druck gesetzt hatte?

Nichts. Drei Tage plätscherten dahin. Gut, 48 Stunden waren schon mal um. Aber hey, man sollte das jetzt nicht mal eben wörtlich nehmen. Ist mehr so eine Metapher für ziemliche Dringlichkeit. Für gewöhnlich schlief Minkin an diesen Tagen lange. Nach dem Aufwachen sah er den Tauben auf dem gegenüberliegenden Dachsims beim Kacken zu. Er war froh, im richtigen Haus zu wohnen. In dem Haus ohne Tauben auf dem Dach. Am frühen Abend lief Minkin regelmäßig im Fiasko ein. Das war noch vor den Zeiten der großen Depression. Bevor das Fiasko durch eine Galerie ersetzt wurde. Was für eine Tragödie.

Das machen die. Immer machen die das. Und immer wieder aufs Neue. »Erst wenn der letzte Kümmerling abgeräumt, die letzte Salzbrezel gegessen und die letzte Molle geschlossen ist, werdet ihr merken, dass Latte Macchiato kein Ouzo ist.«

Diesen Satz hatte ein Sprayer auf die Scheibe der Galerie gesprüht. Das war hier die Kunst. Nicht das Zeug in der Galerie. Gentrifizierung war die kleine pickelige Schwester der Globalisierung. Nicht so hässlich, genauso böse. Keiner tat etwas gegen den Ausverkauf der Pilsbars, der Eckkneipen, der Mollen, wie der Berliner sie nennt. Keiner ging auf die Straße, startete eine Internetpetition. Setzte sich ein für den Erhalt der Eckpinte. Bis auf ein paar versprengte, alkoholaffine Redakteure des hiesigen Stadtmagazins, die jeden Monat gegen die Zerstörung anschrieben. Wo waren die Lobbyisten in dieser causa? Wo der Hotel- und Gaststättenverband? Wo die IHK mit ihren Zwangsmitgliedschaften, die für jeden Mist Unmengen an Kohle rausblies? Warum klebte sie da keine Plakate an ihre Außenfassade? Ein Herz für die Eckkneipe. Pilsbar 21 - wir sind dabei. Die sogenannte Schräggastro war immer nur die Randgruppe unter den Schankstätten. Fluide Weltanschauung durch Butzenscheiben auf holzvertäfelte Wände und Flachbildschirme. Gibt noch ein paar Orte, die weit weg sind von der Systemgastronomie, tröstete sich Minkin, wenn ihn diese trüben Gedanken überkamen.

Heslach ist so ein Ort. Heslach, das Auenland der Schräggastro. Die Mutter aller Pinten. Wer in Heslach eine Pilsbar ansteuert, liegt niemals verkehrt. Minkin mochte das Ritterstüble. Die Omi in der blauen Kittelschürze mit dem seltsamen Akzent, die unablässig Flaschenbier reicht. Und die Stammgäste mit den tiefschürfenden Erkenntnissen. »Diese Internet, diese Handy macht Kopf von diese junge Leute kaputt.«

Sag was dagegen.

Oder Feuerbach. Das Heslach des Nordens. Das Staufeneck war ein schöner Ort. Nicht zuletzt wegen der Gürtelinschrift eines Stammgastes. »I used to be schizophren.« Schizo ist das Staufencenter in der Stuttgarter Straße allemal. Darf sich Center nennen, da es dort neben dem Nagelstudio auch ein Sportwettenbüro gibt. Pilsbar sieht der moderne Shopping-Mall-Investor allerdings nicht mehr vor. Eine Pilsbar im Milaneo? Eher stellt die SPD den nächsten Kanzler.

Dann gibt es noch die Wikingerstube tief in den Schluchten der U-Bahnhaltestelle Charlottenplatz. Frei von störendem Tageslicht und übertriebener Frischluftzufuhr. Ab und an weht ein Hauch von verbranntem Gummi und getrocknetem Urin herein. Über den Köpfen braust achtspurig der Verkehr über den Charlottenplatz. Durch die Herrenpilsschaumkrone blickt man auf die psychedelischen Wandkacheln. Große Fliesenkunst. Mental gefestigt sollte man sein, um dem Stollen einen Besuch abzustatten. Mit einer depressiven Verstimmung im November ist der Ort tendenziell genesungswidrig, da war sich Minkin ziemlich sicher.

Unterirdisch gut ist noch die Drehscheibe in Untertürkheim. In der Fußgängerunterführung der S-Bahn-Haltestelle. Ein friedlicher Ort. Die Menschen dort tragen T-Shirts mit der Aufschrift »Halbbesoffen ist rausgeschmissenes Geld«. Weise ist das. Sehr weise. Man sollte vermeiden die Stammgäste eines VfB-Lokals auf den sympathischen KSC anzusprechen. Minkin machte diesen Fehler genau einmal. In der genannten Reihe muss man sich jedenfalls das verblichene Fiasko vorstellen.

The Return of Horst

Minkin war die Katze gleich am ersten Tag aufgefallen. Spätestens am zweiten Tag. Ist auch nicht entscheidend. Saß da auf der Heizung. Alternativ auf dem Kippenautomat. Dauerte ein bisschen, bis Minkin registrierte, dass es ein echtes Tier war. Katze auf dem Kippenautomat soll ja Glück bringen. Ist so eine Redensart unter Rauchern. Minkin rauchte nicht. Aber Glück kann man nie genug haben.

Am zweiten Abend sprach Minkin den Wirt aus dem Fiasko an.

»Seit wann hast du Haustiere?«

»Ist nicht so, dass ich mir das Tier ausgesucht hätte.«

»Sondern?«

»Er hat sich das hier ausgesucht. Stand einfach in der Tür und hat mich angebettelt. Seit dem ernährt er sich praktisch von Thunfisch in Dosen.«

Thunfisch aus Dosen war im Großen und Ganzen die einzige feste Speise im Fiasko.

Der Wirt kippte widerwillig den Doseninhalt auf eine Scheibe altes Weizenmischbrot. Machte sich auch keine Mühe, dass irgendwie hübsch zu verteilen. Sah einfach aus wie eine umgestülpte Thunfischdose. Salz drauf, Pfeffer dran, fertig war der Lack.

Keine schlechte Wahl, dachte Minkin.

»Die Katze hat Geschmack.«

»Ist ein Kater.«

Ein Kater? Da war doch was. War zwei, drei Wochen her, da hatte Minkin einen Katzensuchauftrag unrühmlich vermasselt und mit seinem blöden Geschwätz fast eine Diakonisse erledigt. Schöne Scheiße.

»Hat das Tier einen Namen?«

»Hat ein Halsband. Steht Horst drauf. Hat mir gefallen. Nenne in Hotte. Kater Hotte.«

»Minkin kramte das Foto mit der Diakonisse und der Katze aus dem Geldbeutel.«

Er reichte es dem Wirt rüber.

»Hat er nicht Ähnlichkeit mit dem hier?«

»Scheiße ja, wo hast du da her?«

»Das ist eine lange Geschichte.«

Minkin erzählte sie.

»Schätze Kater Hotte muss sich entscheiden, Pilsbar oder Schwesternwohnheim.«

Minkin telefonierte mit Pamela.

»Pamela, kannst du mit Schwester Margret in das Fiasko kommen.«

»Das Fiasko, ist das nicht eine üble Pinte?«

Pamela gab sich wenig Mühe ihr Unbehagen zu unterdrücken.

»Wie man es nimmt. Nicht übler als die meisten anderen Pinten.«

»Kannst du kommen mit deiner Tante?«

»Warum?«

»Gegenüberstellung.«

»Mit wem?«

»Ich glaube, ich habe Horst gefunden.«

»Minkin, erzähl keinen Scheiß.«

»Heute einmal nicht. Kommt vorbei. Sie soll ihn sich ansehen. Ich denke, es ist ein Treffer.«

PastasühntServante

(Eigentlich pacta sunt servanda, aber das hat das Spracherkennungsprogramm verbockt)

Am vierten Abend saß der Kerl neben Minkin am Tresen. Der blondierte Spanier. Das sah eklig aus. Wie ein missratener Marmorkuchen. Einer bei dem man die Schokolade weggelassen hatte. Ein Kerl mit diabolischem Fluidium.

»Ich mag den deutschen Fußball.«

Ein Schleimer dazu. Ging bei Minkin ins Leere. War keiner, der schnell fraternisierte.

»Wer mag ihn nicht?«

» Seid wieder richtig gut drauf seit Klinsmann.«

»Und Jogi.«

»Der ist Weltklasse. Im Schal tragen.«

Jogi Löw gewann durch das Schal tragen etwas Künstlerisches, Tänzerisches, Intellektuelles. Dann immer diese taillierten dunkelblauen Hemden. Der Spanier hatte nicht Unrecht. Die regenfeste Margot-Käßmann-Gedächtnis-Frisur tat ihr Übriges.

»Jogi ist ein Großer. Ist einer von uns.«

»Mag sein. Aber der Spanier schläft nicht. Entwickelt sich weiter.«

»Kann man nichts gegen sagen«, stimmte Minkin zu.

»Sind ein Labor, ein Fußballlabor.«

Was sollte dieses Bild? Labor?

»Sind immer am Experimentieren. Neue Systeme, neue Zutaten.«

Sprach der Spanier über das kreiselnde Mittelfeld oder über das andere?

»Hab ich gehört von.«

Mal was ins Ungefähre geäußert.

»Damit gewinnt man Titel, mein Freund.«

»Ihr spielt schönen Fußball.«

Noch wollte Minkin höflich sein.

»Das auch.«

»Sonst?«

»Wir haben den Code.«

Es dämmerte unter der Asbach Magnum Flasche.

»2014 habt ihr ihn nicht benutzt.«

»Die Spieler sind nur Menschen, Minkin.«

»Auch die spanischen Spieler?«

»Das ist ein Problem.«

Der Spanier legte das Mannschaftsfoto auf den Tisch. Das offizielle WM-Foto.

»Du kennst ihn, den Code.«

»Yep.«

Das hatte er schon mal gesehen.

Das also war Fuentes. Das war der Anfang. Das Ende. Die Mitte. Oder nichts von alledem.

»Meinetwegen kann es so bleiben.«
»Der Preis, den du willst, ist hoch.«
»Angemessen.«
»Ab wann?«
»Sofort.«
»Du steigst hoch ein, Minkin, wenn ich dich so nennen darf?«
»Mir egal, wie Sie mich nennen. Unsere Seite hat schon bezahlt. Mit dem Brauer und mit Caesar. Er war ein Freund. Davon hat man nicht viele.«
Der Spanier legte die Stirn in Falten. War er überzeugt?
»Einen WM-Titel kann man kaum mit Geld bezahlen, in Gold aufwiegen. Das ist für die Ewigkeit. Geld ist flüchtig. Geld ist eine Drachme, keine D-Mark.«
Minkin fand, das war argumentativ stark, nicht logisch, aber profund. Zumal es Unsinn war, was er sagte. Wenn sich Katar eine WM bei der FIFA kaufen konnte, wieso sollte es dann nicht möglich sein einen WM-Titel zu kaufen?
»Was habe ich für eine Sicherheit?«
»Sicherheit? Mein Wort. Pacta sunt servanda.«
»Was noch?«
»Das Gleichgewicht der Kräfte. Die Abschreckung. Wenn ich plaudere, habt ihr den Titel nicht mehr und ich gepanschtes Bier. Was also hab ich für ein Interesse daran, die Sache raus zu lassen?«
Das hatte eine gewisse Logik.
»Für wen arbeitest du, Minkin?«
Goldberg wollte er aus dem Spiel lassen. Wollte erst mal sehen, ob ihm das Ergebnis reichte. Er hatte jetzt nicht eben die Liste gefunden, aber er hatte das große Ganze gelöst.
»Für niemanden. Für alle. Such es dir aus.«
For all mankind. Das hatten die Jungs um Bruce in Armageddon auf dem Overall der NASA. So in etwa fühlte sich Minkin in diesem Augenblick. Etwas kleiner vielleicht.

Fuentes hatte einen Zusatzstoff entwickelt, den man ins Bier kippte, um die Trinker abhängig zu machen. Ein Suchtmittel. Drogen. Perfides Zeug. Etwas in der Art der Tollkirsche und des Schlafmohns, was die Brauer bis vor 500 Jahren dem Bier untermischten. Damit war jetzt Schluss. Der Spanier schwieg. Fuentes schwenkte das Asbachglas, bevor er den Inhalt in einem Zug leerte.

»Schmeckt furchtbar.«

»Mit Cola geht's.«

»Einverstanden. Dein Spiel. Du bist safe. Für diese Runde.«

»Willst du nicht zu uns kommen, Minkin? Wir sind die Sieger.«

Minkin musste nicht lange nachdenken.

»Sieger haben mich nie sonderlich interessiert.«

Der Spanier stand auf. Ging Richtung Ausgang. Drehte sich um.

»Wir sehen uns. Ich werde andere Kleider tragen. Ich werde einen anderen Namen haben. Du wirst mich nicht erkennen. Dein Schutzengel sollte auf der Hut sein.«

Mein Schutzengel, dachte Minkin. Michael, der alte Spritti, stand kurz vorm Rauswurf. Musste froh sein, wenn er seine Flügel morgens in die Waagerechte bekam. Guter Kerl, aber auf ihn zu hoffen wäre fahrlässig.

»Lass mal, Blondie.«

Blondie, wie keck war das denn?

»Schätze, das werde ich selbst erledigen.«

»I'll be back.«

»Ich werde da sein.«

Fuentes verschwand in die schlechteste Abendluft der Republik. Voll mit CO2 und Feinstaub.

Draußen schob Schwester Margret ihren Rollator vorbei. Im Körbchen saß Kater Hotte mit einem Plüschtier. Sah aus wie ein Thunfisch. Blinzelte ihm Schwester Margret etwa zu?

Nachwort

Die Geschichte ist natürlich frei erfunden. Bis auf die Sache mit dem Fiasko.

Und das mit Spanien. Der eine oder andere Fußballinteressierte hat sich gewundert, warum Spanien 2014 sang- und klanglos bereits in der Vorrunde ausgeschieden ist. Die Experten hatten eine Menge Erklärungen. Fehlender Umbruch, Mannschaft überaltert, Kurzpassspiel ist überholt, Ballbesitz ist nicht alles und so weiter. Lasst sie mal in dem Glauben, diese Experten. Ihr wisst es jetzt besser. Fuentes musste wenige Monate vor der WM den Stecker ziehen. Das war der Beifang, wenn man so will.

Die Blondine war von einem auf den anderen Tag verschwunden. Meergans ist wieder bei seiner Frau zuhause eingezogen. Das war klar. Aber so richtig gut ist das nicht mehr. Aber die Russischen Eier sind eine Wucht. Solltet ihr mal dort in der Gegend sein. Einfach klingeln. Sind immer welche im Kühlschrank. Das Drumherum muss man einfach ausblenden. Sind die Fildern.

Goldberg war offensichtlich mit dem Ergebnis einverstanden. Gab zwar keine Liste, aber mit der Panscherei war Schluss. Was zählte, war das große Ganze. Minkin fand die Schlussrate in einem Umschlag in seinem Briefkasten. Mit einem Heiligenbildchen. Darauf San Miguel, der heilige Michael. Schutzpatron aller Biertrinker. Mit Goldberg war gut Geschäfte machen.

Schödlbauer hatte seinen Job natürlich los. So richtig böse war er nicht darüber. Hat eine ordentliche Abfindung kassiert. Für den Verlust des Arbeitsplatzes. Für die Verschwiegenheitserklärung. Hat den Schritt in die Selbstständigkeit gewagt und die Brauerei in Trunkendorf wieder an den Start gebracht. Der Schamane Berthold hilft ein wenig dabei. Das bernsteinfarbene Landbier ist ein Unikat. Wenn man die Augen schließt und den Krug ansetzt, hat man das Gefühl, man würde an einem Frühsommertag unter einer Brauereikastanie in der Fränkischen Schweiz sitzen. Auf dem Pretzfelder Keller. Oder dem Hof der Brauerei Penning in Hetzelsdorf.

Jan Schmid ist jetzt mit der Bachmann zusammen. Na ja, was heißt zusammen. Sie ist bei ihm eingezogen. Minkin hatte sie nach dem Hoffest der Staatsanwaltschaft dort abgestellt. Sie ist dann einfach nicht mehr weg. Jan Schmid sei jetzt ihre ganz große Liebe. Minkin ahnte, dass Jan Schmid davon nicht wirklich angetan war. Bei nächster Gelegenheit würde er sich bei ihm mal wieder melden. Unbedingt.

Minkin brauchte Urlaub. Gab da noch diesen Hotelgutschein. Hatte er als Honorar angenommen. Wir erwähnten das am Anfang. Ein Wellnesswochenende in Pforzheim. Sollte das beste Zwei-Sterne-Hotel in der Pforzheimer Nordstadt sein. Das wollen wir doch erst mal sehen.